Im Mahlstrom der Zeiten

Maximilian-Kolbe-
Werk

Für die siebenjährige Sophie aus Mainz und alle
Kinder ihrer Generation, in der Hoffnung,
dass sie eine Brücke sein werden zwischen
der Vergangenheit und der Zukunft.

Eine Brücke, die Fragen und Wissen ermöglicht,
das Vergessen aber verhindert

Ruta Wermuth und ihr Bruder Victor Zorza (1995)

Ruta Wermuth

Im Mahlstrom der Zeiten

Die ungewöhnliche Geschichte eines jüdischen Geschwisterpaares

Herausgegeben von
Alois Bauer und
Stefan Heitzmann

Verlag Pro-Business Berlin
2005

Bibliografische Information der Deutschen Bibliothek
Die Deutsche Bibliothek verzeichnet diese Publikation in der Deutschen Nationalbibliografie; detaillierte bibliografische Daten sind im Internet über http://dnb.ddb.de abrufbar.

Ruta Wermuth
Im Mahlstrom der Zeiten
Die ungewöhnliche Geschichte eines jüdischen Geschwisterpaares

Berlin: Pro BUSINESS 2005

ISBN 3-938262-75-3

1. Auflage 2005

Schwedenstraße 14, 13357 Berlin

Produktion und Herstellung: Pro BUSINESS GmbH
Gedruckt auf alterungsbeständigem Papier
Printed in Germany

www.book-on-demand.de

Vorwort zur deutschen Ausgabe

Die Lebensgeschichte der Ruta Wermuth ist mehr als eine bewegende Dokumentation jüdischen Leidens in der Zeit des Dritten Reiches. Es ist, wie sie selbst im Prolog schreibt, die Skizze eines *Lebensweges*, der bis zum heutigen Tag geprägt ist von den Ereignissen ihrer Kindheit. Ruta Wermuth spannt einen Bogen von jenen schreckliche Ereignissen in Kolomea bis hin in die 90er Jahre, in denen sie ihren totgeglaubten Bruder wieder fand. In ihrer Lebensgeschichte verdichten sich zahlreiche Aspekte des Nazi-Terrors: Ghetto, Deportation, Flucht, Zwangsarbeit in Deutschland und schließlich die jahrzehntelange Suche nach ihrem Bruder Salek, der nach dem Krieg als renommierter Journalist unter dem Namen Victor Zorza in England und Indien lebte. Nach einer eher flüchtigen Schilderung der Jahre 1945 bis 1990 erfahren wir viel über das Leben des berühmten Bruders. Insofern ist Rutas Geschichte auch die von Victor Zorza. Zur Zeit arbeitet Dr. Michael C. Wright, ein Wissenschaftler der Universität Lancaster, an einer umfänglichen Biographie über Victor Zorza.

Im Zentrum dieses Buches steht jedoch die kleine Schwester des Victor Zorza, deren Leben eigentlich im September 1942 im Vernichtungslager Belzec hätte enden müssen. In Belzec, das auch das „vergessene Lager" der Schoa genannt wird, wurden zwischen März und Dezember 1942 600.000 Juden ermordet. Die Geschichte der „Todeszug-Springer" ist ein historischer Fakt. Im September 1942 gelang es tatsächlich einzelnen Juden, die morschen Waggonwände der langsam fahrenden Deportationszüge aufzubrechen und zu fliehen. Verärgert berichtete ein Kompanieführer des für die Deportationen zuständigen Polizeibataillons 133 am 14. September 1942 an den Kommandeur der Ordnungspolizei im Distrikt Galizien über die mangelhafte Zugbewachung und die altersschwachen Lo-

komotiven. Ferner bemängelte er die - selbst für die damalige Zeit - brutale „Überbeladung“ der Waggons mit jeweils bis zu 200 Menschen. Ruta Wermuth wurde von ihren Eltern aus dem Zug geworfen und überlebte. Hätte sie das Todeslager Belzec erreicht, wäre dieses Buch nie geschrieben worden.
Mit ihren Schilderungen über das Ghetto in Kolomea leistet sie einen wichtigen Beitrag zu der in Deutschland bisher kaum bekannten Leidensgeschichte der galizischen und ukrainischen Juden. Nur wenige Publikationen liegen im deutschsprachigen Raum vor: Zu ihrem 80. Geburtstag im Jahr 1993 veröffentlichte die Kolomea-Überlebende Blanca Rosenberg ihre Autobiographie „Versuch zu überleben“.[1] Ruta Wermuth und die mittlerweile verstorbene Blanca Rosenberg haben sich in den 90er Jahren kennen gelernt. Thomas Sandkühler lieferte 1996 eine erste Monographie über die „Endlösung“ in Galizien.[2] 2004 schließlich erschien die umfängliche Arbeit „Nur wir haben überlebt“ von Boris Zabarko, eine einzigartige Sammlung von Interviews mit ukrainischen Überlebenden.[3]

Ende 1942 meldete sich die damals 14jährige Ruta „freiwillig“ zur Zwangsarbeit in Deutschland. Um ihrem Ansinnen Nachdruck zu verleihen, gab sie ihr Alter mit 16 Jahren an. Das Schicksal verschlug sie aus dem fernen Galizien zunächst in die kleine Stadt Rülzheim bei Speyer, ca. 90 Kilometer von Mainz entfernt. Diese räumliche Annäherung an Deutschland hat auch eine inhaltliche Dimension: das Leiden von Millionen vollzog sich nicht nur irgendwo „im Osten“, sondern direkt vor deutschen Haustüren, unmittelbar bei uns.
Als Ruta Wermuth im Oktober 2004 in Mainz zu Gast war, besuchten wir Rülzheim. Der mächtige Lindenbaum vor der

---

[1] Deutsche Ausgabe: Jüdischer Verlag. Frankfurt/M. 1996
[2] „Endlösung“ in Galizien. Der Judenmord in Ostpolen und die Rettungsinitiativen von Berthold Beitz 1941 – 1944. Dietz-Verlag. Bonn 1996
[3] Dittrich-Verlag. Köln 2004

Kirche, den sie in ihren Erinnerungen beschreibt, steht immer noch; die Fabrikhalle wurde 2002 abgerissen.
Zwei Rülzheimer Zeitzeugen, die Herren Bernhard Hellmann und Helmut Messemer, erinnerten sich an die Gruppe der osteuropäischen Zwangsarbeiterinnen. Nadja, die hilfsbereite russische Dolmetscherin, die Ruta mehrfach liebevoll erwähnt, hieß mit Nachnamen Kodenko und ging im Hause der Familie Hellmann ein und aus, und hatte einen engen Kontakt zu den beiden älteren Töchtern. Diese „stille Heldin" genoss das Vertrauen der deutschen Bewacher und durfte die Fabrik jederzeit verlassen. Helmut Messemer, der 1943 in der Fabrik arbeitete, wusste zu berichten, dass Nadja eine Armbanduhr trug – ein unglaubliches Privileg für eine Zwangsarbeiterin.

Auf zwei weitere Aspekte sei hingewiesen.
Zunächst wird deutlich, wie lange Ruta Wermuth Angst hatte, sich zum Judentum zu bekennen. Erst im Jahre 1992 vertraute sie sich ihren Töchtern an. Jahrzehnte lang bedeutete das Wort „Jude" für sie Ausgrenzung, Angst und Mord. Immer wieder hört sie vor allem nachts das Rattern des Todeszuges – wie bei so vielen Überlebenden war das Weiterleben nach dem Krieg Fluch und Segen zugleich. Erst jetzt, als rüstige Mittsiebzigerin, hat sie ihre neue, jüdische Identität gefunden.
Den zweiten Aspekt beschreibt sie selbst im Prolog. Ihre Geschichte ist eine Hommage an jene, die ihr geholfen haben. Seit Jahren stellt Ruta Wermuth sich als Zeitzeugin, u.a. für das Maximilian-Kolbe-Werk in Freiburg, zur Verfügung. Auch dies ist ein Beleg dafür, dass sie nicht anklagen, sondern versöhnen will. Ihre Schilderungen, in aller Regel vor Schulklassen, bewegen; immer wieder spricht sie von jener „Stafette guter Menschen", die ihr halfen zu überleben. Es ist kein Zufall, dass sie die 2002 erschienene polnische Ausgabe

ihrer Biographie unter dem Titel „Spotkalam Ludzi“ („Mir sind Menschen begegnet“) veröffentlichte.[1]

Damit sind wir bei der Entstehungsgeschichte dieses Buches. Wie so viele Überlebende der Schoa griff Ruta Wermuth erst Jahrzehnte nach den Ereignissen zur Feder. Als die polnische „Ben–Gurion–Gesellschaft“ in Plonsk 1999 einen Buch-Wettbewerb auslobte, schickte sie das Skript ein und schlug über 120 Einsendungen aus zwölf Ländern aus dem Rennen. 1999 wurde sie mit dem „Großen Preis“ der Gesellschaft geehrt. Auf diesem Skript basierte die oben genannte polnische Veröffentlichung. Zeitgleich machte sich der evangelischen Pfarrer Herr Dr. Justus Werdin (Greiffenberg) an das umfangreiche Vorhaben einer *ersten* deutschen Übersetzung.
Zu einer *zweiten* Fassung in deutscher Sprache kam es auf Umwegen. 1999 produzierte der „Sender Freies Berlin“ (SFB) unter dem Titel „Fast schon in Belzec“ ein Feature, dass auch von „Österreich 1“ (Ö 1) ausgestrahlt wurde.
Unter den Zuhörern befanden sich die in Wien lebende Elisabeth Wappelshammer, deren Vorfahren aus Kolomea stammen. Ihr Vater, der vor wenigen Monaten verstorbene Journalist und Schriftsteller Herbert Wappelshammer, erstellte eine zweite deutsche Übersetzung. Seine Quelle indes war eine englische Fassung, die Ruta Wermuths Neffe, Richard Zorza (New York), zwischenzeitlich verfasst hatte.
Als Ruta Wermuth im September 2004 zu Zeitzeugengesprächen nach Mainz kam, hatte sie eine deutsche Version des Textes im Gepäck. Am Ende des Aufenthalts schließlich entstand die Idee, einen zweiten Versuch zu wagen, das Buch zu publizieren. In einem kreativen Arbeitsprozess wurde der Text von Ruta Wermuth und den Herausgebern vollständig überarbeitet.

---

[1] Harbor Point – Verlag. Posen 2002

Viele Passagen wurden „entschlackt“ und präzisiert; manches Neue kam hinzu. In diesem Sinne ist das Buch wohl das *endgültige* Resultat einer mehrjährigen „Skriptgeschichte", die fast so bewegend ist, wie Rutas Leben selbst.

Eine letzte Anmerkung: Die Geschichte Ruta Wermuths ist ein subjektiver Bericht. Es geht der Autorin nicht um historische Genauigkeit, sondern um die Wiedergabe ihrer Erinnerungen. So will sie den Namen des Städtchens im Elsass, in dem sie als Zwangsarbeiterin lebte, nicht nennen. Eine Ortsangabe würde aus ihrer Sicht nichts zur Sache beitragen. Teilweise hat sie die Namen der Akteure verändert, die aber ohne Ausnahme reale Personen waren und sind. Historische Verweise und sonstige Erläuterungen wurden im Sinne der Autorin auf das Wesentliche reduziert, und erfolgen nur dann, wenn sich die Sachverhalte nicht direkt aus dem Text erschließen. Ruta Wermuth hat ihre Geschichte „mit dem Herzen geschrieben“. „Von Herzen“ möge sie „zu Herzen gehen“.

*

Autorin und Herausgeber haben vielen Menschen zu danken. Allen voran sind hier die Übersetzer Herr Pfr. Dr. Werdin, Elisabeth Wappelshammer und ihr Vater Herbert zu nennen, ohne die eine deutsche Fassung kaum möglich gewesen wäre. Unser Dank gilt auch Richard Zorza für seine englische Version. Frau Gisela Hengen danken wir für den freundlichen Empfang im Rülzheimer Rathaus und die Vermittlung der beiden deutschen Zeitzeugen.
Bei unserem Besuch in Rülzheim wurden wir von zwei unermüdlichen ehrenamtlichen Mitarbeitern des Maximilian-Kolbe-Werkes begleitet: Margret und Werner Müller. Ihnen ist auch die deutsche Ausgabe des oben genannten Buches von Boris Zabarko zu verdanken.

Von Herzen danken wir den deutschen „Testlesern“. Neben den Kolleginnen und Kollegen Ellen Ullrich, Katja Steiner und Christina Kneib, sind hier insbesondere die *jugendlichen* „Tester“ Andrea und Martin Weiler zu erwähnen, die sich im fernen Kiel mit Hingabe dem ungewöhnlichen Anliegen widmeten.
Ein Dank gilt auch Bärbel Weiler, die mit ihren differenzierten Rückmeldungen wichtige Impulse gab. Der Germanist Holger Naatz (Bonn) prüfte den Text eingehend auf Syntax und Grammatik und machte mit seiner inhaltlichen Rückmeldung Mut, die Herausgabe zu wagen. Zu danken haben wir ferner dem Maximilian-Kolbe-Werk in Freiburg. Ohne diese bemerkenswerte Institution hätten wir Ruta Wermuth nie kennen gelernt. Das vorliegende Buch ist auch ein Indiz dafür, was aus einer Zeitzeugen-Begegnung alles entstehen kann. Frau Marijana Pusic (Mainz) danken wir für die hingebungsvolle Unterstützung bei der Erstellung der Druckvorlage.
Unser letzter Dank gilt Ruta Wermuth selbst – sie weiß am besten, wofür.

Mainz, im Juni 2005

Alois Bauer
Dr. Stefan Heitzmann
Herausgeber

Prolog

Am 20. Juni 1994 war ich in meiner kleinen Zwei-Zimmer-Wohnung mit Vorkehrungen für eine kurze Reise beschäftigt, als das Telefon läutete. Ich hob ab. „Ein Anruf aus dem Ausland", sagte die Vermittlung. In dem Städtchen hatten die Telefone noch keinen Direktanschluss an das polnische, geschweige denn an das internationale Netz, und so kamen Auslandsgespräche nur über die Vermittlung zustande. Dieser grenzüberschreitende Anruf brachte mich nicht aus der Fassung. Seit dem Zusammenbruch des Kommunismus war meine Welt erheblich größer geworden, und ich besaß viele neue Freunde, nicht nur in Polen, sondern auch in anderen Ländern und Kontinenten. Diese Freunde hatten Gerüchte an mich weitergeleitet, wonach einer meiner Brüder den Krieg überlebt habe und zwischenzeitlich in England verstorben sei.

Geduldig wartete ich auf die Verbindung. Im statischen Knistern und Knacken der Leitung versuchte die Stimme eines Mannes durchzukommen. Er sprach Polnisch mit einem Akzent, der mir sofort das Herz erwärmte. Es war die Sprachmelodie meiner Heimat, des östlichen Grenzlandes. „Ist dort Rut Burak?"[1]

Plötzlich überlief es mich kalt und heiß. Diese Stimme! So ähnlich meiner eigenen! „Ja, Rut Burak, geborene Wermuth", antwortete ich. Bis heute kann ich mir nicht erklären, warum ich mich auf diese ungewöhnliche Art am Apparat meldete. Niemals vorher hatte ich mich mit meinem alten, schon so lange nicht benutzten, jüdischen Namen vorgestellt.

Der Mann am anderen Ende schien zu zögern. „Weißt du, wer anruft?", fragte er schließlich. Natürlich wusste ich es nicht. Wie konnte ich? Aber ich wurde immer aufgeregter. In

---

[1] Der Vorname der Autorin taucht in diversen Varianten auf: Rut, Ruta oder auch Rutka (Koseformen). Nach ihrer Eheschließung mit Witek lebte sie unter dem Namen Rut Burak.

letzter Zeit hatte ich mit einem Israeli korrespondiert, der vor vielen Jahren ein Schulfreund meines Bruders Salek gewesen war. Ich dachte spontan, dass er am Telefon sei, auch wegen des vertrauten polnischen Akzents. „Bist du Bezio? Professor Dov Noy aus Israel?"
„Nein. Ich rufe aus England an."
Dann begriff ich plötzlich. Irgendwie wusste ich es, bevor ein Name fiel. Ich kannte niemanden in England. Wer also konnte von mir erwarten, ihn an der Stimme zu erkennen'?
Mein Herz schlug bis zum Hals. „Salek ..!", schrie ich in den Hörer. „Salek, Bruderherz, du lebst?!"
Sekunden verstrichen. War er es wirklich? Ich durchlebte im Zeitraffer alle nur denkbaren Gefühle: Jubel, Glück, Trauer, aber auch Angst: War er es wirklich?

„Ja, ich bin es, meine kleine Schwester." Die Stimme am Telefon brach und kippte um in ein herzzerreißendes Schluchzen. Die Vermittlung schaltete sich besorgt ein: „Hallo, was ist los? Sind Sie noch da?"
Ja, ich war da, und nichts Besonderes war los. Nur dass ein Bruder und eine Schwester sich nach 53 Jahren wieder gefunden hatten. Beide hatten ein halbes Jahrhundert lang geglaubt, der andere habe den Krieg nicht überlebt.
Nein, nichts von Belang.

Dieses Buch erzählt zwei Geschichten. Zunächst meine eigene, dann – zumindest in Teilen - die meines Bruders. Es ist keine Autobiographie über ein jüdisches Schicksal im Dritten Reich, die mit der Befreiung endet, sondern eine *Lebens*geschichte im wahrsten Sinne des Wortes. Sie zeigt, in welchem Maße die Ereignisse der Kindheit mein Leben und das meines Bruders geprägt haben. Der Krieg endete 1945, unser Leben aber ging weiter. Es ist auch eine Geschichte, die Zeugnis sein will für jene Menschen, die uns beiden geholfen haben zu überleben und uns wieder zu finden. Ich bin es diesen guten Menschen schuldig, über sie zu berichten. Menschen, deren Namen ich teilweise nie erfahren habe. Menschen, von denen viele unerkannt und ungewürdigt im Mahlstrom der Zeiten untergegangen sind. Für meine Freunde überall in der Welt, den Lebenden und den Toten, habe ich dieses Buch geschrieben.

1. Ghetto und Todeszug

Ich wurde 1928 als Jüdin in der Stadt Kolomea[1] geboren und hatte eine glückliche Kindheit. Die jüngste und einzige Tochter der Familie wurde von den Eltern verhätschelt; meine beiden älteren Brüder Salek und Pawel beschützten ihre kleine Schwester. Ein gepflegtes Elternhaus also, dazu unzählige Tanten, Onkel, Cousinen, Freunde und Schulkameraden.

Dies alles fand ein jähes Ende, als im September 1939 sowjetische Truppen den Osten Polens besetzten. Am 17. September erreichte die Rote Armee Kolomea. Knapp zwei Jahre später, am 21. Juli 1941, ersetzte die deutsche Okkupation die sowjetische. Am 1. August 1941 kam die Stadt unter deutsche Verwaltung. Die Vernichtung der Juden und die neue deutsche „Ordnung" in Europa ließen nicht lange auf sich warten. Der Holocaust überfiel jäh unsere kleine, beschauliche Stadt. Die Deutschen verloren keine Zeit. Bereits einige Tage nach ihrem Einmarsch ließen überall in der Stadt aufgehängte Plakate das Schlimmste befürchten: „Tod den Bolschewiken und Juden!" Darunter eine lange Liste von Verboten und Geboten. Wenn man diese genau nahm, war uns gar nichts mehr erlaubt. Bei Zuwiderhandlungen galt auf alles die Todesstrafe. Nur sterben durften wir – das war erlaubt und erwünscht.

[1] Poln: Kolomyja: Kreisstadt im Südosten Galiziens. Ehemals Polen, heute Ukraine.

Schnell und gründlich setzten die „Herrenmenschen“ Bestimmungen in Kraft, wonach wir von den „Menschen" zu trennen waren. Methodisch und präzise bereiteten sie die Vernichtungsaktionen vor. Alle Juden mussten unter Androhung der Todesstrafe den Davidstern tragen. In unserem Teil des Landes war es eine weiße Armbinde mit einem blauen Stern; in anderen Regionen ein gelber Stern mit dem Buchstaben J.
Juden durften keine Schulen mehr besuchen. Es wurde ihnen verboten, öffentliche Gebäude oder Parkanlagen zu betreten. Man untersagte es, Gehsteige zu benutzen. Wir wurden gezwungen, in der Gosse zu gehen – und vieles mehr. Die Liste der Schikanen und Repressalien war lang und grauenvoll.

Tag für Tag wurde es schlimmer. Jüdische Geschäfte mussten schließen, jüdischer Besitz wurde beschlagnahmt. Juden durften keine Arier beschäftigen, Juden hatten sich als Zwangsarbeiter zu melden.
Im März 1942 wurde ein Ghetto errichtet. Wir mussten in ein enges, eingezäuntes und bald überfülltes Viertel übersiedeln; die ärmste Gegend der Stadt, in der die Häuser eher Hütten waren, ohne Wasser und Kanalisation. Jeder Jude musste ins Ghetto - bei Nichtbefolgung drohte natürlich die obligatorische Todesstrafe. Ein außerhalb des Ghettos angetroffener Jude galt als Freiwild und konnte an Ort und Stelle erschossen werden. Jeder von uns durfte bei der Zwangsumsiedlung nur das mitnehmen, was er mit eigenen Händen tragen konnte.
Es gab kaum Wasser oder Nahrung. Tausende der so Zusammengepferchten starben an Hunger und Krankheiten. Medikamente oder Hygienemittel gab es keine – die Läuse kamen und mit ihnen der Typhus. An die Stelle der Verstorbenen trieben die Deutschen neue Juden aus den Dörfern ins Ghetto und das Sterben ging weiter. Aber auch dieser „natürliche" Tod war unseren Verfolgern zu langsam; so wurden im Getto verschiedene *Aktionen* organisiert, mit dem ausschließlichen Ziel, alle Juden der Region zu vernichten.

Im September 1942 wurde meine Familie in die Zentralstelle des Ghettos befohlen, um sich, wie es hieß, registrieren zu lassen. Wir hatten Angst und hofften, dass es sich wirklich nur um eine Registrierung handeln würde. Unsere Hoffnungen zerstoben rasch. Es stellte sich als eine Selektion heraus. Von den ungefähr 5000 Menschen, die dicht gedrängt auf dem Platz standen, wurden 300 mit einem lässigen Wink des Gestapochefs Peter Leideritz[1] nach rechts ausgesondert, die anderen 4700 nach links. Rechts bedeutete Leben, links Tod. Mama, Papa und ich gingen nach links.

Wir marschierten los. Schweigend bewegte sich die riesige Kolonne, eskortiert von ukrainischen Milizionären und einigen Gestapomännern mit Schäferhunden, zum Bahnhof hin. Es herrschte eine gespenstische Stille. Nur das müde Schlürfen von zehntausend Füßen war zu hören, zuweilen auch das Weinen eines kleinen Kindes, von der Mutter rasch zum Schweigen gebracht und tröstend an die Brust gedrückt. Aber man sah nicht viele Kinder oder alte Leute in der traurig dahintrottenden Menge. Die Kinder, die Betagten und Schwachen waren schon getötet worden - vom täglichen Terror, vom Hunger und von den Krankheiten, die während des Frühlings 1942 im Ghetto gewütet hatten.
Die Stadt wirkte wie ausgestorben. Hinter zugezogenen Fenstervorhängen ahnte man jedoch die Anwesenheit von glücklicheren und privilegierteren Bewohnern. Menschen, die Menschen bleiben durften.
Irgendwo in der Mitte der Kolonne gingen wir drei und hielten uns fest an den Händen. Mutter, Vater und ich, das vierzehnjährige Mädchen. Wir sprachen kein Wort. Niemand in der Menschenherde redete. Die Hände meiner Eltern gaben

[1] Peter Leideritz, geb. 1911, SS-Untersturmführer, Leiter des Sicherheitsdienstes (SD) im Ghetto und für den Tod Tausender verantwortlich. Nach dem Krieg an Polen ausgeliefert und 1947 exekutiert.

mir das Gefühl von Stärke und Wärme. Wir waren zusammen – zumindest im Moment noch.
Es war ein langer Weg bis zum Bahnhof. Und vielleicht geschah ein Wunder. Vielleicht würde der Allmächtige, den wir so inbrünstig anbeteten, endlich seine Gegenwart kundtun.

*

Obgleich der permanent eskalierende Schrecken bereits seit Monaten andauerte, begriff ich noch immer nicht ganz, was vor sich ging. Meine Eltern hatten all die Zeit ihr Bestes getan, eine schützende Mauer um mich herum zu errichten. Unsere Familie von fünf Personen hatte sich auf drei verringert. Noch kannte ich nicht die volle Wahrheit darüber, was mit meinen Brüdern Pawel und Salek geschehen war. Man hatte mir lediglich gesagt, sie seien vorübergehend verreist und würden bald zurückkommen, gefasst in jene oft verwendete Formel „nach dem Krieg". All unsere Probleme sollten mit diesen drei magischen Worten „nach dem Krieg" gelöst sein. Doch ich war kein Kind mehr. In solchen Zeiten wächst man schnell heran. Ich hatte meine Augen offen gehalten und bereits vieles von dem wahrgenommen, was ringsum passierte. Andererseits war es angenehm, das schwache Mädchen zu spielen, mich unter den behütenden Fittichen meiner Eltern zu verbergen und ihrer Klugheit und Umsicht zu vertrauen. Bislang hatte das gut funktioniert, warum nicht auch weiterhin?

*

Nun, es geschah kein Wunder, der Allmächtige schwieg. Wir erreichten den Bahnhof und wurden weiter getrieben, hin zur Güterabfertigung. Auf dem Gleis neben der Rampe stand ein langer Zug mit Viehwaggons, ihre Türen weit geöffnet, bereit für die Verladung. Ein beißender Chlorgeruch machte sich breit; man hatte die Waggons kurz zuvor flüchtig gereinigt.

Der Gestank war unerträglich; die Menschenmasse wich zurück. Die bisher so wohl geordnete Kolonne brach auseinander, aus Tausenden gequälter Kehlen quollen panische Schreckensschreie. Schrie auch ich? Wenn ja, dann instinktiv wie alle hier. Es schien, als ob nichts den wilden Tumult beenden könnte. Plötzlich krachten Schüsse, und ein Trupp ukrainischer Milizsoldaten kam angelaufen. Die Uniformierten und die Gestapoleute hielten lange Peitschen in ihren Händen, mit denen sie auf die vor Angst fast wahnsinnigen Menschen einschlugen. So gelang es den Schergen, den wirren Knäuel von Leibern in einzelne Gruppen aufzulösen und vor die Waggontüren zu treiben. Die Verladung begann.

Die Hölle war ausgebrochen. Die Hunde bellten. Die Peitschen knallten. Über das vielstimmige Geschrei der zur Deportation Bestimmten hinweg donnerten die Kommandorufe der Deutschen und das bösartige Antreiben der Ukrainer: *„Vurwirts! Loss! Macht schnell, ihr verfluchten jiddischen Schweinehunde!"* Alles Gekreische und Gebrüll verschmolz zu einer einzigen, ohrenbetäubenden Kakophonie des Grauens.
Die vor den Peitschenhieben flüchtenden Männer, Frauen und Kinder erklommen eiligst die Waggons, halfen einander hoch und suchten, wie sie glaubten, Sicherheit im dunklen Inneren. Welle um Welle strömte durch die breiten Türöffnungen. Und wenn ein Viehtransporter so voll war, dass sich offenbar keine weiteren Personen hineinzwängen konnten, erschien ein betrunkener Milizionär, hieb mit der Peitsche drauflos und feuerte seine Pistole ab. Die gedrängt in der Tür Stehenden kletterten vor Todesangst über die Köpfe der anderen in die Waggons hinein. In die so entstehenden Lücken zwängte man dann weitere Menschen. So geschah es wieder und wieder. Wie lange dies dauerte? Einige Stunden? Eine Ewigkeit?
Irgendwann war die grauenhafte Verladung beendet. Die massiven Rolltüren schlossen sich und wurden von außen verriegelt und verplombt. Das Schicksal der Zusammengepferch-

ten war damit endgültig besiegelt. Das jammernde Geschrei des besonderen „Frachtguts" hielt bis zum späten Nachmittag an, als sich der schwer beladene Zug endlich in Bewegung setzte. Wir ahnten wohin die Reise gehen sollte. Nach Belzec in ein Vernichtungslager - eine Reise ohne Wiederkehr.

In einem der Waggons stand ich, vor Entsetzen halb gelähmt, zwischen meinen Eltern. Noch waren wir zusammen. In diesem Viehtransporter, der bestenfalls fünfzig Menschen aufnehmen konnte, mit Mühe vielleicht achtzig, waren mindestens zweihundert hineingepresst worden. Wir hatten uns sämtliche Kleidungsstücke vom Leibe gerissen, um etwas mehr Luft zu bekommen, um nicht gleich zu ersticken oder an einem Hitzschlag zu sterben. Dennoch litten viele unter der unsäglich heißen Luft in dem rollenden Gefängnis.
Die klagenden Schreie, der unbeschreibliche Gestank, der ätzende Chlorgeruch, der Nase, Luftröhre und Lunge beißend durchdrang. Ich glaubte zu ersticken, wurde bewusstlos, kam wieder zu mir und hörte erneut das jammervolle Geschrei und das harte, mechanische Rattern der Räder. Meine Eltern müssen Gott wohl gedankt haben, dass ihre Tochter immer wieder ohnmächtig wurde, denn das, was sich in diesem finsteren Güterwagen abspielte, lag jenseits aller Vorstellungen vom Jüngsten Gericht.

Wie lange ging das schon? Ich wusste es nicht. Wusste überhaupt nichts. Immer, wenn ich das Bewusstsein für einige Momente wiedererlangte, nahm ich wahr, dass meine Eltern mit ihren Armen und Körpern eine Schutzmauer um mich formten, um mich vor dem stetig wachsenden Druck der anderen Leiber zu schützen. Mutter und Vater hatte ich es zu verdanken, noch nicht zerquetscht worden zu sein. Wir standen eng aneinander gepresst, nackt, und die Menschenmenge drückte uns an die Holzwand des Waggons. So hatten wir zumindest ein wenig Luft zum Atmen. Jene, die sich etwa in der Mitte des Menschenhaufens befanden, waren nicht mehr am Leben, aber ihre Körper standen weiterhin aufrecht. Sie konnten weder fallen noch zu Boden gleiten.

Als ich wieder einmal zu mir kam, gab es etwas mehr Atemluft und das wüste Gedränge war nicht mehr ganz so arg. Mama flüsterte mir ins Ohr: „Hör genau zu, was ich dir jetzt sage. Einigen jungen Leuten ist es gelungen, Bretter aus der Waggonwand, genau unter der mit Stacheldraht vergitterten Fensteröffnung, rauszureißen - mit bloßen Händen! Und sie springen hinaus. Papa und ich haben beschlossen, das Gleiche zu tun. Vielleicht sterben wir auf diese Weise, denn die Wachen schießen auf uns. Aber wenn wir bleiben, kommen wir auf jeden Fall um. Papa wird zuerst springen, dann du und ich zuletzt. Wir fahren jetzt durch einen Wald. Wenn du draußen bist, lauf zu den Bäumen und versteck dich. Habe keine Angst, wir werden dich finden."
Bevor ich das Ganze richtig verstehen konnte, packten mich kräftige Hände, hoben mich hoch und schoben mich durch eine schmale Öffnung. Da hing ich nun, noch immer gehalten von den unbekannten Händen. Ich fühlte den kühlen Luftstrom, konnte endlich richtig atmen. Meine Sinne kehrten zurück. Plötzlich ließen mich die Hände los. Ich fiel in eine bodenlose Dunkelheit.

*

Eine bittere Kälte erweckte mich aus der Ohnmächtigkeit. Ich sah, dass der Morgen graute, begriff aber nicht, wo ich mich befand und was mit mir geschehen war. Langsam, sehr langsam stieg schließlich die Erinnerung an das Schreckliche wieder herauf. Ich begann mich zu bewegen und stellte fest, dass meine Hände, Arme und Beine unverletzt waren. Aber ich hatte arge Kopfschmerzen und konnte nur mit einem Auge sehen. Als ich meinen Kopf abtastete, fühlte ich etwas Warmes

und Klebriges. Aus einer Wunde sickerte Blut, das mir über das Gesicht rann. Mit Mühe erhob ich mich. Es war fast schon hell. Ich vernahm das leise Rauschen der Bäume und das frohe Jubilieren der Vögel, die den neuen Tag willkommen hießen. Für die Gefiederten war nur wichtig, dass die Sonne wieder aufging, und sie feierten das Alltagswunder mit Liedern aus ihren kleinen Kehlen. Sie achteten nicht auf den Krieg dieser boshaften, unbeflügelten Menschenwesen. Gleichgültig waren ihnen deren Tote - ums Leben gekommen nicht auf Grund eines Naturgesetzes, sondern wegen einer unfassbaren Lust am Töten.
Erstaunt registrierte ich, dass ich mich tief im Wald befand und nirgendwo Eisenbahngleise zu sehen waren. Wie war ich dorthin gekommen? Möglicherweise hatte mich einer der anderen Entflohenen aus der schlimmsten Gefahrenzone weggebracht? Unvermittelt schlug mein Herz heftiger. Waren es gar meine Eltern gewesen? Vielleicht würden sie bald zwischen den Bäumen hervortreten, alles in ihre guten, starken Hände nehmen, und es wäre dann wieder wie früher. Doch das war bloß mein Wunschtraum. Von nun an würde nichts mehr sein wie vorher. Ich war allein in diesem Wald und auf mich selbst angewiesen.

Eine Zeit lang rührte ich mich nicht von der Stelle. Die Vogelstimmen verstummten, nur gelegentlich hörte man noch ein einzelnes Trillern. Ich rupfte Gras aus, um das geronnene Blut aus meinem Gesicht abzuwischen. Aus der Kopfwunde tropfte weiterhin Blut. Dann stand ich auf und mir wurde klar, dass ich einen Entschluss fassen musste. Doch was konnte ich tun? Ich war nackt, voll blauer Flecken und Schrammen, und blutete. Früher hatte ich manchmal einen Traum: Ich stehe hüllenlos inmitten von ordentlich gekleideten Leuten, will davonlaufen, bin aber wie gelähmt. Wenn ich dann erwachte, war ich unendlich erleichtert, das Ganze nur geträumt zu haben. Aus meiner jetzigen Bedrängnis gab es jedoch kein Erwachen. Sobald mich Menschen sahen, würden sie sofort begreifen, dass ich aus dem Zug geflohen war. Würden sie mich an die Deutschen verraten?

Endlich wagte ich den ersten Schritt, schlich von Baum zu Baum, kroch unter Büsche und kam so an den Rand des Waldes. Vor mir eröffnete sich ein schmaler Weg, der zu einer Kate mit schlichtem Strohdach führte. Heller Rauch kräuselte aus dem Schornstein. Ich blieb in Deckung und beobachtete das kleine Haus, zögernd und mich endlos fragend, ob ich es wagen könnte, an die Tür zu klopfen. Ich hatte keine andere Wahl, fasste mein Herz in beide Hände und lief auf die Kate zu. Ich war beinahe am Haus angelangt, als die Tür aufging und eine ältere Frau heraustrat. Sie trug einen Koromyslo[1], an dem zwei leere Eimer hingen. Mit einem gellenden Schrei ließ sie die Gefäße fallen und schlug rasch ein Kreuz vor der Brust. Sie dachte wohl, einen Geist vor sich zu sehen. Ich konnte es ihr nicht verdenken. Alarmiert von ihrem Schrei, eilte ein betagter Mann herbei. Ich versuchte zu sprechen, wollte hastig erklären, woher ich gekommen war. Aber die Stimme versagte mir, mein Hals war wie zugeschnürt. Erst nach einer Weile brachte ich ein paar Worte hervor, leise und bebend. Die beiden schauten mich ungläubig an. Endlich begannen sie zu verstehen.

Sie zogen mich in den Vorraum ihrer bäuerlichen Hütte und verschlossen die Tür sorgfältig mit einem Rundholz. „Bitte gebt mir etwas anzuziehen, vielleicht ein altes Hemd", sagte ich. „Ich werde auch gleich weggehen."

„Oh mein armes *detyno!*"[2] Plötzlich brach die Alte in Tränen aus. „Bring Milch", verlangte sie von ihrem Mann. Er verschwand in die Küche und kehrte mit einer Tonschale voll heißer Milch zurück. Ich hielt die grobe Tasse in meinen zit-

---

[1] Hölzerner Tragebalken für die Schulter mit Haken an beiden Seiten.

[2] ukrainisch: Kind

ternden Händen und trank gierig, verbrannte mir die Lippen, fühlte aber, wie eine lebensspendende und heilende Wärme meinen Körper durchströmte.
Die Frau verschwand. Sie kam wieder mit einem langen, abgetragenen Hemdkleid aus Leinen. Ich schlüpfte hinein und war glücklich, als hätte man mir die kostbarste Robe der Welt geschenkt. Ein Geschenk, das von Herzen kam. Dass diese zwei armen Bauern, selbst ärmlich gekleidet, einem fremden Judenkind ein Kleidungsstück schenkten, war ein Zeichen großer menschlicher Güte. Allerdings realisierte ich dies erst viel später.
„Du kannst nicht bleiben", sagte die Frau. „Unsere Söhne werden bald zurück sein. Ich glaub nicht, dass es ihnen gefallen wird, dich hier zu sehen. Geh in die Stadt, da sind noch Juden. Sie werden dir helfen." Dann begleitete sie mich hinaus. „In dieser Richtung kommst du zur Bahnlinie. Folge ihr und du bist bald in der Stadt. Z *Bohom, detyno.* Gott sei mit dir, mein Kind!" Ich wollte sie umarmen, traute mich aber nicht, stotterte einige Dankesworte und zog los.

Ich lief auf einem Weg, der durch karge Felder führte, und hielt dabei das Kleid hoch, das viel zu groß für mich war. So erreichte ich den Schienenstrang. Von weiten schon bemerkte ich Menschen, die scheinbar die Gleise absuchten. Sie trugen weiße Armbinden, die unzweifelhaft darauf hinwiesen, dass sie Juden waren. Einer von ihnen bemerkte mich. Er starrte auf mein „Kleid", auf meinen verletzten Kopf und verstand sogleich. „Du bist aus dem Nachtzug geflohen, nicht wahr?" Es war mehr eine Bestätigung als eine Frage. „Wir suchen nach euch. Weißt du etwas von anderen?" „Ich weiß nur, dass einige Leute aus unserem Waggon gesprungen sind. Auch meine Mama und mein Papa. Aber ich habe niemanden hier draußen gesehen. Kann nicht sagen, was mit ihnen geschehen ist."

Man hatte gebrauchte Kleider mitgebracht. Frauen streiften mir einige Sachen über. Jemand nahm meine Hand und führte mich in ein nahegelegenes Städtchen namens Bukaczowce. Wir betraten eines der niedrigen Häuser, gingen durch einen finsteren Flur und gelangten in ein helles Zimmer. Hier standen einige Betten, entlang der Wände gab es Strohsäcke, auf denen Verletzte lagen. Viele von ihnen stöhnten vor Schmerzen. Ich stand befangen da und schaute mich um. Da hörte ich plötzlich eine leise Stimme, gedämpft von einer Bandage: „Rutka!" Es war Mama, und ich erkannte sie kaum wieder. Wie erschreckend alt sie aussah. Ihr Haar war grau geworden in dieser einzigen Nacht. Weinend umarmten wir uns, brachten kein Wort hervor. Meine Arme umschlangen sie ganz behutsam, ich wollte ihr nicht wehtun. Sie war in einem schlimmeren Zustand als ich. Eine Frage hämmerte in meinem Kopf. Dennoch brachte ich es nicht über mich, sie zu stellen. Aber Mama wusste offenbar, woran ich dachte. Sie begriff, dass sie mir die Wahrheit nicht verheimlichen durfte. Die Zeiten hatten sich vollkommen geändert. Trotz meiner Jugend war ich nun erwachsen.
„Papa ist tot", sagte sie. „Sie haben ihn genau in dem Moment erschossen, als er gesprungen ist. Ich hab es mit meinen eigenen Augen gesehen." Wir weinten nicht. Es gibt eine Grenze menschlichen Ertragens. Wir hatten keine Tränen mehr.

Die jüdische Gemeinschaft der Kleinstadt Bukaczowce tat alles Menschenmögliche, um uns zu helfen. Wir erhielten Kleidung. Den am schlimmsten Verletzten wurde medizinische Betreuung zuteil, und uns quartierte man bei etwas besser gestellten Familien ein, obgleich fast alle vollkommen verarmt waren. In diesem Städtchen gab es gottlob noch kein Ghetto. Mama und ich wohnten bei Leuten, die ihre Hilfe angeboten hatten. Hier im Schtetl gaben sie uns Unterkunft und teilten mit uns das Wenige, das sie besaßen. Sie lebten in ständiger Furcht, wie wir alle. Auch ging das böse Gerücht um, das Schtetl solle bald *judenrein* gemacht werden! Jeder wusste, was das zu bedeuten hatte. Es war uns klar, dass wir nicht mehr lange bleiben durften.

Eines Tages kam Mama aufgeregt ins Haus zurück. Sie hatte in Erfahrung gebracht, dass ein in der Nähe residierender Treuhänder, ein deutscher Güterverwalter, eine tüchtige Hausgehilfin anzustellen beabsichtigte. „Ich will versuchen, diese Arbeit zu bekommen", erklärte Mutter. Sie musste sich natürlich entsprechend vorbereiten, sich eine neue Identität aneignen, und war geradezu beseelt von dieser Idee. Einmal mehr erwiesen sich unsere Gastgeber als sehr hilfreich. Sie stellten Mutter eine wahrhaft unverdächtige, bäuerliche Ausstattung zur Verfügung: einen bunten, gebauschten Rock, ein handbesticktes Leinenhemd, dazu ein farbenfrohes Kopftuch sowie ein schlichtes Halsband mit einer Madonna als Anhänger. Würde diese Tarnung funktionieren? Ich wartete mit geringer Hoffnung und großer Angst auf Mutters Rückkehr.

Tapfer ging sie zu dem deutschen Treuhänder. In einem polnisch-ukrainischen Kauderwelsch, der ihren leicht jüdischen Akzent verdeckte, bot sie sich mit ihren besonderen Qualifikationen an: wie bescheiden, ehrlich und sauber sie sei, und was für eine gute Köchin! „Hab ich gedient vor Krieg bei wohlhabend jiddische Fanlilie in Lemberg. War gnädiger Pan[1] gut Doktor, viel Leit kranke kommen. Pani geben auf Abend oft Gesellschaft. Meine Mama gütige hat geschickt mich zu ihnen, wenn ich bin gewesen ganz Mädchen junges. Und hab ich dort alles gelernt! Kann ich kochen und backen und weiß, wie man führt Haus von wirklich noble Herrschaften."
Das gab den Ausschlag. Der Treuhänder benötigte dringend eine solche Perle. Man stellte Mama ein, obwohl sie keine Papiere vorweisen konnte. Sie hatte versprechen müssen, diese

---

[1] Ehrenvolle Anrede für einen Herrn (weibl. Pani)

später nachzureichen. Sie würde in einer Küchenecke einen Schlafplatz erhalten und zu Essen bekommen. Über den Lohn wollte man erst sprechen, wenn sie ihre angeblichen Fähigkeiten unter Beweis gestellt hatte. Schon am nächsten Morgen sollte sie mit der Arbeit beginnen.

Es hatte funktioniert! Recht zufrieden mit dem Ergebnis ihres wagemutigen Handelns kehrte meine Mutter knapp vor der Ausgangssperre zurück. Dennoch blieben viele Fragen offen. Bis tief in die Nacht hinein saßen wir in einer Ecke und erörterten flüsternd unsere prekäre Situation. Wie sollte es weitergehen? Wie konnte man die notwendigen Papiere beschaffen, und wie würde ich mich durchschlagen können? Nach Mitternacht stand unser Plan schließlich fest. Ich würde versuchen, Frania in Kolomea zu erreichen, denn bei ihr hatte Mutter etwas Geld und Schmuck hinterlassen. Frania, das Hausmädchen, war die gute Seele meiner Kindheit, Trösterin und Freundin von uns Kindern und ein voll akzeptiertes Familienmitglied. Vielleicht konnte sie als Nichtjüdin helfen, Papiere zu beschaffen und einen Unterschlupf zu finden. Vielleicht, so hofften wir, würde ich den Weg nach Kolomea schaffen und mit Papieren für Mama und mich wieder zurückkehren können. Das Risiko war groß. Überall lauerten Gefahren, in jeder Minute, hinter jeder Ecke. Gab es eine Alternative? Wir mussten es einfach riskieren. Nur ein entschlossenes Handeln würde uns eine Chance geben, zu überleben.
Es war noch dunkel, als Mama sich zum Gutshof aufmachte. Sie packte ihre wenigen Sachen und formte sie zu einem Bündel. Die letzten von einigen Münzen, die der Judenrat[1] von Bukaczowce ihr gegeben hatte, knüpfte sie in ein Taschentuch. Sie waren für meine Fahrkarte nach Kolomea bestimmt.

[1] Die Besatzer erlegten den in den Ghettos zusammengepferchten Juden eine Art Selbstverwaltung auf, an deren Spitze „Judenräte“ standen.

Von unseren herzensguten Gastgebern hatte sich Mutter schon am Vorabend verabschiedet. Nun lagen wir uns wortlos in den Armen. Dann ging sie, schloss leise die Tür hinter sich. Durch einen Riss im Vorhang beobachtete ich, wie sie um die nächste Ecke verschwand. Würde ich sie jemals wieder sehen?

Auch ich musste losziehen, schlüpfte in das einzige lange Kleid, das ich besaß. Es hatte Längsstreifen und reichte mir bis unter die Knie. Ich flocht meine Haare in zwei kurze Zöpfe und zog mir alte, zertretene Schuhe an. Unsere Gastgeber musterten mich von oben bis unten. „Siehst du aus wie eine richtige Schickse.[1] Wirst schon durchkommen. Hier hast du noch ein Stückele Brot und etwas Geld für die Reise. Nimm es nur! Wir wissen ja, dass deine Mamme dir nicht viel hat geben können. Du weißt nicht, was kann sein unterwegs. Und wenn du kommst zurück, schau herein bei uns."
Ich ging. Die blasse Herbstsonne stand bereits über dem Horizont. Aus allen Rauchfängen stiegen graue Wölkchen in den Morgenhimmel. Frühstück stand auf den Herden. Still und abgeschieden lag das Schtetl, so friedlich, als gäbe es weder Krieg noch Wahnsinn in der Welt.

---

[1] hier: Nichtjüdin

2. Zurück nach Kolomea

Ich musste einige Kilometer zurücklegen bis zu der Kleinstadt, in der ich den Zug nach Kolomea besteigen konnte. Als ich auf der Landstraße dahinzottelte, überholten mich Fuhrwerke, kutschiert von Bauern; mitunter die Ehefrau neben sich, zum Schutz vor der Kälte eingehüllt in dicke Schals. Sie brachten ihre Produkte zum Markt. Plötzlich hielt eines der Gefährte an, und eine raue Stimme rief auf Ukrainisch: „Gehst du in die Stadt? Komm, steig auf." Mir gefiel diese Einladung nicht allzu sehr. Aber das Angebot abzulehnen, hätte Verdacht erregen können. Also kletterte ich auf den Panjewagen und bedankte mich: „Wio maluskie!" Mein rustikaler Gönner schnalzte mit den Lippen, ließ die Peitsche knallen, und das Fuhrwerk rollte weiter. So kam ich viel früher in der Stadt an, als geplant. Zunächst bummelte ich etwas umher. Schließlich strebte ich dem Bahnhof zu, stellte mich vor dem Schalterfenster an und wurde bald stolze Besitzerin einer Fahrkarte nach Kolomea. „Siehst du, wie einfach es ist?", sagte ich zu mir. „Mamas Schicksal und meines hängen jetzt von richtigen Entscheidungen ab, die ich in vernünftige Handlungen umsetzen muss. Ich darf keine Angst haben!"

Die Bahnhofsuhr zeigte auf 11.00 Uhr.
Der Zug nach Stanislawow,[1] wo ich umzusteigen hatte, war nicht vor zwei Uhr Nachmittag fällig. Ich wollte mich nicht am Bahnhof aufhalten, in dem zweifelhafte Gestalten herumlungerten. Daher wanderte ich zum Markt, wo es laut und lebhaft zuging und ich mich sicherer glaubte. Gemächlich spazierte ich dahin, machte Halt an diesem und jenem Stand und gab mir den Anschein, als wollte ich etwas kaufen. Plötzlich, ein

---

[1] auch Stanislau, heute Ivano Frankivsk, Distrikthauptstadt. Von 30.000 Juden überlebten ca. 1500 den Krieg. Die jüdische Gemeinde wurde nie mehr aufgebaut.

wilder Tumult! „Weg von hier - Deutsche!" Wie alle anderen, begann auch ich zu laufen. Zu spät. Eine militärische Abteilung hatte den Platz umstellt, und mit deutscher Gründlichkeit wurden sämtliche Fuhrwerke, Kisten und Körbe systematisch durchsucht. Glücklicherweise waren die Okkupanten diesmal mehr an Nahrhaftem als an Menschen interessiert. Nicht lange, und der Platz war erfüllt vom klagenden Jammern der Frauen, deren Butter, Käse und Eier man requiriert hatte. Dann rückten die fremden Soldaten ebenso schnell ab, wie sie aufgetaucht waren, und hinterließen einen Schauplatz arger Verwüstung. Verschmähte Lebensmittel waren in den Schlamm getreten worden - aus purem Übermut.

Rasch eilte ich zum Bahnhof. Wenig später stand ich in einem überfüllten Gang des Zugs nach Stanislawow. Ich hatte Glück gehabt, würde Kolomea noch vor der Ausgangssperre erreichen.

In dieser Zeit fuhren Züge nicht sehr pünktlich, und jede Reise war ein schwer einschätzbares Abenteuer. Aus unerklärlichen Gründen hielten wir auf offener Strecke. Neugierig lehnte ich mich aus dem Fenster und sah, wie nahe der Dampflokomotive pralle Säcke auf den Bahndamm geworfen wurden. Der Zug ruckte an und nahm schleunigst wieder Fahrt auf. Dennoch erhaschte ich einen Blick auf mehrere Männer in hohen Stiefeln, die hinter Bäumen am Waldrand verschwanden. Es war offensichtlich, dass der Lokführer mit Widerstandskämpfern im Bunde war. Dieser Patriotismus kostete mich allerdings meinen Anschlusszug nach Kolomea. Der nächste Zug ging nicht vor dem folgenden Morgen. Wieder war ich in einem Dilemma. Was sollte ich tun? Ich wusste, dass es ein Risiko bedeutete, mich lange am Bahnhof von Stanislawow aufzuhalten, da die Ukrainer und Deutschen an solchen öffentlichen Orten häufig Razzien durchführten. Und im Dunstkreis dieser Fahndungsoperationen trieben sich immer die *szmalcownicy* herum; gemeine Erpresser, die Juden damit drohten, sie zu verraten, und dies auch oft genug taten. Wenn die Juden genug Geld oder sonstige Kostbarkeiten besaßen, konnten sie sich freikaufen. Manche Polen und Ukrainer spezialisierten sich in diesem Metier und trieben ein gemeines und brutales Unwesen, in dem sie regelrechte Jagden auf die verängstigten Menschen organisierten. Und dies allein aus Geldgier und Niedertracht.

Der Wartesaal des Bahnhofs war voller Menschen, die teilweise in einer Reihe auf dem schmutzigen Boden schliefen. Da hörte ich plötzlich jemanden flüstern: „Wer sucht eine Unterkunft für die Nacht?" Ein junger Mann in Eisenbahneruniform bewegte sich leise von einer Gruppe zu nächsten. Ich zupfte an seinem Ärmel. „Wie viel kostet es?" Er nannte einen Preis, und ich zählte im Kopf meine magere Barschaft ab. „Ja, ist gut", entschied ich rasch. Es war schon finster. Der junge Bahnbedienstete führte mich durch enge Gassen und stille Höfe. Schließlich öffnete er eine Tür, wir gerieten in ein dunkles Treppenhaus und tappten den ersten Stock hinauf. Eine junge Frau beäugte mich argwöhnisch. „Hast du Geld?" Flugs kramte ich meine Münzen heraus, gab ein bisschen mehr als vereinbart.
„Kein Gepäck, Mädchen?"
„Nein."
„Schon recht." Sie war damit beschäftigt, das Geld zu zählen. „Du kannst hier liegen." Sie zeigte auf einen Strohsack auf dem Boden in der Ecke der Stube. Aus einer anderen Ecke des Raums klang wimmerndes Greinen. Eine Frau beugte sich über ein Bettchen, murmelte zärtliche Worte, hob ihr Baby hoch und bot ihm ihre volle weiße Brust. Ich hockte mich auf die Pritsche, holte ein Stück Brot hervor. „Wart, ich mach dir Tee", sagte die junge Mutter, legte das zufrieden gewordene Kindchen wieder zum Schlafen und bereitete Lindenblütentee zu.
Die Wärme des beruhigenden Getränks tat mir gut; der Schlaf übermannte mich. In der Nacht weckte mich das laute und rhythmische Quietschen des Ehebettes. Ich hob den Kopf und

blinzelte hinüber. Sie lagen zusammen, der junge Eisenbahner und seine Frau. Noch nie hatte ich Erwachsene beiderlei Geschlechts im Bett beobachtet. Zunächst begriff ich nicht, was dort vorging, aber schließlich verstand ich. So erfuhr ich erstmals, wie es mit dem Sex ist, brachte in ein verständliches Ganzes, was ich bisher in abgelegenen Winkeln des Schulhofs aufgeschnappt hatte. Erinnerte mich an das verschämte Grinsen älterer Mädchen, wenn sie „es“ flüsternd besprachen. Zuhause wurde nie „darüber" geredet. Es gehörte sich nicht für eine gutbürgerliche Familie, Kindern gegenüber „solche Dinge" auch nur anzudeuten. Immerhin wusste ich schon, dass es nicht der Storch war, der die süßen Babys brachte.
„So also wird es getan - einfach widerlich", ging mir durch den Kopf. Die unwürdigen und erniedrigenden Umstände meiner „Initiation“, die sich so unvermittelt und ungewollt vollzog, machten mir zu schaffen. Endlich fiel ich in einen tiefen Schlaf.

Als ich am Morgen erwachte, hörte ich die gedämpfte Stimme meiner Quartiergeberin. „Mir gefällt dieses Mädchen nicht. Fährt allein herum, hat kein Gepäck. Vielleicht ist sie eine Jüdin." „Sch, sie wird dich hören! Und ich glaub das nicht. Hab sie mir genau angeschaut. Jedenfalls hat sie bezahlt. Außerdem wird sie ja bald gehen", versicherte der Mann. Ich war starr vor Angst. Einige Minuten lang gab ich mir den Anschein, noch zu schlafen, dann öffnete ich die Augen. Die junge Frau richtete gerade das Frühstück für ihren Gatten, der offenbar zum Dienst musste. Eiligst zog ich mich an. „Gehen wir", sagte der Mann dann und wischte sich den Mund ab. Er führte mich zum Bahnhof zurück und setzte mich in den Zug nach Kolomea. Wieder einmal hatte ich Glück gehabt. Wie mir schien, war der Bahnhof in der Nacht von einer neuerlichen Razzia heimgesucht worden.
Zwei Stunden später fuhr der Zug in den Bahnhof meiner Heimatstadt ein. Nachdem ich ausgestiegen war, zog ich das Kopftuch tiefer, da es hier allerhand Leute gab, die mich er-

kennen konnten. Dann marschierte ich jenem vertrauten Haus zu, das leider nicht mehr mein Zuhause war.
Es war ein langer Weg. Als ich dem Ziel näher kam, verlangsamten sich meine Schritte, wusste ich doch nicht, was mich dort erwartete und wie Frania mich empfangen würde. Vielleicht ließ sie mich kaltblütig fallen? So viele Menschen, die ehrlich, anständig und verlässlich schienen, hatten derartige Dinge bereits getan. Und was sollte ich anfangen, wenn sie mir nicht half? Ich besaß kein Geld mehr, war ohne Unterkunft und ohne Fahrkarte für die Rückreise. Meine einzige Hoffnung blieb Frania.
Jeder Schritt, den ich zögernd zurücklegte, erinnerte mich an die Vergangenheit. Das Postamt hier links, gegenüber der kleine Park mit dem Mars-Kino im Hintergrund. Und bald sah ich mein Elternhaus mit dem vertrauten Balkon, von dem aus ich so oft das lebhafte Treiben auf der Straße unter mir beobachtet hatte. Meine Augen wurden nass. Doch nein, ich konnte mir nicht erlauben zu weinen. „Mama braucht mich und wartet auf meine Hilfe. Ich darf sie nicht enttäuschen!"
Auf dem Marktplatz gegenüber unserem Haus war eine bunte Menschenmenge versammelt. Von den Stangen der Marktstände baumelten herzförmige Lebkuchen sowie Knoblauch- und Zwiebelzöpfe. Da gab es auch kleine Berge von Pilzen, Gemüse und Früchten. Trotz dieses offenkundigen Überflusses vernahm man heftiges Gefeilsche, denn die Schwarzmarktpreise waren sehr hoch, und nur wenige Kunden konnten es sich leisten, nach Lust und Laune einzukaufen. Die meisten Geschäfte waren praktisch leer, und was man für die Lebensmittelmarken bekam, reichte keineswegs aus.
Erstaunt verfolgte ich dieses ganz alltägliche Treiben. Für die Menschen hier ging das Leben also in gewohnter Weise weiter, während ich bereits vergessen hatte, wie es war. Mir schien es, als stünde ich auf einem fremden Planeten. Hinter dem Marktplatz konnte man die trutzige Mauer sehen, die das immer kleiner werdende Ghetto umschloss. Es war nicht

nur eine Mauer, die Räume physisch trennte, sondern eine Unheil verkündende Grenze zwischen zwei Welten - zwischen Leben und Ausrottung. Hatte ich wirklich mit anderen Zehntausenden noch vor kurzem hinter dieser Mauer gehaust? Nach den letzten Deportationen waren nur noch einige hundert Juden im Ghetto verblieben. Später wurde die Stadt für *judenrein* erklärt. Die heidnischen Mauern fielen und in die Häuser, noch warm von den früheren Bewohnern, zogen neue Mieter mit dem Recht zum Weiterleben ein.

Lange ging ich auf dem Platz auf und ab, unfähig, mich dazu aufzuraffen, unser altes Haus zu betreten. Was, wenn mich jemand erkannte? Wenn Frania hier nicht mehr wohnte? Erst jetzt begann ich verzweifelt zu begreifen, wie gefährlich und unsicher der ganze Plan wirklich war.
Plötzlich wurde ich bei der Schulter gepackt. Ohne zu denken, hob ich aggressiv das Kinn, und mein Kopftuch rutschte mir von den Haaren. Eine große, kräftige Frau blickte mich forschend an. „Rutka?"
„Paulina!"
Wir riefen die Namen fast gleichzeitig. Paulina kannte unsere Familie gut. Immer wieder hatte sie uns im Haushalt geholfen. Ich war erleichtert. Sie schob mir rasch das Kopftuch zurecht und zog mich beiseite. „Schau, dass du wegkommst! Das ist kein Ort für dich."
..Aber ich will zu Frania", bockte ich.
„Nicht jetzt am hellichten Tag. Es sind zu viele Leute hier. Ich werde dich erst einmal zu mir bringen. Danach werde ich selbst zu Frania gehen. Sie wohnt immer noch in eurem Haus."

Welch unverhofftes Glück! Die am Rande Kolomeas liegende Siedlung Targowica bestand aus meist recht armseligen Hütten mit Strohdach und Lehmfußboden. Es war eine ziemliche Strecke vom Stadtzentrum dort hinaus. Ihren Namen hatte diese nicht sehr gut beleumundete Stätte von der weiten freien

Fläche, auf der wöchentlich ein Markt[1] für Pferde und andere Nutztiere abgehalten wurde. Die Siedlung war faktisch ein eigenes Dorf, und nur die Ärmsten der Armen lebten dort, meist Ukrainer, oft drei Generationen in einem Raum, mit vielen Kindern. Laut schnatternde Gänse und Enten watschelten in kotigen Höfen. In morschen Schweineställen quiekten vernachlässigte Ferkel, und schmalen Hütten mit ausgesägtem Herz an der Tür entströmte unfeiner Geruch.

Vor diesem Hintergrund stach Paulinas Kate wohltuend hervor. Sie war weiß getüncht, in den Fenstern flammten herrliche rote Geranien. Im geräumigen Vorhaus standen zwei Fässer, eines mit Wasser gefüllt, das andere mit Sauerkraut. In der Küche gab es einen großen Ofen, mit dem man Mahlzeiten kochen sowie Brot backen konnte. Auf der warmen Ofenbank schlief man. Diese Mehrzwecköfen waren charakteristisch für karpatische Dörfer. Auf der anderen Seite des Vorraums war das Wohnzimmer mit einem Erdboden. Jede Woche musste dieser mit speziellem gelbem Lehm überstrichen werden, um ihn sauber zu halten. Heiligenbilder zierten die Wände. Dann eine breite Bank, bedeckt mit einem schmalen huzulischen[2] Teppich in wunderbaren Farben, bekannt als *Kilim,* und darauf noch ein halbes Dutzend bestickter Kissen. Ein sehr tiefer Schrank, eine Truhe, ein hell geschrubbter Tisch und vier robuste Holzstühle vervollständigten die Einrichtung. An den kalkweißen Wänden hingen geschnitzte Holzborde mit bemaltem Tongeschirr. Bestickte Gardinen hingen an den kleinen rechteckigen Fensterscheiben; auf den Fensterbänken drängten sich zahlreiche Blumentöpfe.

Ich liebte diesen Raum. Schon früher war ich gelegentlich mit meinem Bruder Salek hier gewesen. Aber es war mir bewusst, dass ich in meiner jetzigen Lage nicht in dieser bezaubernden

---

[1] Viehmarkt: poln. Targ, daher Targowica

[2] Huzulen: ukrainischer Volksstamm in den Wald- und Ostkarpaten im ehemaligen Polen, jetzt Ukraine und Rumänien

Bauernstube bleiben durfte. Und wirklich: Paulina wies mich in einen dunklen Winkel des Vorhauses, wo sich hinter einem Vorhang eine Art Speisekammer verbarg. „Sitz einstweilen da drinnen. Zeig dich ja nicht und gib keinen Ton von dir, was auch immer draußen geschieht. Niemand darf mitbekommen, dass du hier bist. Inzwischen werde ich Frania aufsuchen, und gemeinsam müssen wir uns dann überlegen, was als Nächstes zu tun ist." Sie brachte mir eine Schale heißer Milch und eine dicke Schnitte selbst gebackenen Brots, dazu eine Decke, mit der ich mir ein angenehmes Nest schuf. Zuletzt versperrte Paulina die Haustür von außen und ging.

Das Mahl schmeckte himmlisch. Damit es vorhielt, kaute ich minutenlang an jedem Bissen und trank die Milch in kleinen Schlückchen. Danach legte ich mich hin. Seit langem hatte ich mich nicht so behaglich und entspannt gefühlt. Ich hatte jemanden gefunden, der mir beistand und wichtige Entscheidungen für mich treffen würde. Im Halbschlaf hörte ich das zufriedene Gackern der Hühner, das Grunzen der Schweine und von Ferne Hundegebell. Unmerklich verschwammen diese Geräusche und ich begann, hinter gesenkten Augenlidern Bilder meiner verlorenen Kindheit zu sehen.

*

Wer war Paulina? Sie beherrschte Polnisch fast so gut wie ihre ukrainische Muttersprache, konnte auch etwas Jiddisch. Wenn bei uns zu Hause die Feiertage vor der Tür standen und somit das große Reinemachen anfing, war es an der Zeit, in die Targowica zu gehen und Paulina zu holen. Dies war immer die Aufgabe meines Bruders Salek. Denn Mama fand, dass ich zu jung sei, allein so weit zu gehen, aber ich wollte diesen aufregenden Besuch nicht verpassen. Salek gab meinem inständigen Bitten oft nach und nahm mich mit. Doch ich musste ihm versprechen, unterwegs nicht zu trödeln, weil er stets auch sehr wichtige Dinge für sich selbst erledigen wollte. Er war damals

immer in Eile und mit seinen nur für Jungen bestimmten Angelegenheiten beschäftigt. So richtete er Paulina in knappen Worten aus, was ihm aufgetragen war, traf die nötigen Vereinbarungen mit ihr und lief dann zu einem ukrainischen Schulkameraden, der in der Nachbarschaft wohnte. Sie gingen beide in dasselbe Gymnasium; der Kollege war zwar begabt, kam jedoch aus einer proletarischen Familie und hatte es nicht leicht, in dieser Eliteschule zu bestehen. Salek war gegenüber sozialen Problemen bereits recht sensibel und versuchte ihm zu helfen. Beide befassten sich ständig mit irgendwelchen Projekten, die sie vor mir, der jungen Gans, verheimlichten.
Also verbrachte ich die Zeit bei Paulina und war glücklich darüber. Sie behandelte mich wie einen besonderen Gast, hieß mich wie bei einer feierlichen Zeremonie auf der Bank unter den Heiligenbildern sitzen.
Es gab Kuchen, Himbeersaft oder Tee. Sie saß neben mir, und wir führten lange „Erwachsenengespräche", was mich sehr beeindruckte. Denn damals betrachtete mich jeder noch als Kind.

Wie mit Salek besprochen, erschien Paulina dann einige Tage später in unserem Haus in der Pilsudskistraße und tat ihre Arbeit: Wäsche waschen, Fenster putzen oder den Fußboden bohnern. Wie schwer diese Tätigkeiten waren, realisierte ich damals natürlich nicht. Vielleicht auch deshalb, weil Paulina alles mit unnachahmlicher Grazie ausführte, so dass es den Anschein von Leichtigkeit bekam. Arbeit war für sie weniger eine Bürde als vielmehr ein zu zelebrierendes Ritual.

Wenn die „große Wäsche" stattfand, hielt ich mich gerne in der Küche auf. Der mit Dampf vernebelte Raum war nun wie verwandelt. Lauge, in der Wäschestücke weichten, blubberte in einem riesigen Kessel auf dem Ofen. Im Zentrum stand ein großer Waschbottich auf vier Hockern, davor Paulina mit aufgerollten Ärmeln, den voluminöser Rock hoch gesteckt. Bis zu den Ellbogen in Seifenwasser, rieb sie das Bettzeug geschickt am verzinkten Waschbrett ab. Am eindrucksvollsten war für mich das Auswringen. Aufmerksam beobachtete ich, wie Paulina erbarmungslos das Wasser aus Bettlaken, Bezügen und Tischtüchern wrang, sie in weiße, dicke Schlangen verzauberte und diesen Vorgang beim Schwemmen und Stärken wiederholte. Um eine zusätzliche Weiße zu bewirken, gab sie dem Wasser ein Pulver namens „Ultramaryna" bei. Ich fand das höchst unlogisch, konnte nicht verstehen, dass ein dunkles Blau die Wäsche bleichen sollte. Zum Schluss wurden die weißen Schlangen aufgeschlagen und am Dachboden auf Schnüre gehängt, um zu trocknen. Nach einigen Tagen vollzog sich dann der zweite Schritt der Zeremonie, das Bügeln.

Mama hatte eine Schwäche für technische Neuerungen. So gab es bei uns schon sehr früh ein elektrisches Bügeleisen, eines der ersten überhaupt, die auf dem Markt erschienen waren. Doch Paulina war absolut gegen solche modernen Geräte. „Damit soll man bügeln können? Nie im Leben!" Und sie plättete auf althergebrachte Weise, fuhrwerkte mit einem schweren schwarzen Eisen, gefüllt mit glühender Holzkohle, bis die Wäsche vor Glätte schimmerte. Nach einigen Stunden bekam sie von dem Rauchgas böse Kopfschmerzen, wand sich ein nasses Handtuch um ihr Haupt und legte sich in Franias Bett, um auszuruhen.

Am besten aber gefiel es mir zuzuhören, wenn Paulina und Frania nachmittags bei Tee oder Kaffee und Butterkeksen beisammen saßen und plauderten. Oh, wie interessant für mich! Da gab es saftigen Tratsch und pikante Details über andere Haushalte, in denen Paulina arbeitete - über unseren Haushalt wurde natürlich taktvoll geschwiegen. Da wurde über christliche Feiertage gesprochen - mit Informationen, die mir später überaus nützlich werden sollten. Man kommentierte etwa die letzte Sonntagspredigt. „Die ist so schön gewesen, meine Liebe, dass ich weinen musste." Aufregend waren die gruseligen Geschichten von Geistern und wundersamen Ereignissen, die mir Schauer über den Rücken jagten und die sich, „ohne Zweifel, meine Liebe, wirklich so abgespielt haben." Manchmal wurden sogar Augenzeugen genannt.

Frania hatte die „Rycerz Niepokalna" abonniert, auf deutsch „Die Ritter der heiligen Jungfrau", eine populäre katholische Wochenzeitung, deren Chefredakteur zeitweise Pater Maximilian Kolbe war. Sie war also immer bestens informiert. Paulina war, trotz der drei Sprachen, die sie beherrschte, beinahe eine Analphabetin und dennoch eine intelligente Frau. Frania jedoch war die eigentliche Autorität, die man nicht in Frage stellte, geschweige denn herausforderte.
Unsere Frania! Sie war ein sehr wichtiges Mitglied der Familie und für meine Brüder und mich die erste Anlaufstelle. Ihr eigentlicher Name lautete Francisca Raduga. Sie wurde aber von allen immer nur *Frania* genannt. Sie war unsere Ersatzmutter. Natürlich gab es unsere Eltern, aber zu diesen hatten wir einen größeren Abstand. Es war Frania, zu der man lief, wenn man ein aufgeschlagenes Knie hatte, eine prächtige Beule oder ein anderes kindliches Ungemach. Sie fand für alles eine Lösung. Das zerschundene Knie wurde mit Jod behandelt. Die beste Abhilfe für eine Beule war, eine kalte Messerklinge dagegen zu drücken. Die Behandlung einer Schnittwunde bestand darin, das gewaschene Blatt eines Heilkrauts aufzulegen – da kannte sich Frania sehr gut aus. Wir glaubten fest an ihre medizinische Künste und sie wirkten immer. Es war Frania, die stets mit einer warmen, schmackhaften Mahlzeit auf uns wartete, wenn wir hungrig nach Hause kamen. Ihr berichteten wir unsere triumphalen Erfolge und peinlichen Niederlagen. Mama hingegen stand von früh bis spät im Geschäft und hatte einfach keine Zeit für unsere Probleme.

*

Meine tagträumerische Rückbesinnung mochte eine Stunde oder länger gedauert haben, als ich hörte, wie draußen das

Vorhängeschloss aufgesperrt wurde. Bestürzt kehrte ich in die prekäre Gegenwart zurück und sprang auf. Die Tür öffnete sich, und ich sah Frania! Alle Vorsichtsmaßregeln vergessend, eilte ich in ihre geöffneten Arme. Paulina schloss rasch die Tür, zog die Vorhänge zu und entzündete eine Petroleumlampe. Noch hatten nicht alle Segnungen der Zivilisation das arme Stadtviertel erreicht. Wir gingen ins Wohnzimmer, wo Frania mich im flackernden Lampenlicht eingehend musterte. „Du hast dich verändert", sagte sie schließlich. „Du bist nicht mehr das sorglose Kind von früher. Und jetzt setz dich hin und erzähl uns alles. Ich weiß nur, dass ihr drei unter den Leuten gewesen seid, die man zum Bahnhof gebracht hat. Das war nach der Zusammentreibung im Ghetto. Ich hab gehört, was mit all den Menschen passiert ist, und um euch getrauert. Gott sei mein Zeuge!"

Ich begann meine Erlebnisse zu berichten, und die beiden Frauen hörten zu, ohne mich zu unterbrechen. Nur der fester werdende Druck ihrer Hände, die meine hielten, sowie die über ihre Wangen laufenden Tränen ließen ihre tief bewegte Anteilnahme erkennen. Die unruhige Flamme der Lampe warf zitternde Schatten an die Wand, und das Zimmer füllte sich mit Erinnerungen an meine Angehörigen. Papa, Pawel, Salek – alle fort. Und wie stand es mit Mama?

Ich nahm mich zusammen und sagte mir: „Jetzt sind nur noch wir zwei geblieben. Mama wartet auf meine Hilfe. Ich muss stark sein und mutig." Aber gab es überhaupt eine reelle Chance davonzukommen? Konnten wir es schaffen, die zahllosen beutehungrigen Bluthunde abzuschütteln, die uns auf den Fersen waren? Im Augenblick befand ich mich in Sicherheit innerhalb der Wände dieses gastfreundlichen Hauses. Ich spürte die Sympathie und das Mitgefühl der beiden Frauen beinahe körperlich und durfte darauf bauen, dass sie uns unverbrüchlich wohlgesinnt waren. Doch wie weit konnte ich mich wirklich auf ihre Hilfe verlassen, in dieser Welt voller Wölfe? Sie wussten so gut wie ich, dass sie ihr eigenes Leben aufs Spiel setzten. Wollten wir ihnen das tatsächlich abfordern? Aber gab es einen anderen Weg, den vielen aufgestellten Fallen auszuweichen? Wie sonst konnte man der präzise organisierten Tötungsmaschinerie der fanatischen braunen Horde entrinnen?

Es war spät geworden. Frania nahm mich fest in die Arme und küsste mich. Fast schien es, als hätte sie meine Gedanken erraten. „Ich weiß noch nicht, wie wir es anstellen werden, aber du kannst auf meine Hilfe zählen. Ich darf dich nicht mitnehmen. In eurem Haus ist jetzt im zweiten Stock das sogenannte „Deutsche Haus", eine Art Offiziersklub, und sie verlangen von mir, dass ich mich um alles kümmere. Zwei oder drei Tage wirst du ja hier wohnen können, denke ich." Sie sah Paulina an, die nach kurzem Zögern zustimmend nickte und in die Küche ging. „Inzwischen werde ich versuchen, ein paar Sachen von deiner Mama zu Geld zu machen", fuhr Frania fort. „Dann müssen wir uns noch einiges überlegen. Jetzt ist es aber Zeit, schlafen zu gehen. Wir haben übrigens schon längst Ausgangssperre. Ich werde hier übernachten. Und morgen sehen wir weiter."

Paulina hatte Wasser in einem großen Kessel erhitzt und goss es in eine Wanne. „Komm, steig aus deinen Lumpen", sagte sie zu mir. „Ich will sie dir nach dem Frühstück waschen." Sie reichte mir einen Riegel grauer Seife, und ich stieg freudig in das heiße Wasser. Wie lange war es her, dass ich ein Bad genommen hatte? Im Ghetto war dieser Luxus vollkommen unbekannt und unmöglich. Nicht nur, weil jeder Raum mit Menschen voll gestopft war, sondern vor allem deshalb, weil es kaum Wasser gab. Die wenigen Brunnen trockneten bald aus, und vor den Pumpen standen immer lange Schlangen. Selbst hier schritten die Deutschen oft ein, machten sich ein Vergnügen daraus, auf die wartenden Menschen zu schießen oder sie zu verjagen. Wasser war von daher streng rationiert, und häufig gab es nicht einmal genug zu trinken. Wenn wir welches ergatterten, horteten wir es wie einen kostbaren Schatz.

Während ich in der Küche badete, brutzelte eine Pfanne mit Kartoffeln auf dem Ofen. Der Geruch von Zwiebeln und angebratenen Speckwürfeln stieg mir in die Nase. Du meine Güte, was für ein verführerischer Duft! Keine Minute länger hielt ich es mehr in der Wanne aus, so angenehm es darin auch war. Ich sprang heraus, rieb mit dem rauen Handtuch meine Haut ab, bis sie sich rötete. Schlüpfte in ein Hemdkleid aus Leinen und setzte mich schleunigst zu den zwei Frauen an den Tisch. Vor mir türmte sich ein wahrer Berg von Kartoffelbrei, reichlich begossen mit Zwiebeln und Speckschmalz. Daneben ein Becher köstlicher saurer Milch mit dicker gelber Sahne obenauf. Ich musste zu diesem Festschmaus nicht zweimal eingeladen werden und schlug mir den Bauch voll, bis meine Ohren zitterten, wie die Polen sagen. „Und jetzt ins Bett", befahl Frania, als ich alles weggeputzt hatte. „Morgen musst du dich wieder verstecken. Paulina und ich werden aufräumen, so dass niemand etwas von deiner Anwesenheit merkt. Und dann gehe ich in die Pilsudskistraße zurück." Dort bewohnte sie derzeit zwei winzige Kammern im dritten Stock, die anderen Räumlichkeiten in unserem einstigen Haus hatten die Deutschen bereits beschlagnahmt.

*

Als Ostpolen 1939 von den Sowjets überrannt wurde, betrachteten diese uns als "Bourgeoisie". Die *Roten,* wie wir sie nannten, nahmen uns das Geschäft weg und überließen uns nur das kleine oberste Stockwerk, wo wir uns zu sechst, Frania natürlich mit eingeschlossen, zusammendrängen mussten. Sie hätte als Angehörige der „ausgebeuteten Klasse" fortgehen und in besseren Umständen leben können, schlug aber dieses Privileg aus. Anders als Adolf, unser Verkäufer, der den ihm von den neuen Machthabern angebotenen Posten als Geschäftsführer sehr bereitwillig angenommen hatte. Meine Eltern verletzte das, ihnen wäre es lieber gewesen, ein Fremder hätte den Posten übernommen. Adolf, Jude wie wir auch, spielte dann fast zwei Jahre lang den Chef, bis die Nazis kamen und allem ein Ende bereiteten.

Ich erinnere mich noch sehr klar an das abendliche Ritual, wenn wir die kleine Stube in ein gemeinsames Schlafzimmer verwandelten. In einer Ecke stand ein grünes Eisenbett, in dem Mama schlief. Daran anschließend gab es ein kleines Sofa, das tagsüber als Couch und nachts als mein Bett diente. Papa ruhte auf einem ausziehbaren Fauteuil, und die Buben lagen auf dem Tisch, verlängert durch ein Kinderschreibpult und mit Kissen bedeckt.

Frania schlief in der Küche und genoss den Luxus, die Nacht allein in einem Raum zu verbringen. Trotz dieser Beengtheit und der sich stetig verschlimmernden Lebensbedingungen - die man luxuriös nennen konnte im Vergleich zu jenen, die uns die Deutschen später aufzwangen - fanden Salek und ich diese neue Situation irgend wie aufregend. Wir betrachteten sie als eine Art Ferienlager und glaubten zudem, dass es nicht lange dauern würde, bis alles wieder seinen gewohnten Gang nahm. Pawel war achtzehn, gab sich sehr erwachsen und ging schon mit einer Freundin aus. Dies war wiederum für Salek und mich eine unerschöpfliche Quelle der Heiterkeit. Wir zogen den großen Bruder ständig auf, und er hielt das überhaupt nicht für spaßig. Er nahm das Freien recht ernst und war vermutlich überaus verliebt. Wie es schien, wusste Frania über die Affäre jedenfalls besser Bescheid als unsere Mama. Ich erkannte nicht, wie sich die Dinge für uns immer mehr verschlechterten, war vielmehr glücklich, den Eltern nun näher zu sein. Vater verbrachte die meiste Zeit zu Hause. Er las reichlich, einmal sogar im „Kapital" von Karl Marx. Wahrscheinlich wollte er besser verstehen, was „diese Roten" im Sinn hatten.

Wie immer war Mama die bei weitem Aktivste. Ständig kam und ging sie, versuchte dies und jenes zu arrangieren. Wahrscheinlich schloss sie auch irgendwelche geschäftlichen Trans-

aktionen ab, denn wir mussten ja von etwas leben. Eine Menge fremder Leute kam in unsere ohnehin schon überfüllte Kleinwohnung, manchmal sogar auch Offiziere der Roten Armee. Nach deren Besuch mussten wir alle oft auswärts schlafen. Offenbar erschienen sie, um uns vor geplanten Deportationen zu warnen. Damals nahmen wir das Wort *Razzia* in unseren Sprachschatz auf. Die russischen Soldaten kamen in der Regel nur nachts, gestatteten den Menschen bloß wenige Minuten fürs Packen, bevor sie unter Bewachung erst zum Bahnhof und dann nach Sibirien weggebracht wurden. Sie holten sich vorwiegend Polen, zuweilen aber auch Juden. Es war der gefürchtete NKWD, der sowjetische Geheimdienst, der die Kriterien der Deportation bestimmte. Wenn es überhaupt Kriterien gab.
Doch insgesamt kam mir unser Leben gar nicht so schlimm vor. Meinen Eltern war es gelungen, einiges aus den Warenbeständen zu retten, wie etwa Mehl, Zucker, Fleischkonserven und Sardinenbüchsen. Mama hatte es geschafft, diese lebenswichtigen Dinge noch vor der Enteignung bei ehrlichen Leuten an einem sicheren Ort zu verwahren. So war es jedenfalls von ihr beabsichtigt. Konnte sie denn ahnen, wie schnell Begriffe wie Ehre und Redlichkeit entwertet sein würden?
Was wir früher stolz als „unser Apartmenthaus" bezeichnet hatten, stand genau im Zentrum der Stadt. Ebenerdig lagen die Geschäftsräume, darüber die Gesellschaftsräume mit ihren sogenannten „venezianischen" Fenstern und Balkonen. Der letzte Stock war eigentlich eine Art Mansarde. Hinter der Küche und dem Kinderzimmer gab es eine lange, enge Speisekammer, die statt eines Fensters ein rundes Oberlicht hatte. Jene merkwürdig gestaltete Kammer war für mich oft Ziel mysteriöser Expeditionen. Ich liebte es, ihre dunklen Winkel zu erforschen und durch die schräg eingesetzte runde Glasluke den Himmel zu beobachten.

Die stets ihre Form verändernden Wolken beflügelten meine

Phantasie. Aufregend war es, wenn einer der Brüder mich hochhob und ich über das rote Dächermeer schauen konnte und tief unten die Pilsudski-Statue und das Rathaus sah. Von diesem ungewöhnlichen Rundfenster aus erschien mir alles irgend wie anders, mystisch und bizarr. In einer Ecke der Speisekammer stand ein großer altmodischer Schrank, unten mit einer breiten Lade versehen. Den Geruch der Mottenschutzmittel habe ich noch in der Nase. Vor dem Krieg hingen im Sommer Pelze und sonstige Wintersachen in dem Schrank. Während der russischen Besatzung hatten wir in ihm ein heimliches Lager angelegt. Es gab auch andere raffinierte Verstecke in der Speisekammer. Einige der verborgenen Dinge waren gewiss noch vorhanden und konnten zu Geld gemacht werden.

*

Ich wohnte vier Tage bei Paulina. Im Haus bewegte ich mich nur spät abends umher, wenn ich sicher sein konnte, dass niemand überraschend zu Besuch kommen würde. Frania indessen war emsig unterwegs, um Mamas gehortete Wertsachen zu verkaufen. Obwohl große Nachfrage danach bestand, waren diese Transaktionen weder einfach noch ungefährlich. Am dritten Tag jedoch erschien sie mit den Ergebnissen ihrer waghalsigen Mission. „So", begann sie, nachdem die Fenster geschlossen und verhüllt waren, „hier hab ich einige Kleider für dich. Einen warmen Wollumhang in grau-weißem Karomuster und eine Garnitur leinener Unterwäsche. Dann hab ich deine alten Skischuhe im Kasten gefunden, hoffentlich passen sie dir noch. Sind von guter Qualität, könnten dir also noch lange dienen. Und sieh mal: Hier unter der Innensohle habe ich drei kleine Fotografien aus deiner Kindheit versteckt. Habe lange überlegt, ob du się mitnehmen darfst, denn das ist gefährlich. Aber ich meine, es ist gut so und deine Mama soll bestimmen, ob ihr sie behaltet oder nicht. Auch deinen dunkelblauen Schulmantel hab ich oben im Schrank gesehen, aber der passt nicht zu deiner jetzigen Verkleidung. Würdest auffallen damit. Du musst wie ein einfaches Bauernmädchen aussehen. Trag also weiterhin das gestreifte Kleid, mit dem du gekommen bist. Paulina wird es ein bisschen herrichten. Ganz wichtig aber sind diese Dinge", sagte Frania und schob mir ein kleines Gebetbuch zu, einen Rosenkranz mit Etui und ein metallenes Kreuzchen, am Hals zu tragen. „Du musst die wichtigsten katholischen Gebete so gut lernen", schärfte sie mir ein, „dass du sie auch dann auswendig aufsagen kannst, wenn man dich mitten in der Nacht wecken sollte, um sie von dir zu hören. Und vergiss deinen Namen. Von jetzt an bist du Katarzyna Raduga, geboren in Tarnopol, die Tochter der Franciska Raduga, Vater unbekannt."

Ich wusste über die Hintergründe dieser Namensübertragung Bescheid. Frania war als junges Ding von einem Mann verführt und sitzen gelassen worden. Der Schande bezichtigt und von Häme verfolgt, ließ sie schließlich ihre sechsjährige Tochter Kasia bei Verwandten in Tarnopol zurück, um Arbeit in einer anderen Stadt zu suchen. So kam sie nach Kolomea. Die Welt hatte sie gar nicht gut behandelt, und sie war einen langen Weg gegangen, bevor sie zu uns fand. Damals war ich fünf Jahre alt gewesen. Nun konnte Frania zumindest regelmäßig Geld für Kasias Unterhalt schicken, was dem Kind die Mutterliebe allerdings nicht ersetzte. Es war hart für beide, und Frania litt sehr unter der Trennung, obschon sie inzwischen zu einer beherzten, widerstandsfähigen Frau gereift war. Ich schätze, dass sie einen Teil ihrer mütterlichen Liebe auf mich übertrug.

Was Frania jetzt für mich riskierte, war mehr als mutig. Zwar gab sie mir keinerlei Dokumente, doch allein die Tatsache, dass sie mir erlaubte, den Namen ihrer Tochter zu benutzen, genügte bereits, um alle in große Gefahr zu bringen. Sie gab mir ein sorgfältig vorbereitetes Bündel. „Hier, nimm. Ich hab einige Schmuckstücke in das Hüftband des weiten Rocks eingenäht. Stücke, die mir deine Mutter zur Aufbewahrung gegeben hat. Trauringe, zwei andere Ringe, eine goldene Halskette und paar Dollar. Und da sind noch deutsche Besatzungszloty, die du am Busen verstecken sollst. Außerdem hab ich die goldene Taschenuhr deines Vaters. Sie ist aber zu groß, um sie im Rock oder sonst wo einzunähen. Vielleicht kann ich sie deiner Mutter zurückgeben, wenn bessere Tage kommen. Und jetzt hör gut zu. Deine Mama soll bleiben, wo sie ist. Sie wird nicht so schnell einen besseren Unterschlupf finden. Jedenfalls darf sie ja nicht hierher zurückkehren. Und du solltest dich freiwillig zur Arbeit in Deutschland melden. Einigen jüdischen Mädchen ist das schon gelungen, wie ich weiß. Du siehst unverdächtig aus, dein Polnisch ist gut, und wenn du als Freiwillige hingehst, werden sie wahrscheinlich nicht zu viele Umstände wegen der fehlenden Papiere machen."

Wahrscheinlich. Nicht zu viele Umstände. Alles leicht gesagt, aber würde ich es schaffen? Wie viele Fallstricke gab es da? Der kühne Plan konnte gelingen - aber auch kläglich scheitern! Andererseits wusste ich, dass es zu riskant war, länger hier zu bleiben. Beide Frauen, insbesondere Frania, hatten bereits weit mehr für uns getan, als wir je erwarten durften. Dennoch blieb ein Rest von Bitterkeit und Enttäuschung in mir, dass sie die Möglichkeit nicht einmal erwähnte, Mama und mich in ihrer Wohnung zu verstecken. Erst Jahrzehnte später sollte ich verstehen, warum dies so war.

Es war meine letzte Nacht in Paulinas gastfreundlichem Haus. Am nächsten Morgen machte ich mich, mit dem Segen der beiden frommen Frauen versehen, auf den Weg zurück zu Mama. Noch einmal ging ich durch die Straßen meiner Stadt. Hier kannte ich jeden Stein und wusste genau, was hinter der nächsten Ecke lag. Ich konnte auf verschiedenen Routen zum Bahnhof gelangen, aber Frania trug mir auf, die kürzeste zu nehmen. Sie folgte mir mit einigem Abstand, um sich zu vergewissern, dass ich den Zug sicher erreichte. Aber ich wollte unbedingt noch einen Blick auf unser Haus werfen, auch

wenn es Frania nicht recht war. Warum nur wurde ich ständig gewarnt, dass niemand von uns sich dort zeigen dürfe? Ich fasste einen Entschluss. Was immer die Konsequenzen sein mochten, ich musste an unserem Wohnsitz vorbei und auch an meiner Schule. Also marschierte ich in diese Richtung, schielte kurz nach hinten und sah, wie Frania mir verzweifelte Zeichen gab. Aber ich tat. als bemerkte ich sie nicht, und ging weiter. Obwohl noch früh am Morgen, waren schon viele Leute unterwegs. Bäuerinnen, in ähnliche Umhänge gehüllt wie ich, hasteten zum Markt, schleppten Milchkannen und Eierkörbe. Männer mit Kappen und einfach gekleidete Hausfrauen vermischten sich mit den Bäuerinnen. Hier und da eine Dame mit Hut und einem hinter ihr trottenden Dienstmädchen auf früher Einkaufstour. Das verhasste deutsche Feldgrau fehlte noch; es würde sich erst später am Tag zeigen, wenn die Besatzer arrogant durch die Straßen marschierten und dabei ihr „Heili, Heila, Heilo" sangen.
Nun war ich im Stadtzentrum, ging an den Auslagen unseres einstigen Geschäfts entlang. Die Scheiben glänzten nicht mehr wie früher. Statt der reichen Auswahl an Delikatessen und Früchten dienten traurige, verstaubte Essigflaschen sowie Attrappen von Lebensmitteln als Blickfang. Verstohlen wischte ich eine Träne fort. Dann begann ich mich zu sputen. Ich konnte wegen meiner Sentimentalität noch den Zug versäumen! Ich lief beinahe. Wie gut, dass Frania mir die Fahrkarte schon gekauft hatte. Am Bahnhof zeigte die große Uhr, dass mir bis zu meiner Abfahrt noch zwanzig Minuten blieben. Der Bahnsteig war voller Menschen. Als der Zug einfuhr, zog mich die Welle der Einsteigenden mit in die Waggons. Sitzplätze gab es keine mehr. Ich war froh, einen Platz im Gang in der Nähe eines Fensters zu bekommen, dessen Scheibe vollständig zerbrochen war. Da ist Frania! Sie steht auf dem Bahnsteig und blickt zu mir. Ich winke! Der Zug setzt sich langsam in Bewegung und gewinnt an Geschwindigkeit. Immer noch steht sie da, die Hand zum Abschiedsgruß erhoben. Rutscht

immer weiter aus meinem Blickwinkel, nach hinten. Bald kann ich sie nicht mehr sehen. Sie wird immer kleiner, meine große Hilfe schwindet. Ich bleibe und fühle mich plötzlich schrecklich einsam unter all den Menschen. Was wird weiter mit uns, mit mir und Mama geschehen? Gibt eine Zukunft für uns?
Jeder verstaute sein Gepäck. Ich setzte mich auf mein Bündel. Töne einer Mundharmonika klangen aus einem anderen Abteil herüber. Ich hörte Menschen reden und lachen. Eine Flasche hausgebrannten Wodkas wurde weitergereicht. Ein freundliches Wesen bot mir einen leuchtend roten Apfel an. Ich grub meine Zähne hinein. Saft kleckerte mir übers Kinn. Die beste Frucht aus unserem Geschäft hatte niemals so gut geschmeckt wie dieser Apfel. Trotz Krieg und Unterdrückung vermochten Menschen noch freundlich zueinander zu sein. Plötzlich brach in der Nähe ein großer Tumult aus. Jemand rief: „Schnappt das Jüngelchen!" Am Ende des Gangs hörte man erregtes Geschrei, und eine weitere Illusion zerbarst. Wieder hatte mich die grausame Realität eingeholt. Aber diesmal ging es nicht um mich, sondern um einen Jungen. Man hatte einen kleinen Juden entdeckt. Jungen haben es schwerer sich zu verbergen, auch wenn sie „gut", das heißt nichtjüdisch, aussehen. Er wurde eingekreist und festgehalten, um ihn den Bütteln auszuliefern. Es ist zu bezweifeln, dass die selbst ernannten Häscher die Nürnberger Rassengesetze von 1935 kannten, aber sie handelten danach. Nicht einen Augenblick lang ließ man uns vergessen, dass wir rechtlos waren und jedermann uns hetzen konnte wie Tiere. Das monotone Rattern der Räder verblasste. Ich saß nicht sehr bequem auf meinem Bündel – trotzdem schlief ich ein. Ein Privileg der Jugend. Ich erwachte, als die Passagiere ihre Sachen für den Ausstieg vorbereiteten. Schließlich stand ich, nach fast drei Stunden Fahrt, auf dem Bahnhof von Stanislawow.

3. Abschied für immer

Der Zug nach Bukaczowce sollte in einer Stunde fahren, eine lange und gefährliche Wartezeit blieb mir diesmal erspart. Wie gut, war mein erster Gedanke. Ich würde das Städtchen Bukaczowce noch bei Tageslicht erreichen. Ich würde bei unseren jüdischen Wohltätern übernachten, die Mama und mich so freundlich und großmütig in ihr Haus aufgenommen hatten. Sie könnten mir wie verabredet die Adresse des Treuhänders geben. Und am nächsten Tag, in aller Frühe, würde ich zu Mama gehen.
Als ich das Städtchen erreichte, spürte ich sofort, dass etwas nicht stimmte. In den sonst so belebten Straßen war es merkwürdig still und kein Mensch mit dem Davidstern war zu sehen. Dabei hatte es vor meiner Abreise so viele von ihnen gegeben. Die Häuser standen leer, wie ausgestorben, und manche Türen waren mit Brettern vernagelt. Eine böse Ahnung beschlich mich. Hatte hier eine *Aktion* stattgefunden? Ich musste herausfinden, was geschehen war, dabei aber Vorsicht walten lassen. Ich hörte Kirchenglocken läuten. Natürlich, heute war ja Sonntag! Ich würde zur Kirche gehen, denn ich wusste, dass die Leute nach der Messe gerne noch zusammen auf dem Kirchhof stehen bleiben, um etwas zu klatschen.
In der Tat summte es auf dem Kirchhof wie in einem Bienenkorb. Alle sprachen über die Aktion vom Freitag. Aus einzelnen Gesprächsfetzen gelang es mir, ein schreckliches Bild von dem zu gewinnen, was sich ereignet hatte. Wenige Tage nach meiner Abreise umstellten Ukrainer und schwarz uniformierte SS-Männer das jüdische Viertel. Sie gingen von Haus zu Haus, mit deutscher Pedanterie und ukrainischer Grausamkeit, jagten die Menschen heraus und durchsuchten sämtliche Räume, um jene aufzugreifen, die sich versteckten. Wer Widerstand leistete, wurde sofort erschossen.
In den Straßen strömte das Blut. Die noch Lebenden trieben

die Deutschen zu einem Platz nahe dem Bahnhof, wo man sie einen Tag und eine Nacht lang ohne Wasser oder Nahrung festhielt. Männer, Frauen, alte Leute und Kinder. Es gab kein Erbarmen! Am Morgen des zweiten Tages pferchte man sie in Güterwaggons und verfrachtete sie nach Unbekannt. Die Täter waren nach dem bewährten Schema vorgegangen. Die deutsche Ausrottungsmaschinerie hatte wieder einmal einwandfrei funktioniert. Bukaczowce war *judenfrei*. Welch eine Ironie des Schicksals! Meine Retter hatten ihr Leben verloren, und ich, das kleine, schwache Wesen, lebte immer noch. Ein tiefe Trauer erfasste mich.[1]

Der Landsitz, auf dem meine Mutter Zuflucht gefunden hatte, lag einige Kilometer außerhalb von Bukaczowce. Wie konnte ich mit ihr Verbindung aufnehmen, ohne uns beide zu gefährden? Der kurze Herbsttag neigte sich bereits seinem Ende zu. Kurz entschlossen zog ich meinen Umhang enger und marschierte los, in der Hoffnung, das Gut der Treuhänderfamilie ohne fremde Hilfe ausfindig zu machen. Es dauerte nicht lange, bis die Dämmerung einsetzte. In einem Feld am Rande meines Weges standen Heuhaufen. Ich stapfte hinüber, grub mir eine Höhle in einem von ihnen, kroch hinein und tarnte sorgsam den Zugang. Dann aß ich den Rest des Brotes, das Frania mir mitgegeben hatte, sparte dafür das bisschen Milch in der Flasche für den Morgen auf. Ich räkelte mich und schlief ein.

*

Mamas Tagwerk begann sehr früh. Sie hatte, unter dem angenommenen Namen *Zosia*, eine Menge zu tun, vor allem in der Küche, da sie eine ausgezeichnete Köchin geworden war. Wo-

---

[1] Die Transportlisten des Vernichtungslagers Belzec weisen für den 21. September 1942 200 Juden aus Bukaczowce aus. Weitere 550 folgten am 26. Oktober 1942. Damit war die jüdische Gemeinde der kleinen Stadt vollständig vernichtet.

her sie diese Fertigkeit bezogen hatte? Zu Hause hatte sie jedenfalls nie Zeit für die Speisenzubereitung gehabt! Nun, sie kochte Mahlzeiten, die dem Herrn Treuhänder mundeten, und so war er recht zufrieden mit ihr.

Das Landgut war von mittlerer Größe. Vor dem Krieg hatte es einer in der Gegend hoch angesehenen Familie gehört. Der Zustand des Anwesens war tadellos. Eine Allee von alten Lindenbäumen führte zu einem typisch polnischen Herrenhaus mit Säulen vor dem Hauptportal. Hinter dem Haus reihten sich solide Backsteinbauten für die ärmeren Verwandten, die üblicherweise bei den Reichen der Familie Asyl fanden und taktvoll „Gäste" genannt wurden. Bei Ausbruch des Krieges bestand die Besitzerfamilie aus einem Ehepaar, das „ältere Herrschaften" genannt wurde, ihrem einzigen Sohn, seiner Frau und zwei Töchtern. Als Reserveoffiziere wurden beide Männer, Vater und Sohn, unverzüglich zu den Fahnen gerufen. Nach der raschen Niederlage Polens fielen sie vermutlich in die Hände der Sowjets.

Den Frauen wurde der Besitz weggenommen, und nur durch ein Wunder entgingen sie der sofortigen Deportation nach Sibirien. Bald darauf gelang ihnen die Flucht in das von den Deutschen besetzte sogenannte "Generalgouvernement". Es folgten zwei lange Exiljahre in Warschau. Es war ihnen im allgemeinen Chaos gelungen, einige Schmuckstücke zu retten, und nun konnten sie davon leben. Als sich im Juli 1941 das Rad der Geschichte neuerlich drehte und die Sowjets aus Ostpolen verjagt wurden, versuchten die Deutschen den polnischen Kleinadel auf ihre Seite zu ziehen und versprachen, beschlagnahmte Güter zurückzugeben. So kehrten die zwei Frauen, Maria, die Gutsbesitzerin, und ihre Schwiegertochter Janina, mit ihren Kindern wieder heim. Aber die deutschen Okkupanten hatten natürlich nie die Absicht, ihre Versprechungen zu halten, und brachen sie bedenkenlos, wie schon so viele andere zuvor. Die Familie musste mit den hinteren kleinen Gebäuden vorlieb nehmen, da jetzt der Treuhänder im

feudalen Herrenhaus residierte.
Das System der Treuhänderschaft wurde ins Leben gerufen, nachdem die Deutschen erkannt hatten, dass der polnische Landadel, selbst nach den schlechten Erfahrungen mit den *Roten*, keinesfalls mit ihnen kollaborieren würde. Im Gegenteil. Diese äußerst patriotische Elite der polnischen Gesellschaft bildete den Kern des erbitterten Widerstands. Viele dieser Treuhänder waren Volksdeutsche, das heißt sie behaupteten, deutsche Vorfahren zu haben. Andere waren Reichsdeutsche, die dem „Lockruf des Ostens" erlegen waren, die den Versprechungen des deutschen Regimes Glauben schenkten und sich nur allzu gerne als „Herrenmenschen" aufspielten. Aufgabe der mit großen Vollmachten ausgestatteten Treuhänder war es, die Wirtschaft unter reichsdeutsche Kontrolle zu bringen. Darüber hinaus hatten sie politische Aktivitäten aufsässiger Polen zu unterdrücken beziehungsweise zu denunzieren. Darin verbuchten sie viele Erfolge, wie zahllose Verhaftungen und Repressalien bewiesen.
Und bei solch einem Treuhänder, der aus der Posener Gegend stammte, hatte *Zosia* Arbeit gefunden. Er war ein Volksdeutscher und gehörte zu jener Gruppe „germanischer Herrenmenschen", von der viele wesentlich schlechter Deutsch als Polnisch sprachen. In seiner Residenz gab es ein ständiges Kommen und Gehen hochrangiger deutscher Offiziere von Wehrmacht und Gestapo. Sie alle erwarteten erstklassige Gastlichkeit, daher war es wichtig, eine exzellente Küche zu führen. Da der Treuhänder zwischen der polnisch-galizischen Oberschicht und ukrainischen Bediensteten nicht zu unterscheiden vermochte, konnte ihm Mama unschwer weismachen, sie sei eine einfache und ganz gewöhnliche Hausangestellte.
Doch Pani Maria, die ehemalige Gutsherrin, spürte gewisse Ungereimtheiten und argwöhnte bald, dass Zosia nicht die Person war, die sie vorgab zu sein. So dachte sich Mama, extra für die skeptische alte Dame, eine neue Biographie aus. Sie

käme eigentlich aus Lemberg, hätte aber fliehen müssen, weil sie in einen geplanten Anschlag der Untergrundbewegung verwickelt gewesen war. Sie sei aufgeflogen und habe ihre Identität ändern müssen - natürlich ohne Papiere.

Während die Offiziere im Herrenhaus enthusiastisch die deutschen Anfangssiege im Osten feierten, entwickelten die Polinnen in den hinteren Backsteinbauten still und leise ihre eigenen, privaten Aktivitäten. „Kusinen" trafen ein, in Reithose und Stiefeln, sowie zahlreiche „Freundinnen" von Pani Janina, der Schwiegertochter. Sie blieben nie lange, erregten aber dennoch das Misstrauen im Hauptgebäude.
Eines Tages hörte meine Mutter zufällig mit, wie die Deutschen eine *Aktion* in den Nebengebäuden planten. Es kam den überlegenen Herrenmenschen gar nicht in den Sinn, dass Mama sie verstehen könnte. Wie sollte auch eine einfache Bedienstete über derartige Sprachkenntnisse verfügen? Mama gab Pani Maria einen entsprechenden Wink und gewann damit ihr Vertrauen. Um sich diese wertvollen Verbündeten zu sichern, schlug Pani Maria meiner Mutter einen Handel vor: „Ich bin eventuell in der Lage, Ihnen Papiere zu beschaffen, die allerdings etwas Geld kosten würden. Dafür bitte ich Sie, im Herrenhaus weiterhin Augen und Ohren offen zu halten. Doch wir stehen schon jetzt in Ihrer Schuld. Ihnen verdanken wir es, dass man nichts Verdächtiges bei uns gefunden hat, was den Argwohn der Deutschen vielleicht für eine Weile mindert." Mama war durchaus zufrieden mit dem Arrangement. Es garantierte keine Sicherheit, verbesserte jedoch ihre Chancen erheblich. Darüber hinaus konnte sie nunmehr am gemeinsamen Widerstand gegen die Okkupanten mitwirken, konnte aktiv etwas tun. Unter Umständen ließen sich sogar Beziehungen zum polnischen Untergrund herstellen.
All dies ereignete sich in der kurzen Zeit, in der ich in Kolomea war. Mama hatte bald von der *Freitagsaktion*, der Deportation der Juden aus Bukaczowce, erfahren. Schlechte Neuigkei-

ten reisen schnell, damals wie heute. Sie war sehr mitgenommen, machte sich natürlich große Sorgen um mich. Hatte ich überlebt? Würde ich mich zurechtfinden? Jeden Tag ging sie mehrmals zur Straße, um nach mir Ausschau zu halten. Und so stand sie auch da, als ich frühmorgens ankam. Gerührt breitete sie die Arme aus. Wir hatten gewonnen. Trotz aller Gefahren waren wir wieder vereint. Doch wie lange noch? Nun, obwohl der Tod überall lauerte, waren wir in einer weit besseren Lage als zuvor. Wir besaßen jetzt etwas Schmuck und Geld sowie neue Bundesgenossen. Pani Maria war darüber informiert, dass ich kommen und nach einigen Tagen nach Lemberg zurückfahren würde, wo meine Tante lebte. Einmal mehr erfand meine Mutter eine Geschichte, nur um Pani Maria zu täuschen. Die ehemalige Gutsherrin schlug ihrerseits vor, mich einige Tage bleiben zu lassen. Aber selbstverständlich wusste sie nicht, dass es keine Tante und keine Rückreise nach Lemberg für mich gab. Einig waren sich die beiden darin, dass es wohl besser sein würde, dem Treuhänder meine Anwesenheit zu verschweigen.

All dies berichtete mir Mutter nach meiner glücklichen Rückkehr zum Gutshof. Ich erzählte meinerseits von den Ereignissen in Kolomea und erwähnte dabei auch Franias Idee, mich freiwillig zur Arbeit nach Deutschland zu melden. „Das will überlegt sein", sagte meine Mutter zögernd. „Ist eine riskante und ungewisse Sache."

*

Bald nach der Kapitulation Polens Ende September 1939 wurden überall im besetzten Land Plakate angeschlagen, die um freiwillige Arbeitskräfte für das Dritte Reich warben. Versprochen wurden leichte Tätigkeiten, gute Löhne und angenehme Lebensbedingungen.

Es mag sein, dass die Deutschen damit anfangs einige Naive geködert hatten, aber nun, Ende 1942, glaubte ihnen niemand mehr. Die Polen wussten inzwischen, dass nur harte Sklavenarbeit, Kälte und Entbehrung auf sie warteten. Im Reich nahm die Zahl der Werktätigen stetig ab, die Männer kämpften an immer mehr Fronten. Zurück blieben vorwiegend Frauen, ältere Männer und Kinder. Schlechte Arbeitskräfte für Hitlers gigantische Kriegsmaschinerie! So rekrutierte Deutschland aus allen eroberten Ländern Zwangsarbeiter. In Polen wurden diese neuzeitlichen Sklaven mit Hilfe eines Quotensystems ermittelt. Jede Gemeinde und jede Stadt hatte eine exakt errechnete Anzahl abzugeben. Aber auch das war den Deutschen zu wenig. So führten sie Razzien auf belebten Straßen, Bahnhöfen oder Marktplätzen durch. Jene, die ihnen arbeitsfähig schienen, mussten in bereitstehende Lastwagen steigen und wurden in ein Transitlager gebracht. Von hier kamen sie nach flüchtiger Selektion in Zwangsarbeiterlager in Deutschland. Man fing auch ältere Personen ein, aber vor allem schnappten sie sich die Jungen. Wenn jemand stark und gesund aussah, fragten sie nicht nach dem Alter. Auch Kinder konnten für das Reich schuften.

Aus diesen Gründen geschah es damals nur mehr selten, dass Menschen sich *freiwillig* nach Deutschland meldeten. Genau dies wollte ich aber tun, sehr zum Leidwesen meiner Mutter, die sich entsprechende Sorgen machte. Mama befürchtete durchaus zurecht, dass eine freiwillige Meldung nicht nur von den Beamten der zuständigen Verwaltung beargwöhnt würde, sondern auch von den in diese Misere Gepressten, also den unfreiwilligen Zwangsarbeitern. Hier sah meine Mutter die größte Gefahr. Ganz klar, sie hätte mich am liebsten bei sich behalten. Aber das war unmöglich. Wenn wir überleben wollten, mussten wir uns trennen.

Zunächst aber brachte mich Mama in Pani Marias Wohnung in einem der Backsteinhäuser unter. Angesichts der Tatsache, dass Krieg herrschte, schien die Situation der ehemaligen Gutsbesitzerfamilie gar nicht so schlecht. Sie hatten reichlich zu essen, die Räume waren gut möbliert, und jetzt, da der erste Herbstfrost einsetzte, spendeten große Kachelöfen behagliche Wärme. Was mich aber am meisten erfreute, waren die Bücher! In dem Zimmer, in dem man mich vorübergehend unterbrachte, reichten die vollen Bücherregale vom Fußboden bis zur Decke. Es gab auch einen mächtigen Schreibtisch, ein Sofa mit verschnörkelten Füßen, einen Tisch mit vier dazu passenden Stühlen. Ich fühlte mich privilegiert.

*

Bücher! Es hatte sie immer in unserem Haus gegeben, sie waren um mich seit meiner frühesten Kindheit. Nicht wegen unserer Eltern. Nein, Mama las nie, hatte keine Zeit dafür und vielleicht auch kein Interesse. Vater las regelmäßig die Zeitung, griff jedoch selten nach einem Buch. Das änderte sich erst in der Russenzeit, wie schon erwähnt. Aber selbst dann schmökerte er nicht in Romanen, sondern bevorzugte sachbezogene Literatur. Es waren vor allem meine Brüder, die Bücher anschleppten und leidenschaftlich verschlangen. Pawel war damals schon in der Mittelschule und wollte mit mir, dem kleinem Mädchen, nicht viel zu tun haben. So war es Salek, der mir zunächst die zauberhafte Welt der Märchen erschloss. Er las mir die wundervollen Märchen der Gebrüder Grimm vor. Manche Leute meinen, sie seien grausam, aber mir schien das nicht so. Als ich ein bisschen älter wurde, ließ Salek mich an den Werken von Kipling, Makuszynski und Karl May teilhaben. Oh, wie sehnte ich mich damals danach, einmal selbst lesen zu können.

Aufgrund meiner Ungeduld vermochte ich schon im Vorschulalter dieses seltsame Rätsel mit den komplizierten Buchstaben zu lösen. Es begann mit den Aushängeschildern bei Geschäften, von denen es damals sehr viele und recht individuelle gab. Über jedem Laden hingen Schilder, darauf standen in schön gepinselten Lettern der volle Name des Inhabers und seine speziellen Angebote oder Leistungen, oft zusätzlich mit einfachen Bildern illustriert. Ging ich durch die Straßen, lehnte ich den Kopf zurück und buchstabierte mir von diesen Reklameaufschriften Silbe um Silbe zusammen. Bald hatte ich verstanden, wie das Lesen funktioniert. Ich las nunmehr, was mir in die Hände kam, was meine Brüder aus der Leihbücherei heimbrachten. Manchmal waren diese Bücher durchaus nicht geeignet für ein kleines Mädchen. Salek vermochte meine unersättliche Gier nach Lesestoff zu steuern, verwies mich hinsichtlich der Geschichte Polens auf Sienkiewicz und Kraszewski, in Poesie auf Mickiewicz, Slowacki und Pawlikowska. Er selbst schrieb heimlich romantische Gedichte, für die ich das erste und wahrscheinlich einzige Auditorium bildete. Ich liebte und bewunderte meinen älteren Bruder, er war für mich eine unerschütterliche Autorität. Immer konnte ich ihn mit meinen kleinen Problemen belästigen, und er besprach sie mit mir voller Ernsthaftigkeit. Als ich dann selber zur Schule ging, wunderten sich einige Lehrer über den erstaunlichen Umfang meiner Belesenheit und gaben mir wertvolle Ratschläge.

Im Ghetto nagte der Hunger nach Büchern ebenso in mir wie der Hunger nach Nahrung, wobei letzterer schließlich lebensbedrohend wurde. Als wir in das Ghetto mussten, schmuggelte ich, entgegen Mamas Anordnung, keine „unnützen Dinge mitzunehmen", in meinem Rucksack ein Buch. Es handelte sich um Zeromskis Überlegungen über den „Mythos des Sisyphus". Wieder und wieder las ich das so Kostbare von der ersten bis zur letzten Seite.

Pani Maria wiegte den Kopf mit einem stillen Lächeln, als sie mich beobachtete, wie ich mit den Fingerspitzen behutsam über einige Buchrücken strich. „Sei auf der Hut, mein Kind. Vergiss nicht, dass du die Tochter einer fast analphabetischen Zosia zu sein hast." Jene Woche, die ich bei dieser freundlichen, kultivierten Dame verbringen durfte, war für mich die friedlichste Zeitspanne während des Krieges. Ich konnte täglich ein Bad nehmen und essen, soviel ich wollte, sowie Bücher lesen, bis mir die Augen zufielen.

Gelegentlich huschte Mama herein, um konspirativ mit Pani Maria zu flüstern. Endlich kamen auch die gefälschten Papiere, einschließlich eines Taufscheins, der schwarz auf weiß bestätigte, dass *Zofia Baranczuk* ukrainischer Abstammung und nach griechisch-orthodoxem Ritus getauft war. Nun konnte sich meine Mutter dem Treuhänder gegenüber ausweisen und hatte eine etwas sicherere Position. Gleichwohl musste sie immer darauf achten, von niemandem erkannt und entlarvt zu werden. Die ganze Situation ähnelte einem Balanceakt auf einem Seil, über tiefem Abgrund und ohne Netz.

Und ich? Pani Maria glaubte offensichtlich noch immer die von meiner Mama erfundene „Lemberger Geschichte". Dass ich bei einer Tante lebte und nur gekommen sei, um Mama Geld für falsche Papiere zu bringen. Die alte Dame hatte versprochen, dass ich eine Woche bleiben dürfe. Danach aber müsse ich „nach Hause" fahren. Ob sie aber tatsächlich nichts wusste oder ahnte, weiß ich nicht. Vielleicht hatte sie das ganze Spiel längst durchschaut und tat nur so, als ob.

So blieb mir gar keine andere Wahl, als Mama zu beknieen, mich nach Deutschland gehen zu lassen. Eine Vierzehnjährige flehte ihre Mutter an, allein in ein fernes, fremdes und feindliches Land zur Zwangsarbeit fahren zu dürfen. Welch eine verrückte Welt! Mutter war dagegen und fand tausend Gründe für ihre Ablehnung. Ich versuchte sie zu beruhigen. „Bisher ist mir doch auch nichts passiert. Ich hab gelernt, mich durchzuschlagen. Es wird bestimmt klappen. Außerdem - was soll ich sonst tun, um am Leben zu bleiben?" Mit diesem Argument setzte ich mich schließlich durch; das Überleben wog mehr als tausend andere Gründe. Die Sache war entschieden. Am übernächsten Tag würde ich nach Tlumacz[1] fahren, einer nahegelegen kleinen Stadt mit einem Arbeitsamt. Ein solches gab

---

[1] Kleine Stadt im Distrikt Stanislawow (heute Ivano Frankivsk). Die jüdische Gemeinde bestand aus 2.500 Mitgliedern. Nach dem Krieg war die Gemeinde vollständig vernichtet.

es zwar auch in Stanislawow, aber Mama meinte, es wäre in dieser größeren Stadt zu gefährlich für mich. Pani Maria und ihre Schwiegertochter Janina verabschiedeten sich herzlich von mir und luden mich ein, nach dem Krieg zurückzukommen. Mein Gott! „Nach dem Krieg". Da waren sie wieder, jene drei Worte, die so viel bedeuteten, gleichsam dem Ufer eines mythischen Landes voller Glück und Gerechtigkeit. Würde ich es noch erreichen?
Ich ging früh am Morgen, wohlversorgt mit Proviant. Trug mein bisschen Habe in einem Bündel, an meinen Füßen die festen Skischuhe. Von den Bildern unter meiner Schuhsohle hatte ich sogar Mama nichts erzählt. Sie hätte mir sicherlich verboten, sie mitzunehmen. Zurecht. Ich aber wollte auf diese Beweise einer Welt, von der ich wusste, dass sie untergehen würde, nicht verzichten. Also blieben die Bilder, wo sie waren, sorgfältig von Frania in Wachspapier eingewickelt. So marschierte ich „Hänschen klein" hinaus, um Deutschland zu erobern und mein Leben zu retten.

Mama bestand darauf, mich ein Stück zu begleiten. Wir gingen schweigend. Meine Mutter weinte lautlos. Sie musste ihr jüngstes Kind hingeben als gejagte Beute in einer grausamen Welt. Was erwartete es? Hatte sie das Kind bloß geboren, genährt und umsorgt, um es nun aufzugeben in diesem schrecklichsten aller Kriege? Verzweifelte Fragen, auf die niemand eine Antwort wusste. Der Weg musste gegangen werden, es gab keine Alternative. Wie konnte eine Mutter solch einen schweren Kummer ertragen? Sie musste es. Sie war eine jüdische Mutter im lodernden Feuer der Schoa. Sie würde alles tun, um ihrem Kind die Chance zu geben, weiterzuleben.
Wir waren jetzt nahe dem Heuhaufen, in dem ich die Nacht verbracht hatte. Mama musste zurück. Wir fielen uns in die Arme. Ich versuchte Fassung zu bewahren, obwohl ich vor Verzweiflung losheulen wollte. Endlich riss ich mich aus ihrer

Umarmung und lief. An der Biegung wandte ich mich ein letztes Mal um. Mama stand in der Mitte der Straße, die Hand erhoben. War es ein Lebewohl oder ein mütterliches Segnen? So ist sie für immer in meinem Gedächtnis geblieben.

4. Nach Deutschland

So machte ich mich auf den Weg nach Deutschland. Mittlerweile neigte sich das Jahr 1942 seinem Ende entgegen. Ich traf kurz vor Mittag in Tlumacz ein und beschloss, sofort zu handeln. Ich hatte ohnehin schon alle Brücken hinter mir abgebrochen und wollte keine weitere Zeit verlieren. Mit dem Bahnhof im Rücken fragte ich die erste Passantin nach dem Arbeitsamt. Bald stand ich vor dem eindrucksvollen Gebäude, betrat es couragiert und befand mich in einem langen Korridor mit vielen Türen, die Namen- und Hinweisschilder trugen. Ha! „Abteilung für Arbeit in Deutschland". Ich klopfte und öffnete die Tür, ohne eine Aufforderung abzuwarten. Die Beamtin hinter dem Schreibtisch blickte mich fragend an. „Guten Tag. Ich möchte mich zur Arbeit in Deutschland melden." „Ja?!" Das unfassbare Erstaunen in der Stimme brachte mein Selbstvertrauen ins Wanken. „Wie alt bist du?" „Sechzehn, und ich werde siebzehn im Januar", addierte ich schnell zwei Jahre zu meinem tatsächlichen Alter hinzu. „Sehen Sie, es ist so." Jetzt stolperte ich herum und improvisierte: „Ich bin eine Waise und hab bisher bei meiner Tante in Tarnopol gelebt." Die Idee, Tarnopol zu nennen, war mir spontan gekommen. Dort lebte ja auch die „echte" Kasia, Franias Tochter. „Aber es geht ihnen dort nicht so gut. Meine Tante hat selber 'nen Haufen kleiner Kinder und ihr Mann ist nicht aus' m Krieg zurückgekommen. Ständig hält sie mir vor, was für'n unnützer Fresser ich für sie bin. So bin ich abgehauen und möcht in Deutschland arbeiten. Bei meiner Tante gibt es kaum was zu futtern, und sie drischt mich oft. Da hab ich mir gedacht, in Deutschland kann es auch

nicht schlimmer sein, oder?" Ich sah sie hoffnungsvoll und etwas blöde an. Die Frau stand auf, kam hinter dem Schreibtisch hervor und zeigte auf einen Stuhl. „Setz dich da hin und warte, ich bin gleich zurück."
Kaum war sie fort, geriet ich in Panik. Gewiss hatte sie mich durchschaut und würde mit einem Polizisten wiederkommen. Was sollte ich tun? Davonlaufen? Nein das darf ich nicht. Ich muss alles auf eine Karte setzen. Mit klopfendem Herzen setzte ich mich auf den mir zugewiesenen Stuhl und wartete. Nach einer Weile kehrte die Beamtin zurück, gefolgt von einem kahlköpfigen Mann. „Du bist von Tarnopol?", fragte er. „Wie steht es dort so? Ich komme selbst aus dieser Stadt." Wie froh war ich nun, bei den vielen Gesprächen zwischen Frania und Paulina dabei gewesen zu sein. Ich bin nie in jenem Ort im Tal des Sereth gewesen, aber Frania hatte so lebendig von ihm erzählt, dass ich mich im Geiste mühelos zurechtfinden konnte. „Oh, wirklich? Vielleicht kennen Sie meine Tante? Sie wohnt in der Mickiewiczstraße, fast bei der Kirche. Sie wissen schon, die 1939 von einer Bombe getroffen wurde. Aber verraten sie mich nicht. Ich mag nämlich nicht mehr zurück, ich möchte nach Deutschland."
„Warum bist du hierher gekommen, nach Tlumacz?" „Ich bin mit einer Freundin gefahren. Sie besuchte mich in Tarnopol, wohnt aber hier bei den Eltern und wollt sich eigentlich mit mir anmelden. Aber die Mutter hat es ihr ausgeredet." Ich log immer weiter, schwang mich von Ast zu Ast, und jeder konnte brechen. „Mhm. Hast du Dokumente?" „Nein, ich bin ja weggelaufen, hab alles dort gelassen." Der Kahlköpfige trat näher an seine Kollegin heran, und die beiden konferierten flüsternd. „Also", sagte er dann zu mir, „die Dame wird deine Personalien aufnehmen und dir ein Dokument geben, das du am Sammelplatz vorzeigst." Personalien! Dokument! Ich traute meinen Ohren nicht. Ich würde ein amtliches Papier besitzen, das bescheinigte, dass ich Katarzyna Raduga war, die Tochter der Franzciska Raduga. War es wirklich so einfach?

Es war einfach, in der Tat. Die Beamtin legte ein Formular in die Schreibmaschine ein, stellte mir knappe Fragen und tippte die Antworten. Dann reichte sie mir das Blatt und zeigte, wo ich zu unterschreiben hatte. Ich kritzelte den neuen Namen absichtlich hin, um nicht meine Geläufigkeit zu verraten. Zu meiner Enttäuschung gab sie jedoch das Dokument nicht mir, sondern einem herbeizitierten Amtsdiener. „Bringen Sie das Mädchen zum Sammelplatz und holen Sie bitte diese Person zurück." Die Frau kramte auf den Schreibtisch ein Formular hervor, das genau so aussah, wie meines. Ich war im Bilde. Sie benutzten mich, um jemand anderen zu retten. Die Zahl musste stimmen, also ersetzten sie eine andere Person, die wahrscheinlich nicht nach Deutschland wollte, durch mich. Ein doppeltes Glück – für mich und die unbekannte Person. Der schon etwas ältliche Amtsdiener nahm beide Dokumente an sich. Ich erhob mich und ergriff mein Bündel. „Also, viel Glück." Die Beamtin lächelte eigenartig. Angst schnürte mir die Kehle zu. Ahnte sie etwas?

Wir gingen durch die Straßen. Der Mann machte große Schritte und hielt meine Hand. Vielleicht war er besorgt, ich könnte davonlaufen. Aber ich dachte nicht einmal daran, ging wie auf Wolken. Mama - ich musste sie benachrichtigen! So wandte ich mich an meinen Bewacher. „Bitte, mein Herr, darf ich mir etwas in diesem Kiosk dort kaufen? Wo ich hinfahre, bekomme ich es eventuell nicht." Er nickte und brummte: „Mach aber schnell. Und keine Dummheiten." Aus meinem verknoteten Taschentuch fischte ich ein paar Münzen und kaufte mir eine Postkarte, eine Briefmarke und einen Tintenstift. Dieser wurde damals häufig verwendet; sah aus wie ein Bleistift, und wenn die Spitze mit Spucke angefeuchtet wurde, schrieb man wie mit Tinte. Das Geschriebene ließ sich nicht wegradieren und hatte eine hübsche violette Farbe. Er sollte mir auch später gute Dienste leisten.

Wir betraten eine Feuerwehrstation. Menschen jeglichen Alters, bewacht von bewaffneten Ukrainern, saßen oder lagen auf Strohsäcken entlang der Wände einer großen Halle. Der Amtsdiener ging zu einem der Ukrainer, gab ihm die beiden Formulare, erklärte etwas und zeigte auf mich. „*Tycho!* Ruhe", schrie der Bewaffnete, die Gespräche verstummten, und alle Blicke richteten sich auf uns. Der Ukrainer rief einen Namen. Hastig eilte eine blonde junge Frau herbei. Ihr Ausweis wurde geprüft, dann ein Nicken. „Ja, in Ordnung. Sie können gehen." So tauschten wir den Platz und waren beide froh. Die blonde Frau, weil sie diesen zweifelhaften Ort verlassen und zu ihrer Familie zurück durfte. Und ich, weil ich endlich ein echtes Dokument meiner neuen Identität besaß und hier bleiben konnte. Ich setzte mich hin. Die Leute um mich herum nahmen ihre unterbrochenen Gespräche wieder auf; kümmerten sich um ihre eigenen Angelegenheiten. Sie wirkten keineswegs fröhlich. Wie auch, sahen sie doch einer ungewissen Zukunft entgegen, weit weg von daheim, in einem unbekannten, feindlichen Land, in dem man sie wie Leibeigene behandeln würde.

Die hier Wartenden bildeten einen Querschnitt der Gesellschaft der Region. Auf einen Blick konnte man sehen, wer von woher kam. Da waren die etwas besser gekleideten Städter, die Polnisch sprachen, meist unglückliche Opfer von Razzien. Sie trugen, was sie zu diesem Zeitpunkt gerade anhatten. Manche besaßen schäbige Koffer mit ein paar Habseligkeiten. Wie durch ein Wunder hatten rasch benachrichtigte Verwandte oder Freunde sie ihnen zustellen können. Doch die meisten Menschen kamen vom Land und sprachen Ruthenisch, einen ukrainischen Dialekt aus den Karpaten. Sie saßen in Gruppen zusammen, oft Leute aus dem gleichen Dorf; die meisten von ihnen arme Bauern und Landarbeiter, ohne Schulbildung, häufig Analphabeten, ihrer Wurzeln entrissen, herumgestoßen und eingeschüchtert.
Eine dieser Gruppen hatte eine Ecke in meiner Nähe besetzt.

Es waren überwiegend Frauen aus einem Dorf bei Jaremcze. Sie hatten klobige Holzkoffer bei sich. Vermutlich waren sie Betroffene der brutalen Aushebung nach dem Quotensystem. Jedes Dorf, jeder Ort, musste dieses Kontingent erfüllen. Mit Freiwilligkeit hatte dies nichts mehr zu tun. Eine von ihnen, eine wohlbeleibte, vollbusige Frau mit gebauschtem Rock und einer kurzen, ärmellosen Schaffellweste, strich mir über das Haar. „Schaut, was für ein Kind noch. Komm her, *doniu*, süße Tochter. Willst du nicht bei uns sitzen?"
Gerne nahm ich die Einladung an. Ich war lieber mit einfachen Landfrauen zusammen als mit städtischen Damen. Mein mangelhaftes Ukrainisch würde sie nicht stören, schließlich war ich ja Polin. Natürlich durfte ich in dieser Gruppe nicht zugeben, dass ich freiwillig nach Deutschland fahren wollte. Nur zu gut erinnerte ich mich an Mamas mahnenden Ratschlag. So fabrizierte ich geschwind die Geschichte von einer bösen Tante, die mich „armes Waisenkind" an Stelle ihrer eigenen Tochter den Deutschen ausgeliefert hatte. Diese aus heutiger Sicht dramatische und unglaubwürdige Geschichte wurde damals sofort geglaubt. Es gab viele vergleichbare Fälle – die Zeiten waren so schlimm, dass man mit einer solchen Geschichte durchkam. Durch diese Lüge gewann ich das Mitgefühl der Frauen und meine neue Freundin Jekaterina beschloss, sich meiner anzunehmen und mich ein wenig zu bemuttern.

Es dämmerte. Ich war müde, sehr müde. Die ständige Improvisation, das permanente Jonglieren mit Lügen, neuen Erfindungen und neuen Situationen hatte mich erschöpft. Den ganzen Tag über hatte ich keinen Bissen gegessen, nicht einmal daran gedacht. Jetzt gönnte ich mir etwas von dem Proviant, den Pani Maria und Mama mir mitgegeben hatten. Die Menschen um mich herum legten sich in ihren Kleidern schlafen. Beim letzten Tageslicht kritzelte ich eine kurze Nachricht an meine Mutter. Ich würde die Postkarte vereinbarungsgemäß an Frania senden, die den Inhalt an Mama weiterleiten sollte. Mama hatte mir eingebläut, nie direkt an Pani Maria zu schreiben. Aus diesem Grund hatte sie mir die Nachnamen des Treuhänders und der entmachteten Gutsherrin immer verschwiegen. Ich legte mich nieder, das kleine Bündel unter meinem Kopf, zugedeckt mit meinem Umhang. Immer leiser wurden die Gespräche, bald hörte man Schnarchen. Ich konnte nicht einschlafen, wälzte mich hin und her. Bilder dieses unglaublichen Tages gingen mir durch den Sinn. Wie viele Versionen und Lügenmärchen hatte ich konstruiert? Nicht aus Schabernack oder einer schamlosen Lust am Lügen. Nein, es ging um mein Leben. Würde es gut gehen? Endlich glitt ich in einen tiefen Schlaf, der erste seit langem ohne Alpträume.

Wir wurden nach Lemberg gebracht, wo einige Tage vergingen, bis wir genug Menschen für einen Transport nach Deutschland waren. Im Lemberger Transitlager mussten wir all unsere Sachen zur Desinfektion abgeben - sogar das, was wir am Leib trugen. Jede erhielt ein Stück Grauseife, dann trieb man uns in einen riesigen Duschsaal, hoch oben an der Decke die Düsen. Plötzlich schoss das Wasser auf uns herab, zuerst brennend heiß und nach einer Weile eiskalt. Kurz darauf drehten die Wächter das Wasser ab, ohne sich darum zu kümmern, ob wir noch eingeseift waren oder nicht. Vom Luxus eines Handtuchs konnten wir natürlich nur träumen. Noch immer nackt, hatten wir uns anschließend für die ärztliche Untersuchung aufzustellen. Etliche Deutsche in Uniform und einige polnische Doktoren trafen die Entscheidung, ob man zur Arbeit taugte oder nicht. Wir wurden namentlich aufgerufen, unsere Papiere stapelten sich auf einem Tisch. Ich stand dann vor einem polnischen Arzt. Er betrachtete kritisch meinen wenig entwickelten Körper und sagte: „Mein Kind, hier steht, du bist siebzehn, aber so siehst du nicht aus. Ich glaube, ich könnte es arrangieren, dass man dich freistellt und nach Hause schickt. Da müsste jedoch ein deutscher Arzt zustimmen."

„Nein, Herr Doktor, bitte tun Sie das nicht!", rief ich in Panik. „Ich hab mich doch freiwillig beworben", setzte ich leiser werdend hinzu. Fragend sah er mich an, und jäh schien er zu begreifen. „So lassen wir dich fahren, wenn dir soviel daran liegt. Jedenfalls werde ich eintragen, dass du es selbst so gewollt hast. Vielleicht behandeln sie dich dann besser!" Bevor ich ihn davon abhalten konnte, notierte er am Rand meines kostbaren Dokuments in schräger Schrift das Wort "Freiwillig", und reichte mir das Blatt mit einem wissenden Lächeln. Er hatte helfen wollen, mir aber einen Bärendienst geleistet. Es sollte doch niemand wissen, dass ich eine Freiwillige war. Wieder musste ich mir etwas ausdenken. Es war sehr anstrengend, meine verschiedenen Lebensläufe auseinander zu halten und keine Widersprüche zu produzieren.

Sie ließen uns lange auf unsere Kleidung warten. Vor Kälte zitternd, nackt, erniedrigt und gedemütigt – eine furchtbare Situation. Wir drängten uns zusammen, wärmten uns und versuchten, den unverschämten Blicken der Uniformierten zu entkommen. Vergeblich. Schließlich warfen sie uns die Kleidungsstücke hin, total zerknautscht und scharf nach Desinfektionslösung riechend. Die Läuse jedoch, diese anpassungsfähigen Quälgeister, waren nicht weniger geworden. Im Gegenteil: Irgendwie hatten sie die Desinfektion überlebt und noch widerstandsfähigere Nachkommen gezeugt.

Diesmal ging die Reise nicht in ein Vernichtungslager, sondern ins Deutsche Reich. Ich fand mich in einem Güterwaggon wieder, zusammen mit vielen anderen und hörte das monotone, einschläfernde Rattern der Räder. Verglichen mit jenem alptraumhaften Zug nach Belzec, war dieser fast luxuriös. Wir hatten genügend Platz, und in jedem Waggon gab es Strohunterlagen. Warum also hörte ich mit meinem inneren Ohr dauernd dieses klagende Geschrei sterbender, verdurstender und halb wahnsinniger Menschen?

Es wurde immer kälter und die Läuse taten ihr Bestes und quälten uns mit aller Kraft. Drei Tage vergingen. Wir wussten

nicht, wohin es ging, was unser Los sein würde. Ab der deutschen Grenze wurden wir nicht mehr bewacht. Man machte sich auch nicht mehr die Mühe, die großen Waggontüren zu verriegeln. Die Deutschen waren sich ihrer Sache sicher, dass keiner fliehen würde – ohne Sprachkenntnisse, dazu noch in der Höhle des Löwen. Außerdem sahen wir, allein schon auf Grund unserer Bekleidung, anders aus als die deutsche Bevölkerung. Hin und wieder hielten wir auf offener Strecke oder außerhalb von Bahnhöfen, um Züge mit Soldaten und Kriegsgerät für die Ostfront passieren zu lassen. An Stationsmauern hingen breite Transparente mit der Parole „Räder müssen rollen für den Sieg". Von Zeit zu Zeit teilten die Deutschen grobe schwarze Brotlaibe an uns aus, und gelegentlich kreuzte eine Militärküche mit hohen Stapeln von Blechnäpfen auf, um heiße Suppe auszuschenken.
Wir waren schlecht gelaunt und unglücklich. Das Schlimmste war die Ungewissheit. Gerüchte kursierten, wir würden in riesigen Rüstungsbetrieben eingesetzt, in denen die Bedingungen grauenhaft seien. Die Frauen, mit denen ich beisammen war, hofften inständig, bei deutschen Bauern Arbeit zu finden, denn die meisten von ihnen kamen vom Land. Auch ich fürchtete mich, allerdings aus einem anderen Grund: Ich würde eben *nicht* zu einem Bauernhof passen, hatte keine Ahnung von harter landwirtschaftlicher Arbeit. Wahrscheinlich, so meine Sorge, würde ich mich nirgends einfügen, hatte ich doch in meinem Leben kaum jemals gearbeitet. Jekaterina versuchte mich zu trösten. „Mach dir keine Sorgen, halt dich bloß an mich. Mit mir wirst du es schon schaffen. Ich werd dir helfen, und du kannst dafür Briefe für mich schreiben." Ich nahm dieses freundliche Angebot gerne an. Aber würde man uns erlauben zusammenzubleiben? Ein weiteres Problem war die Notdurft. Wir versuchten sie immer dann zu verrichten, wenn wir irgendwo auf der Strecke hielten, durften uns dabei aber nicht weit vom Zug entfernen, da wir nicht wussten, wann er wieder losfuhr. Also überwanden wir unser Scham-

gefühl. Peinlich war es, wenn jemand während der Fahrt musste. Er oder sie tat es dann in einem Winkel des Waggons. Ich wurde ein anderer Mensch. Was war bloß aus dem wohlerzogenen Mädchen mit der „guten Kinderstube" geworden? Ich verlor jegliches Zeitgefühl. Es war etwa Ende November 1942, als wir eine größere Stadt erreichten. Bei der Einfahrt las ich auf einem Schild *Metz,* ein Name, der mir nichts sagte. Im Morgengrauen führten sie uns durch saubere Straßen. Die Trams waren beinahe leer. Ich folgte meiner alten Angewohnheit, die Ladenschilder zu lesen, und etliche der Namen kamen mir merkwürdig französisch vor. Waren wir vielleicht in Frankreich? Nein, ziemlich unwahrscheinlich. Wir wurden in ein ziegelrotes, kasernenartiges Gebäude gebracht, umgeben von einer hohen Mauer. Wieder nur ein Durchgangslager. Menschen aus allen besetzten Gebieten Europas warteten hier auf ihre Zuweisung. Die ewig brodelnde Gerüchteküche produzierte einander widersprechende Meldungen in sämtlichen Sprachen in diesem von lautem Gesumm erfüllten Babel. Letztlich aber wussten wir rein gar nichts. Nach neuerlicher Entlausung wurden wir in kleinere Rotten aufgeteilt, von denen jede ein anderes Abzeichen tragen musste. Viele von uns waren Analphabeten – und die erfindungsreichen Deutschen mussten sich immer wieder etwas einfallen lassen. Ich erhielt einen roten Apfel aus Buntpapier, so wie Jekaterina und ein paar andere Frauen aus demselben Dorf. Es war wie im Kindergarten.

Die ganze Zeit über hatte ich mich gefragt, wie ich das belastende Wort "freiwillig" aus meinem Dokument entfernen könnte. Schließlich kam mir die Idee, die entsprechende Ecke einfach abzureißen. Das Papier war schon recht zerknittert, es würde wohl niemand Verdacht schöpfen. Die heimliche Operation gelang, und ich atmete auf. Tief in meinem Innern blieb die Angst jedoch mein ständiger Gast. Nach außen war ich das tapfere Mädchen, in Wahrheit aber ein zu Tode erschrockenes Kind, das verzweifelt nach Sicherheit suchte.

5. Rülzheim

Wieder eine Bahnfahrt. Diesmal reisten wir „Äpfel" in einem normalen Personenzug, allerdings in Sonderabteilen, getrennt von den deutschen Passagieren. Nach wenigen Stunden erreichten wir das Ziel: Eine kleine Stadt oder vielmehr ein großes Dorf namens Rülzheim. Es stiegen auch einige Einheimische aus, die uns nicht weiter beachteten. Offenbar boten wir keinen ungewöhnlichen Anblick.
Die Bewacher leiteten uns durch die Ortschaft. Voraus lag ein abgesondertes Grundstück, gesichert von einer Umzäunung mit Stacheldraht sowie einem breiten Eisentor. Darüber ein halbkreisförmiges Schild mit der Aufschrift: „Rovo A.G. Schuhfabrik Speyer". „Nicht so übel", dachte ich, „hier wird ja nur Fußbekleidung erzeugt. Und meine damaligen Deutschlektionen sind nun doch zu etwas nütze." Ich habe das strenge Fräulein nicht sehr gemocht, das uns Kindern privat in Deutsch unterrichtete, aber Mama hatte darauf bestanden, dass wir ordentlich büffelten.

Mit einem gellenden Klang schloss sich das metallene Tor hinter uns. Wir, eine Gruppe von dreißig verängstigten Frauen, befanden uns in einem Fabrikhof. Vor uns stand ein Deutscher in seiner braunen SA-Uniform und zeigte die Standardpose des maßlos Überlegenen. Neben ihm eine junge Frau, die, nach der Kleidung zu schließen, eine Osteuropäerin war. Der SA-Mann hielt mit rauer Kommandostimme eine stark dialektgefärbte Ansprache, und die Frau übersetzte. Leider sprach sie Russisch zu uns, was dem Ukrainischen zwar ähnlich ist, von unseren karpatischen Frauen aber nicht verstanden wurde. Ich konnte helfen! Ich hatte bereits zuvor meinen Kameradinnen zu erkennen gegeben, dass ich während der russischen Besatzung Kolomeas in der Schule etwas Russisch gelernt hatte. Diese Äußerung meiner „Intelligenz" schien mir ungefährlich und war nun sehr wertvoll. So übersetzte ich flüsternd den mir Nächststehenden, dass der Herr Direktor von uns erwarte, willig und fleißig für das „Dritte Reich" im Allgemeinen und für die Fabrik im Besonderen zu arbeiten. Sollten wir dies nicht beherzigen, würde uns die Gestapo den rechten Gehorsam beibringen. Wir dürften keine Art von Sabotage versuchen. Ein Wort, das die meisten von uns gar nicht kannten. Doch während seiner gebrüllten Rede wiederholte es der Mann in Stiefeln immer wieder. Wenn er uns hatte einschüchtern wollen, ist es ihm vortrefflich gelungen.

„Ihr werdet hier wohnen." Unsere Übersetzerin Nadja hatte uns in einen großen Raum mit schmalen Stockbetten geführt. Gegenüber lag ein Waschraum mit kaltem Leitungswasser. Eine kleine Toilettenanlage gab es draußen. In der Mitte des Hauptraums stand ein langer Tisch, darauf ein eiserner Kessel mit dampfender Suppe, Blechschüsseln und Löffeln. Die Köchin, eine korpulente Deutsche mit tadelloser weißer Schürze, teilte das Essen aus. Eine nach der anderen gingen wir zu ihr, und sie reichte uns eine Schüssel voll Suppe und eine Schnitte Schwarzbrot. Da keine Stühle vorhanden waren, setzten wir uns auf die Betten, um unsere erste Mahlzeit in diesem neuen Quartier zu verzehren. Die Suppe bestand aus heißem Wasser und gelben, übel riechenden Steckrüben sowie ein paar gut getarnten Kartoffelstückchen.

„Licht aus ist um acht, Wecken um vier, und ihr müsst um fünf bei euren Maschinen sein. Morgen früh bring ich euch in die Fabrikhalle, und dort werden ihr euren Aufsehern und Tätigkeiten zugeteilt. Die russischen Mädchen aus meiner Gruppe sind schon lange hier und werden es euch zeigen. Ihr werdet es lernen. Es ist nicht schwer." So sprach Nadja.

Und damit begann unsere Arbeit in der Rülzheimer Dorffabrik, einer Zweigstelle des großen Werks in Speyer. Von dort kamen auch die jungen Russinnen, um uns anzulernen. Das Leben war hart. Es gab wenig Essen; nicht genug, um davon satt zu werden, und zuviel, um schnell an Hunger zu sterben. Die Arbeit selbst war nicht so arg. Ich wurde der Nähmaschinenabteilung zugewiesen, die sich im ersten Stock befand. Verglichen mit der kalten und lärmenden ebenerdigen Produktionshalle war es hier oben weitaus angenehmer. Die Temperatur war fast warm, jedenfalls viel wärmer als in unserer Baracke. Wir arbeiteten zwölf Stunden am Tag, mit einer kurzen Pause für das Mittagessen – immer die gleiche unvermeidliche Steckrübensuppe. Zum Frühstück und Abendessen gab es bitteren Ersatzkaffee und eine Brotschnitte.

Weihnachten 1942 und Neujahr näherten sich mit Riesenschritten. Allein der Gedanke daran machte meine Kameradinnen wehmütig. Wie würden sie diese hohen Feiertage verbringen - weit weg von den Angehörigen und Freunden, von ihren Dörfern und Traditionen, eingeschlossen fast wie im Gefängnis? Kein einziges Mal ließ man uns durch das eiserne Tor hinaus. Auch ich hatte meine Tränen, obgleich aus ganz anderen Gründen. Doch wenn alle traurig waren, musste ich meinen eigenen Kummer nicht mehr verbergen.

Im üblichen Tagesablauf passte ich jede einzelne Handlung an meine nichtjüdische Umwelt an. Am Abend kniete ich wie alle anderen vor meinem Bett auf dem Bretterboden und betete. Wie die anderen erzählte ich Erlebnisse von zu Hause, wie wir Weihnachten feierten und mitternachts zur Mette gingen, welche Choräle wir sangen. Frania, Paulina und unseren damaligen Nachbarn verdankte ich es, dass ich über diese Dinge so gut Bescheid wusste. Nichtsdestoweniger machte ich mitunter Fehler. Glücklicherweise schien nur ich sie zu bemerken; dennoch lösten sie Angst und Bangen bei mir aus. Ständig fürchtete ich, mich als Jüdin zu verraten. Aber meine Barackengenossinnen hatten wohl ihre eigenen Probleme und glaubten meinen Fiktionen - so redete ich es mir wenigstens ein und schwankte zwischen Optimismus und Depression.

Beinahe jede Nacht träumte ich von daheim, von meinen Brüdern und Eltern, von Frania. Manchmal waren es schöne Träume, meistens jedoch nicht. Und ich fürchtete, mich durch lautes Reden im Schlaf zu verraten.

*

Unser Haus in Kolomea wurde zu Zeiten der österreichisch-ungarischen Herrschaft erbaut. Im oberen Stockwerk, in dem sich die Küche und das kleine Kinderzimmer befanden, gab es einen langen Gang, der den ganzen Innenhof entlang lief und die Wohnungen miteinender verband. Meiner Familie gehörte nur der Teil des Hauses, in dem wir wohnten. Am anderen Ende dieses Gangs wohnten die Kowalskis. Der Mann war Witwer und musste für sieben Töchter sorgen. Jancia, obgleich nur vier Jahre älter als ich, hatte die Rolle der verstorbenen Mutter übernommen und kümmerte sich vorbildlich um ihre Schwestern und den Haushalt. Der Vater wirkte auf mich unheimlich. Ein düsterer, mürrischer Mann, der alle Mühe hatte, seine Kinder zu ernähren. Mit denen verstand ich mich allerdings gut. Jozia war die älteste und verdiente etwas Geld mit Heimarbeit für eine ortsansässige Manufaktur, die Gardinen und Vorhänge produzierte. Oft saß sie auf dem besagten Gang und bestickte Netzstoffe mit Blumenmotiven und geometrischen Mustern. Diese Stores sahen recht hübsch aus, wenn sie die Fenstern der Wohnungen zierten. Die Arbeit wurde aber sehr schlecht bezahlt. Zuweilen saß ich bei Jozia, und während die Nadel in ihrer flinken Hand auf und ab stach, plauderten wir über sämtliche Dinge, die uns wichtig waren. Dank dieser Gespräche erfuhr ich viel über das Leben und die reale Welt mit ihren mannigfachen Problemen und Gefahren.

Zu Weihnachten füllte meine Mutter einen großen Korb mit Delikatessen und Obst und legte einige Kleider für die Mädchen zurecht. Meine ehrenvolle Aufgabe war es dann, die

Liebesgaben zu den Nachbarn zu tragen und unter den Christbaum zu legen. So verbrachte ich auch Heiligabend dort, schmauste mit bei den traditionellen polnischen Weihnachtsgerichten, brach - einem alten Brauchtum folgend - Oblaten mit den Mädchen und tauschte mit ihnen gute Wünsche aus. Eigentlich hätte ich beim Abendessen, zubereitet von Jancia, nicht mitessen dürfen, weil es ja keineswegs koscher war, aber selbst meine Eltern nahmen diese religiöse Vorschrift nicht so genau.

Einmal nahm mich Jancia heimlich mit in die Kirche. Welch ein unvergessliches Erlebnis! Ich schlotterte vor Angst, weil ich nicht nur ungehorsam gegenüber meinem Gott war, sondern mich auch dem „anderen" himmlischen Vater gegenüber versündigte, den Jancia anbetete. Und ich war ziemlich sicher, dass mich die gerechte Strafe dafür an Ort und Stelle ereilen würde. Fest hielt ich Jancias Hand in der meinen und guckte verzagt umher. „Sei kein Hasenfuß, Dummerchen, tu einfach, was die anderen machen", ermutigte mich meine katholische Freundin. So kniete ich mit den übrigen Gottesdienstteilnehmern nieder und stand mit ihnen auf. Jancia hatte mir schon früher beigebracht, wie man sich richtig bekreuzigte. Als ich nach einer Weile mit Staunen begriff, dass mich kein Blitz aus heiterem Himmel treffen würde, begann ich mich diskret umzuschauen. Es gefiel mir hier, sogar besser als in unserer großen Synagoge, die ich allerdings nicht sehr häufig aufsuchte. Als bei der Wandlung die silbernen Stimmen der Glöckchen ertönten, die Köpfe der Andächtigen sich im leisen Gebet senkten, Stille eintrat und schließlich die ganze Kirche erfüllt wurde von brausendem Orgelklang und dem Lobgesang der frommen Gemeinde, da dachte ich: Wenn es einen Himmel gibt, muss es sein wie hier.

Diese, einer anderen Welt angehörenden Freundschaften, trugen nunmehr reichlich Früchte. Sie halfen mir bei meinem

gewagten Spiel, bei dem jede falsche Bewegung das Ende bedeuten konnte. Meine Arbeitskolleginnen gehörten der griechisch-orthodoxen Kirche an, die Weihnachten einige Tage später als die katholische Kirche begeht.
Da wir jedoch nur zwei Tage arbeitsfrei bekamen, feierten wir am 24. und 25. Dezember gemeinsam das Weihnachtsfest. Es waren dennoch traurige Festtage. Die deutschen Vorgesetzten erlaubten zwar einigen Frauen den Zutritt zur Küche, um statt der Rübensuppe die traditionellen köstlichen Kartoffeltaschen vorzubereiten und so erhielten wir am Heiligen Abend erstmals genug zu essen. Gleichwohl aber netzten wir die Festspeisen mit Tränen. Wir weinten über unsere Lage und um ferne Menschen, die wir liebten; wir sehnten uns nach Heimat, Freiheit und dem Anblick der schönen Karpatischen Berge. Und ich hatte doch noch so viele weitere Gründe zu weinen. Ich dachte an Mama und an meinen Bruder in Russland. Wie erging es Salek jetzt? Wanderte er vielleicht gerade in diesem Moment hungernd und frierend, heimatlos und einsam durch die russische Steppe? Warum wurden wir so heimgesucht? Welche schlimmen Sünden hatten wir oder unsere Vorfahren begangen, dass wir so grausam bestraft wurden? Eine der Frauen begann ein Weihnachtslied zu singen; die anderen fielen ein. Die schönen Stimmen dieser einfachen Menschen verschmolzen zu einem wunderbaren, harmonischen Klang. Die Frauen sangen eine Melodie, die häufig in den kleinen orthodoxen Kirchen ihrer Heimatdörfer gesungen wurde. Dieses kleine Lied, intoniert von einem Chor der Verzweifelten, erwärmte die Herzen und gab für einen kostbaren Moment Freude und Kraft. Die Töne stiegen weit hinaus in die Winternacht, hin zu jenem fremden und kalten Himmel, der uns vergessen zu haben schien.
Kurz nach diesem traurigen Weihnachtsfest brachte Nadja frankierte Briefumschläge mit je einem Blatt Papier darin. Sie gab bekannt, dass es uns erlaubt sei, alle sechs Wochen einen Brief nach Hause zu schicken. Schon lange hatte ich mir über-

legt, wie ich meiner Mutter mitteilen könnte, dass ich lebe und einigermaßen in Sicherheit war. Wir alle jubelten.
Mein hastig in Tlumacz gekaufter Tintenstift erwies sich jetzt als sehr nützlich. Viele meiner Kameradinnen waren Analphabeten und baten mich, für sie zu schreiben. Sofort begann ich, Briefe zu verfassen – eine wichtige Aufgabe, die mir eine große Verantwortung auferlegte. Von Nadja wussten wir, dass die Post zensiert wurde. Ein falsches Wort und Absender und Adressaten könnten eine Menge Ärger bekommen. Mir war also klar, dass ich meine Worte sorgfältig auswählen und das Eigentliche „zwischen den Zeilen" unterbringen musste. Außerdem sollte sich der Stil meines Briefs nicht allzu sehr von den übrigen unterscheiden. So leitete ich ein: "Im Namen des Vaters und des Sohnes", und schloss mit Grüßen „an alle Verwandten und Bekannten im Dorf", stets gefolgt von einer langen Liste mit Vornamen und Spitznamen. Es waren immer die gleichen Wendungen, die mir die Frauen diktierten. Als Adressat meines Briefs kam natürlich wiederum nur Frania in Frage.
Etwa sechs Wochen später tröpfelten die ersten Antworten ein. *Jede* Nachricht war ein großes Ereignis. Zuerst wurde der Brief von der Empfängerin gelesen und anschießend, wenn sie ihr Einverständnis gab, von den anderen. Manchmal musste ich das Schreiben der ganzen Gruppe vortragen. Sie kamen alle aus dem gleichen Dorf und kannten einander. Nur ich war eine Fremde, aber von allen akzeptiert, nicht zuletzt auf Grund meiner Schreib- und Lesekompetenz.
Weitere Wochen vergingen, ohne dass eine Nachricht für mich in der Post war. Der umständliche Korrespondenzweg über Frania kostete natürlich Zeit. Endlich aber kam der Tag, an dem Nadja *Katarzyna Raduga* aufrief. Sie verteilte die Post, die der Briefträger im Fabrikbüro abgab. „Das ist für mich!", rief ich voll Freude. Ich erkannte Mamas kräftige Handschrift. „Gott sei Dank, sie lebt!", war meine erste Empfindung, als ich den Umschlag ungeduldig aufriss. „Es ist von meiner Kusine,

ich werde euch später daraus vorlesen", vertröstete ich die neugierigen Kameradinnen. Ich musste auf der Hut sein, hatte ich doch der Gruppe erzählt, ich sei ein Waisenkind.

Die Dinge standen nicht gut. Mama hatte Franias Adresse als Absender angegeben. Ich erfuhr, dass meine Mutter noch immer am gleichen Ort arbeitete, doch „bei Tante Maria haben alle, auch ihre Gäste, eine Infektionskrankheit bekommen und sind jetzt im Spital. Ich bin noch gesund, fürchte aber, dass bei mir ebenfalls die Krankheit ausbricht, weil ich jene Personen gepflegt habe. Wahrscheinlich sollte ich an einen Ort mit besserem Klima ziehen, leider fehlen mir die Mittel dazu. Deine Postkarte, welche du mir auf deinen Reisen schicktest, habe ich erhalten. Ich bin froh, dass es dir in Deutschland gut geht."

Offensichtlich hatte sich bei Pani Maria etwas sehr Böses ereignet, und Mama schien darin verwickelt zu sein. Das klang nicht gut und konnte das Ende bedeuten. Ich hoffte, bald einen zweiten Brief abschicken zu dürfen. Vielleicht würden sich die Dinge bis dahin zum Besseren wenden. Ich war zutiefst beunruhigt.

*

Die Tage verstrichen nur langsam, eintönig und ohne Hoffnung. Abgeschnitten von offiziellen Nachrichten, wussten wir nicht einmal, wie es mit dem Krieg stand. Eines Sonntags im Januar oder Februar 1943 gestattete man uns, die Messe in der Dorfkirche zu besuchen. Das erste Mal würde sich das Fabriktor für uns öffnen! Aufregung machte sich breit. Was sollen wir anziehen? Wie können wir vermeiden, dass man uns von den deutschen Frauen an der Kleidung unterscheiden kann? Wir hatten nicht viel Gelegenheit gehabt, unsere Kleidung ordentlich zu waschen. Kaltes Wasser und knapp rationierte Seife reichten nicht aus, um die Sachen sauber und ordentlich zu halten. Wir waren zerlumpte Zwangsarbeiterinnen, ja das stimmt. Aber wir waren auch junge Frauen. Unseren Stolz und eine gewisse Eitelkeit konnten die Deutschen uns nicht nehmen.

Unsere gute Nadja hatte die rettende Idee. Unter uns gab es etliche Töchter von besser gestellten Bauern, die in ihren Holzkoffern wunderschöne huzulische Trachten mitgebracht hatten: knöchellange, reich bestickte Tuniken aus feinem Leinen, mit gerafften Einsätzen vorne an Halsausschnitt und rund um die Ärmel. Dazu warme Westen aus Schafswolle, bunte Trachtenröcke und Schnürstiefel. Bisher hatte es für die jungen Frauen wahrlich keinen Anlass gegeben, sich in diesem eindrucksvollen Aufzug zu zeigen. Jetzt aber war die passende Gelegenheit gekommen. Als Nadja ihre Kameradinnen bei der „Anprobe" sah, war sie voller Bewunderung und bat, ihr eine solche Tracht zu leihen: „Wartet, den Deutschen sollen die Augen übergehen!" Das russische Mädchen war auch ohne schmeichelnde Aufmachung eine attraktive junge Frau; in der bezaubernden Tracht aber bot sie ein Bild strahlender Schönheit. So gingen wir mit erhobenem Kopf ins Dorf, voran die bunte Gruppe der prächtig Kostümierten, zu der ich natürlich nicht gehörte. Als wir nach der Messe die Kirche verließen, wurden wir unter dem großen, alten Lindenbaum, der in der Mitte des Kirchhofs stand, von deutschen Frauen und Kindern umringt. Unsere Mädchen in den schmucken Volkstrachten gefielen ihnen. Dann entdeckten sie uns, grau und abgemagert, in armseliges Zeug gehüllt. Plötzlich begannen sie zu flüstern. Sie verständigten sich – irgend etwas hatten sie vor! Einige gingen fort und kamen bald mit Platten voll mit Kuchen zurück, den sie uns anboten. Wir griffen zu, und ein paar ukrainische Frauen versuchten freundlich zu sein und ein Gespräch mit den Deutschen zu führen. Nadja dolmetschte.

Ich aber traute dieser unverhofften „deutschen" Liebenswürdigkeit keineswegs. Ich machte mir Gedanken, ob diese Dörflerinnen - gewiss nicht ohne humane Regungen - die Ehefrauen, Töchter, Schwestern und Mütter jener barbarischen Unmenschen waren, die uns im Ghetto bei ihren Razzien unbarmherzig verfolgt und gejagt hatten. Wussten diese Frauen, die uns mildtätig und wohlmeinend Kuchen anboten, dass ihre Männer womöglich bereit waren, den Kopf eines Säuglings an einer Betonmauer zu zerschmettern? Wussten sie, wohin sie ihrem geliebten Führer folgten? Fragen, die ich ihnen leider nicht stellen durfte.

*

Der Frühling des Jahres 1943 kam, wir waren weiterhin vollständig abgeschottet. Keine Zeitungen, kein Radio. Wir hatten keine Ahnung, wie es an den Fronten aussah. Nur eines erfuhren wir mit Gewissheit: dass Bomben auf deutsche Städte niedergingen. Mehr als einmal hörten wir die dumpfen Detonationen und sahen den Feuerschein über Speyer. Sogar auf unser Dorf fielen eines Tages die stählernen Sprengkörper. Sie richteten zwar kaum Schaden an, veränderten jedoch einiges – besonders für mich.

Am Tag des Luftangriffs auf Rülzheim arbeitete ich an einem anderen Arbeitsplatz, nicht in der Näherei im ersten Stock, sondern in der Maschinenhalle im Erdgeschoss. „Meine" Maschine hatte einen Defekt und so wurde mir befohlen, Ledergamaschen zu glätten. Dafür standen ein massiver Holztisch und ein schweres Bügeleisen bereit. Plötzlich hörten wir Luftschutzsirenen heulen, dann das tiefe Brummen von Flugzeugen und bald darauf Bombenexplosionen. Eiligst verließen die verstörten Deutschen die Fabrik, um den Schutzraum aufzusuchen. Wir Ostarbeiterinnen wurden angewiesen, in unsere Baracke zurückzugehen. Schutzräume waren für Arbeitsklaven nicht vorgesehen. Der Luftangriff dauerte ziemlich lange, und nach der Entwarnung gingen wir nicht mehr zurück zur Arbeit, weil es bereits spät abends war. Als ich am folgenden Morgen den Nähsaal betrat, wurde ich auf der Stelle nach unten in die Maschinenhalle gerufen. Um den schweren Tisch, an dem ich am Vortag gearbeitet hatte, stand eine Gruppe von Deutschen. „Hier kommt sie!", schrie einer von ihnen, und deutete mit dem Finger auf mich. Ich hatte keinen Schimmer, was hier vorging, aber mir war klar, dass Ärger in der Luft lag. Dann erblickte auf der dicken Holzplatte des Tisches ein Brandloch in Form eines Bügeleisens. Oh Gott! Im gestrigen Chaos hatte ich total vergessen, das Eisen auszuschalten. Der Direktor, puterrot im Gesicht, brüllte etwas von gemeiner Sabotage und Gestapo, packte meinen Arm und zerrte mich in sein Büro. Man rief Nadja herbei, und die Untersuchung des suspekten Falls begann. Die Deutschen wussten nicht, dass ich sie verstehen konnte – und vor allem verstand ich, dass ich in großer Gefahr war. Wie so oft aber war das Glück mir hold. Die zuständige Vorarbeiterin, eine gütige Frau, stellte sich auf meine Seite: „Was für eine Sabotage, Herr Direktor? Schauen Sie. Sie ist doch noch ein Kind, das kaum bis drei zählen kann. Wahrscheinlich war sie beim Fliegeralarm so in Panik, dass sie vergessen hat, das Bügeleisen abzuschalten." Tapfer versuchte sie, die Sache herunterzuspielen. Des Direktors heftiger Zorn ließ etwas nach. „Du kannst Gott danken, dass kein Feuer ausgebrochen ist. Wenn das passiert wäre, würdest du jetzt im KZ landen", richtete er mir durch Nadja aus, die nicht weniger erschrocken war als ich. „Aber ich will dich hier nicht mehr sehen. Du wirst sofort ins Zwangsarbeiterlager von Speyer überstellt. Die sollen dann entscheiden, was sie mit dir machen werden."

Ich ging in die Baracke, um meine Habseligkeiten zu holen. Man erlaubte mir nicht einmal, mich von den anderen Frauen zu verabschieden. Grenzenlose Furcht befiel mich. Hatte ich doch darauf vertraut, das Ende des Kriegs in dieser Fabrik abwarten zu können. Und nun ...

Bewacht von einem der Aufseher wurde ich mit einem Nahverkehrszug nach Speyer gebracht und dort dem Arbeitsamt übergeben. Erstmals ging ich durch die Straßen einer deutschen Stadt. Gleichsam mit den Augen einer Rächerin und mit stiller Schadenfreude betrachtete ich die vielen durch Luftangriffe zerstörten Gebäude. Es waren kaum Männer zu sehen, dafür zahlreiche junge und ältere Frauen. Fast alle trugen sie – nach aktueller Kriegsmode – Schals auf dem Kopf, die zu einer Art Turban gebunden wurden. Einige junge Mädchen trugen die schicke Uniform der Wehrmachtshelferinnen. Und ich? Wie anders sah ich aus, mit meinem grau-weiß karierten Schultertuch, dem weiten Rock und den Skischuhen, die ich immer noch besaß. Sie waren das einzige, was mir aus meinen Elternhaus geblieben war. Und unter der Sohle hielt ich immer noch meinen teuersten Schatz verborgen: jene drei winzigen Fotos von Zuhause, die Frania mir als Erinnerung mit gegeben hatte. Drei Bilder, Relikte einer untergegangenen Welt.

*

Im Januar 1939 kauften meine Eltern mir eine komplette Skiausrüstung. Südlich unserer Stadt erhob sich ein - zumindest in meinen jugendlichen Augen - recht hoher Berg. Er hieß Oskrzesinski-Berg, nach dem gleichnamigen Dorf an seinem Fuß. Im Sommer wanderten meine Brüder mit ihren Freunden den Berg hinauf, und manchmal nahmen sie mich mit.
Der Ausflug dauerte meist zwei Tage. Wir passierten das Pruth-Tal und übernachteten in einem Heuschober. Bequem war das nicht, das Stroh piekste und manchmal huschte eine Maus vorbei, um zu schauen, wer sich da in ihrem Reich niedergelassen hatte. Aber all dies war schnell vergessen in Anbetracht der prächtigen Abenteuer, die solch ein Ausflug bot. Am nächsten Morgen überquerten wir den Pruth mit einer flachen Fähre, die, außer den menschlichen Passagieren Holzkäfige voll mit gackerndem und schnatterndem Federvieh transportierte. Bisweilen waren auch Kälber und grun-

zende Schweine dabei. Zunächst sammelte der Fährmann bedächtig das Geld ein, dann erst setzte er uns über, wobei die flache Fähre in der Mitte des schnell fließenden Stroms zu schwanken begann. Ich saß auf der schmalen Bank zwischen Salek und Pawel. Das Boot schwankte und das alte Holz ächzte unter den starken Wellen. Mein Herz schlug bis zum Hals. „Was ist", so fragte ich mich ängstlich, „wenn alles auseinander fliegt und das Boot sinkt?" Wir würden dann jämmerlich im reißenden Strom des Pruth ertrinken. Natürlich zeigte ich meinen großen Brüdern meine Angst nicht, sonst hätten sie mich „Hasenfuß" nie mehr mitgenommen. Damals ahnte ich noch nicht, dass die Angst bald mein ständiger Begleiter sein würde. Wir sanken nicht, die Fähre legte wohlbehalten am anderen Ufer an, und sofort wanderten wir so richtig drauflos.

Im Winter fuhren wir dort Ski. Wie hell die Schellen klangen, wenn wir mit dem Pferdeschlitten über den gefrorenen Pruth und dann durch den knirschenden, blendend weißen Schnee jagten. Salek brachte mir das Skifahren bei. Anfangs fiel ich natürlich ständig hin, mit der Zeit aber lernte ich es leidlich. Diese glücklichen Tage waren erfüllt von fröhlichem Jauchzen und Lachen! Im winterlichen Zwielicht der untergehenden Sonne kehrten wir heim, und Frania wartete schon auf uns mit heißem Tee und süßen, ofenwarmen Krapfen, die wir *Buchta* nannten.

Hatte es diese Welt wirklich jemals gegeben?

6. Das Dienstmädchen Kathrin

Wieder einmal marschierte ich, wie immer hatte ich meine schweren Skischuhe „von damals" an, nach wie vor steckten die Bilder von Kolomea unter der Schuhsohle. Neu war nur die Stadt, das mir fremde Speyer. Die unverwüstlichen Skischuhe, die meine Eltern in weiser Voraussicht zwei Nummern zu groß gekauft hatten, standen in einem merkwürdigen Kontrast zu meiner ansonsten armseligen Kleidung. Man bemusterte mich, vorbeieilende Speyerer sahen mich forschend und neugierig an. Ich fühlte mich wehrlos und gedemütigt.

Ich war auf dem Weg zum Arbeitsamt und bereitete mich innerlich auf das vor, was dort geschehen würde. Sicherlich waren sie über meinen Rülzheimer „Sabotageakt" informiert, würden mich genau befragen und vielleicht auch bestrafen. Wie so oft in meiner Kriegesodyssee entwickelten sich Dinge jedoch anders: Niemand fragte mich irgend etwas. Sie wollten gar nicht wissen, was in der Fabrik geschehen war. Ich wurde kommentarlos einer großen Gruppe von Männern und Frauen verschiedener Nationalitäten zugewiesen. Es war ein „bunter Haufen"; neben Polen und Ukrainern gab es Tschechen, Serben und Franzosen. Wir wurden zum Bahnhof geführt und bestiegen einen eigens für uns bereitgestellten Personenwagen. Ich seufzte vor Erleichterung. Vielleicht hatte ich wieder einmal Glück.

Nach etlichen Stunden ereichten wir ein unbekanntes Ziel. Es war Nacht, als der Zug anhielt. Unser Waggon wurde abgekoppelt und auf ein Nebengleis rangiert. Wir warteten. Früh am Morgen erschien eine Beamtin mit unseren Papieren und eine eigenartige Szenerie nahm ihren Lauf: Deutsche Bauern kamen und schätzten die Arbeitsfähigkeit der zur Auswahl angebotenen Menschen ab. Wie eine Ware standen wir vor ihnen, wurden gemustert, begutachtet und geprüft. Ein Sklavenmarkt im 20. Jahrhundert!

Es kam, wie es kommen musste: Niemand wollte mich. Ich war klein und vom ewigen Hungern in der Schuhfabrik stark abgemagert. So kamen meine potenziellen Brotherren anscheinend alle zu dem Schluss, dass ich zur Landarbeit nicht tauge. Nun, sie hatten wohl Recht. Ich war ein zartes Schulmädchen, keine stramme Bauernmagd. Und nun?
Auf einmal kreuzte ein hagerer Mann auf und sprach die Beamtin an, die sich an uns wandte und fragte, ob jemand Deutsch verstünde. Im Bruchteil einer Sekunde traf ich eine Entscheidung. „Ich, aber nix viel", rief ich im Tonfall einer etwas dummen Ausländerin. Die Beamtin gab mir ein Zeichen, dem Hageren zu folgen. Er führte mich durch die Straßen einer vom Krieg unberührten Stadt. Ein Hauch von Eleganz umgab die nicht allzu zahlreichen Passanten. Aufmerksam hörte ich hin, wenn geredet wurde, teilweise klang es gar nicht nach Deutsch. Mit Verwunderung registrierte ich, dass es Französisch sein müsste. War ich wieder in Frankreich?

Schritt für Schritt näherten wir uns dem Zentrum der Stadt. Von einem Marktplatz gingen sternförmig Gassen aus, an denen anheimelnde Giebelhäuser mit grünen Fensterläden standen. Wir gingen an kleinen Geschäften mit sauber glänzenden Auslagen vorbei. Schon lange hatte ich so etwas nicht mehr gesehen. An einigen Häusern waren die Fenster geöffnet, und ein sanfter Wind bauschte schneeweiße Vorhänge auf. Da und dort trat eine Frau aus der Haustür, schüttete einen Eimer voll Wasser über den Gehsteig und schrubbte mit einem festen Besen ordentlich nach.
Freundlich riefen die Frauen sich ein „Guten Morgen" zu, ihre Sprache klang melodiös und musikalisch. Der Frühling lag schon in der Luft, obwohl es erst Anfang März war. Knospen öffneten sich, und in den Beeten blühten bunte Blumen auf. Es war März 1943. Tobte da draußen irgendwo in einer anderen Welt tatsächlich ein so grausamer Krieg? Hier war es ruhig, leise, schön und voll friedlicher Harmonie.

Der hagere Mann strebte einem Bildergeschäft zu. Glöckchen an der Tür meldeten hell bimmelnd unseren Eintritt, und eine vornehm gekleidete Dame trat hinter einem Vorhang hervor, der den Laden von den hinteren Räumen abtrennte.

„Ich bringe Ihnen das Hausmädchen", verkündete der Hagere und bemerkte wohl sofort, so wie ich, dass die Angesprochene mich missbilligend begutachtete. „Sie war die Einzige, die Deutsch konnte", beeilte er sich zu versichern. „Wirklich?" Die Dame blickte mich fragend an, und ich nickte. „Du siehst ziemlich verwahrlost aus. Hast du Läuse?" Dabei berührte sie mit unverhohlenem Abscheu meinen Umhang. „Ja, Madame, hab ich", antwortete ich beinahe fröhlich und hoffte, sie würde mich wegschicken. Denn ich mochte sie ebenso wenig wie sie anscheinend mich und hatte keine besonderen Ambitionen, als Hausmädchen zu dienen. Zu meinem Erstaunen bewirkten meine Worte jedoch genau das Gegenteil. Entweder gefiel ihr meine Aufrichtigkeit, oder sie war verzweifelt hinter einer deutschsprachigen Dienstbotin her - jedenfalls sagte sie resigniert: „Nun gut, da sie schon mal hier ist, soll sie auch bleiben. Die Läuse werden wir schon weg bekommen." Der Mann schlug soldatisch die Hacken zusammen und ging.

„Komm mit." Die Dame führte mich über einen Hof in eine große Waschküche. Dort musste ich meinen Umhang auf den Steinboden legen, Feuer unter einem mächtigen Kupferkessel entfachen und mich schließlich nackt ausziehen. Mit einer langen Holzzange erfasste die Frau meine Kleidungsstücke und warf sie nacheinander in die Flammen. Auch mein Bündel wurde verbrannt. „Nein, nicht!" rief ich, als sie sich anschickte, sogar die Skischuhe dem Autodafé zu überantworten. Sie blickte mich verwundert an und nahm die Treter näher in Augenschein. „Mag sein, dass du Recht hast. Sie sind tatsächlich von guter Qualität, echtes Leder. Woher hast du solche Schuhe?" Die Frage mochte ohne Hintergedanken gestellt worden sein, mich aber befiel Furcht, denn ich hatte keine neue Geschichte auf Lager. Die Frau hakte jedoch nicht nach. Sie zog sich Gummihandschuhe an und schnitt mir mit einer großen Schere die Zöpfe ab. „Hinein damit ins Feuer! Füll diese Zinkwanne und bade dich gründlich." Sie gab mir ein Stück Seife und ließ mich allein. Erleichtert sank ich in das warme Wasser, dachte noch daran, welche Art von Kleidung sie mir geben würde, zerbrach mir aber dann nicht weiter den Kopf. Ich seifte den Körper und die Haare gründlich ein und schrubbte mich ordentlich. Ich konnte spüren, wie sich der Schmutz von meiner Haut löste. Als das Wasser dreckig wurde, leerte ich die Wanne und goss sie erneut voll. Der ganze Raum war erfüllt von feuchter Wärme. Ich fühlte mich leicht wie eine Feder, und meine Sorgen zerstoben in dieser Wolke von Dampf. Die Augen schließend, glitt ich zurück in eine weit entfernte Vergangenheit.

*

Unser Haus in Kolomea war ziemlich alt und hatte keine modernen Installationen. Das wöchentliche Bad wurde in der Küche genommen, in der man extra dafür eine Zinkwanne aufstellte. Ich saß darin, es roch nach Tannenzapfen und guter Seife. Mama säuberte mich mit einem weichen Schwamm von Kopf bis Fuß. Auf dem Tisch wartete ein leckeres Abendessen. Meist bekam ich eine Tasse Kakao oder Ovomaltine und dazu Rosinenbrot. Warm und schläfrig, wie ich anschließend war, trug mich Salek huckepack hinauf in mein Bett. „Lies mir etwas vor", bettelte ich zuletzt noch.

*

Jäh öffnete sich die Tür, und die deutsche Frau kam herein mit einem Arm voller Kleidung und einer Flasche. Sie warf mir ein Handtuch zu. „Trockne dich ab und halte deinen Kopf still." Eine eklig riechende Flüssigkeit ergoss sich über meine Haare, und ich musste sie dann mit einem sauberen Leinentuch or-

dentlich umwickeln. Als sie meine Schuhe mit derselben Lösung behandelte, war ich froh, dass meine kostbaren Fotografien gut gesichert waren. Madame gab mir die Kleider, ein bisschen schäbig und zu groß für mich, aber sauber und nicht zerrissen. Unterwäsche und Bluse - den Rock band ich mit einer Schnur um die Hüfte. Für die Füße bekam ich abgetragene Latschen. Meine neue Herrin musterte mich von allen Seiten. „So, jetzt können wir dich ins Haus lassen! Räum auf und komm dann nach oben." Eine eiserne Wendeltreppe geleitete mich vom Hof hinauf. Ich sah zwei Türen, öffnete auf gut Glück eine davon und trat in eine helle Küche, erfüllt vom herrlichen Duft nach Speisen. Großer Gott, war ich hungrig! Die Frau stellte eine Tasse Ersatzkaffee auf den Tisch, dazu einen Teller Brotscheiben, bestrichen mit Marmelade. „Setz dich und iss", gebot sie mir und brauchte es nicht zweimal zu sagen. Ich machte mich über das Essen her, verbrannte mir die Lippen an der heißen Tasse.
„Du heißt also", meine neue Herrin sah meine Papiere durch und buchstabierte mit etwas Mühe: „Katarzyna Raduga. Das reicht, um sich die Zunge zu verrenken. Wie haben sie dich zu Hause gerufen? Kasia? Nein, das ist mir noch immer zu schwierig. Ich werde dich Kathrin nennen." Da mein Mund sehr voll war, neigte ich bloß zustimmend den Kopf. „Ich heiße Alfrieda Grossman", stellte sich die Dame des Hauses vor. „Wir sind zu fünft. Außer mir ist da mein Mann Paul, unser fünfzehnjähriger Sohn Helmuth, die elfjährige Hilda und Hans, fünfzehn Monate alt. Du hast gesehen, dass ich ein Geschäft mit echten Bildern führe, eine Galerie. Daher habe ich nicht die Zeit, mich um die Hausarbeit zu kümmern. Dafür wirst ab jetzt du zuständig sein. Fang gleich mit dem Geschirr in der Küche an. Dann werde ich dir das Haus zeigen und erklären, was es sonst noch zu tun gibt." Sie artikulierte jedes Wort sehr deutlich, so als ob sie meinen Deutschkenntnissen misstrauen würde. Ich übernahm ihre Sprechweise, parodierte sie bei meinen Antworten und fand das recht lustig.

Frau Grossman ging, und ich war von diesem Zeitpunkt an das Dienstmädchen für alles. Es war März 1943. Neben dem Spülbecken türmte sich ein Geschirrberg. Es hatte den Anschein, als wäre seit einer Woche nicht abgewaschen worden. Aber die Küche war großartig, alle Wände bis zur Decke gekachelt. Die Farbe der Bodenfliesen passte zum Gesamtbild. Gleich neben einem mit Kohle zu beheizenden Herd stand auch ein Gasherd mit bunten Schaltern, vier Flammen und einem Backrohr. Zu Hause hatten wir auch einen solchen Herd gehabt, doch nur mit zwei Kochplatten und ohne Backofen. In unserer Küche hatte es zwar ebenfalls Kacheln an der Wand gegeben, blau-weiß und mit Bildern von holländischen Windmühlen sowie Mädchen in großen Holzschuhen, aber lediglich um den Herd herum. Wir hatten einen marmornen Waschtisch, allerdings kein fließendes Wasser, keine Spüle und goldglänzenden Messinghähne. So wusste ich nun natürlich nicht, wie sie funktionierten. Mutig drehte ich schließlich an einem Hahn mit dem Buchstaben W wie Wärme. In dem Gerät oberhalb des Spülbeckens knackte und knatterte etwas. Plötzlich: ein bläuliches Flackern, und heißes Wasser floss aus dem Rohr. Was für eine Zauberei! Es dauerte eine gute Weile, bis ich, unerfahren im Verrichten solcher Tätigkeiten, mit dem Abwasch des gesamten Geschirrs fertig war. Und mir wurde klar, dass in diesem Haus kein Honigschlecken auf mich wartete.

Das ziemlich alte, dreistöckige Gebäude war schmal und eines aus einer Reihe baugleicher Häuser. Ebenerdig lagen das Geschäft, der Hof und die Waschküche mit einem Keller darunter. Im ersten Stock die Küche, das Wohn- und das Speisezimmer. Darüber befanden sich die Schlafräume meiner „Herrschhaften" und der jüngeren Kinder, ein Gästezimmer und das fabelhaft eingerichtete Bad mit einer weiß emaillierten Wanne, goldblitzenden Wasserhähnen und Spiegeln von unten bis oben. Im letzten Stock waren nur zwei Zimmer; das größere gehörte dem ältesten Sohn des Hauses, und das kleinere – oh Gott - sollte von nun an nun für mich bestimmt sein. Welch ein Wunder! Ich hatte unversehens eigene vier Wände, eine separate Welt. Nicht dass ich oft Gebrauch davon machen konnte, denn meine freie Zeit war meist auf einige allzu kurze Nachtstunden beschränkt. Aber allein die Tatsache, dass ich einen eigenen Raum besaß, gab mir das Gefühl einer privaten Geschütztheit, nach der ich mich seit Kriegsbeginn gesehnt hatte.

Anfangs verlangte die Arbeit mir mehr ab als ich mit meinen Kräften und Kenntnissen zu leisten imstande war. Frau Frieda, so wollte sie von mir angesprochen werden, war keine allzu schlechte Dienstgeberin. Sie erklärte und zeigte mir alles mit großer Geduld. Langsam sammelte ich Erfahrung und bekam die Dinge besser in den Griff. Aber auch die Arbeitslast nahm zu, und so blieb immer etwas unerledigt. Mein Tag begann um 4.30 Uhr und endete selten vor Mitternacht. Am schlimmsten war der Waschtag, da musste ich noch früher als sonst aus dem Bett. Ich ging hinunter in die Waschküche, wo bereits seit dem Vortag die Schmutzwäsche einweichte, und machte Feuer unter dem Kessel. Dann stand ich stundenlang am Waschtrog und schrubbte, bis meine Handknöchel bluteten. Am gemeinsten war das Auswringen der großen Stücke. Erst jetzt konnte ich Paulinas Kraft und Geschicklichkeit richtig würdigen. Und sie war eine starke Frau gewesen. Ich hingegen war ein fünfzehnjähriges, unterernährtes Mädchen.
Grenzenlos war mein Erstaunen, als mir am Tag nach meiner Ankunft ein Platz am Familientisch zugewiesen wurde. Verglichen mit dem Fraß in der Schuhfabrik war das Essen ausgezeichnet, aber nach den monatelangen Hungerrationen in Rülzheim wurde ich einfach nicht satt. Zwar saßen wir alle am gleichen Tisch, wie es der „Zufall" jedoch wollte, landete die mickrigste Portion immer auf meinem Teller. Ich versuchte, in der Küche oder sonst wo etwas von den Überresten in die Finger zu bekommen, allerdings ohne viel Erfolg. Und die

Speisekammer blieb Tag und Nacht verschlossen.
Nach und nach verschaffte ich mir einen Überblick. Die kleine Stadt lag im Elsass, das wie Lothringen vor dem Krieg zu Frankreich gehörte und zuvor, wie unser Schlesien, mehrmals den Besitzer gewechselt hatte. Zwischen Deutschland und Frankreich war es immer schon ein Zankapfel gewesen. Die Bewohner des idyllischen Städtchens verwendeten die Sprachen beider Länder. Ich war nicht in der Lage, ihr Französisch richtig einzuschätzen, ihr Deutsch jedoch war ein schreckliches Idiom, das kaum von den übrigen Deutschen verstanden wurde.
Die Einheimischen jedenfalls waren stets nett zu mir. Wenn man mich gelegentlich zum Einkaufen in ein nahe gelegenes Geschäft schickte, drückten sie mir dort oft etwas in die Hand. Ein Brötchen oder Bonbons - einmal schenkte man mir sogar richtige Seidenstrümpfe, die ersten, die ich je gehabt hatte, und ich war sehr stolz darauf
Frau Grossman ließ mir hin und wieder abgetragene Kleidungsstücke zukommen, die sie wahrscheinlich bei guten Freunden und Kunden für mich gesammelt hatte. So kam ich mit der Zeit in den Besitz von drei Garnituren Unterwäsche, zwei Blusen und Röcken in passender Größe, Schuhen und einem hübschen grünen Mantel. Langsam nahm ich auch an Gewicht zu, bekam Kurven und verwandelte mich von einem dürren, knabenhaften Wesen in ein wohlgestaltetes Fräulein. Das dichte Haar war jetzt einigermaßen gut geschoren, meine Gesichtsfarbe rosig, und die Augen blickten nicht mehr stumpf. Jeden vierten Sonntag durfte ich in die Kirche gehen. Wohl sah ich noch ein bisschen ärmlich aus, unterschied mich aber nicht mehr allzu sehr von der hiesigen Bevölkerung, und so mancher junge Soldat drehte sich nach mir um und versuchte mich anzusprechen.
Ich genoss diese Sonntagsausgänge, waren sie doch die einzige Abwechslung von meiner täglichen Plackerei. In der Kirche konnte ich mich in Frieden hinsetzen, ohne das beständige

„Kathrin dies, Kathrin das" zu hören. Die Elsässer waren vorwiegend katholisch und sonntags besuchten viele von ihnen das Hochamt, während die Frühmesse ziemlich leer war. Mit sensibler Neugierde nahm ich das prächtige Schauspiel der heiligen Messe in mir auf. Die bedeutungsvollen rituellen Gesten des Priesters im reich bestickten Ornat, die üppig barocke Innenarchitektur des Gotteshauses mit den vielen Heiligenbildern und plastischen Darstellungen biblischer Szenen, dazu der erregende Duft von Weihrauch. Dann der würdevolle Klang der schweren Glocken, welche die fromme Botschaft der Erlösung in das Schweigen des Morgens entsandten; das silberhelle Läuten der kleinen Glöckchen bei der Wandlung, und die erhabene Stille, die nun folgte. Ich vermochte die Tränen nicht zurückzuhalten, sie liefen mir ungehemmt über die Wangen. Und im Geiste sah ich all die Menschen, die mir teuer waren.

*

Bereits in den ersten Tagen im Elsass hatte ich einen an Frania adressierten Brief für meine Mutter abgesandt. Wochen verstrichen ohne Antwort, und ich befürchtete das Schlimmste. Nachts weinte ich oft und wurde von quälenden Träumen heimgesucht. Obwohl ich meine Spur sorgfältig verwischt hatte und sicher sein durfte, dass niemand in dem jungen Dienstmädchen Kathrin das jüdische Mädchen entdecken würde, verlor ich in keinem Augenblick das Gefühl, ein gehetztes und umzingeltes Tier zu sein.

Da ich nur Deutsch sprach, konnte ich es mir erlauben, eine zunehmende Geläufigkeit erkennen zu lassen, ohne Verdacht zu erregen. Frau Grossman war verwundert, wie schnell ich ihre Sprache lernte. Hilda war ein freundliches Mädchen und Klein Hans ein liebes Kindchen. Es gelang mir nicht, diese drei Menschen zu hassen. Der Herr des Hauses und sein halbwüchsiger Sohn standen auf einem anderen Blatt. Ich hatte das untrügerische Gefühl, dass etwas Böses von ihnen ausging, und verstand meine tiefe Abneigung erst, als ich sie an einem Festtag der Partei in Nazi-Uniform sah. Der Vater stolzierte in brauner SA-Montur herum, Helmuth in der martialischen Kluft der Hitlerjugend.

Später erfuhr ich mehr über sie. Herr Grossman rühmte sich, der nationalsozialistischen Partei seit ihrer Gründungszeit anzugehören. Er gab vor, an einer berüchtigten Saalschlacht im Münchner "Hofbräuhaus" teilgenommen zu haben, sowie an Straßenschlachten zwischen Nazis, Kommunisten und Sozialisten in Coburg. Dafür hatte er einen wichtigen Orden erhalten, wie er nicht müde wurde zu berichten. Der älteste Sohn blickte natürlich stolz zu seinem Vater auf, diesem „blonden" Recken legendärer Kämpfe, die Hitlers Aufstieg zur Macht geebnet hatten.

Warum dieser urgermanische Held nicht an einer der zahlreichen Fronten des Reiches gegen die Feinde stritt, blieb mir ein Rätsel. Tatsache war, dass er eine gut situierte Stellung in einer bekannten Weingroßhandlung bekleidete und daraus mancherlei Nutzen zog. Sein eigener Keller, gefüllt mit alten und edlen Jahrgängen, wurde gerühmt. Im Zentrum der kühlen, dunklen Räumlichkeiten standen zwei gewaltige Fässer mit jungen Weinen, weiß und rot. Zu meinen vielen Pflichten gehörte es, jeden Tag einen Krug aus einem der beiden Fässer zu füllen und auf den Tisch zu bringen.

Mein Dienstgeber kam eigentlich aus Bayern und strich dieses Faktum gerne heraus. Im Sommer trug er Lederhose, und oft hing ihm eine langstielige Pfeife aus dem Mund. Ob er auch intelligent war? Jedenfalls sah ich ihn nie mit einer Lektüre in der Hand, obschon der verglaste Bücherschrank im Wohnzimmer zahlreiche Bände enthielt. „Mein Kampf'", eingebunden in schwarzes Leder, stand ganz vorne.

Es war nicht zuletzt diese private Bibliothek, die meinen Deutschkenntnissen auf die Sprünge half. Wenn ich in den frühen Morgenstunden, wenn alle anderen noch schliefen, das

Wohnzimmer reinigte, konnte ich der Versuchung einfach nicht widerstehen, im Bücherschrank zu stöbern. Mit Genugtuung entdeckte ich vertraute Freunde, die ich zu Hause in Polnisch gelesen hatte: Kipling, Karl May und meine geliebten Brüder Grimm. Natürlich entlieh ich mir hin und wieder einen Band und versteckte ihn in meinem Zimmer. Durfte ich endlich zu Bett gehen, versuchte ich noch ein oder zwei Seiten zu lesen, bevor ich vor Müdigkeit einschlief.

Dieses heimliche Laster sollte mir eines Tages teuer zu stehen kommen. Man hatte mir einen Wecker gegeben, der mich immer pünktlich aus den Federn trieb. Ich weiß nicht mehr, ob ich vergaß, ihn zu stellen oder an jenem Morgen einfach verschlief. Um sechs Uhr morgens weckte mich Frau Frieda – das neben dem Bett liegende Buch konnte sie gar nicht übersehen! Der Wutausbruch des Ehepaares war unfassbar: Wie konnte ein „slawischer Untermensch" sich bloß erdreisten, sich an der Schatzkammer der hohen deutschen Kultur zu vergreifen? Grossman drehte vollkommen durch, da half nur Prügel. Mit der Kunstfertigkeit eines erfahrenen SA-Mannes schlug er mich mit einem breiten Ledergürtel. Gelernt ist gelernt! Viele Tage konnte ich nicht aus dem Haus, mein Gesicht war mit blauen Flecken übersät. Mein ganzer Körper schmerzte derart, dass ich mich kaum bewegen konnte. Doch meine Arbeit hatte ich wie immer zu verrichten. Selbstverständlich wurde mir bei Androhung noch härterer Strafe strengstens untersagt, jemals wieder ein Buch aus dem Schrank zu nehmen. Aber es fruchtete nichts. Ich wurde bloß vorsichtiger.

Natürlich lief bei den Grossmans häufig das Radio. Oft hörte ich während der Hausarbeit die pompöse Männerstimme aus dem Radio: „Das Oberkommando der Wehrmacht gibt bekannt!" Danach schmetternde Fanfaren und mit markigem Pathos vorgetragene Siegesmeldungen, die Namen eroberter Städte. Die Familie feierte solche Anlässe stets mit einer Flasche guten Weins. Sie toasteten einander glückstrunken zu. Heil unserem Führer! Auf den Sieg! Und mein Herz blutete. Dennoch zweifelte ich nie daran, welche Seite die letzte Schlacht gewinnen würde. Ich war mir absolut sicher, dass jene den Krieg verlieren mussten, die ihn mutwillig vom Zaun gebrochen hatten. Es war nur eine Frage der Zeit. Stalingrad war bereits im Januar 1943 gefallen; in Afrika hatten die deutschen Truppen im Sommer kapituliert. Doch eben diese Zeit war zu einem tödlichen Wettlauf für viele Millionen Menschen geworden.

Einige Tage nach dem Wutausbruch Grossmans kam endlich der so lang erwartete Brief. Es war Spätsommer 1943. Frau Frieda reichte mir einen Umschlag, übersät mit Vermerken, amtlichen Stempeln und durchgestrichenen Adressen. Zunächst war das Schreiben an die Schuhfabrik adressiert gewesen, dann ging es über die Arbeitsverwaltung in Speyer an meine derzeitige Anschrift. Trotz meiner Ungeduld, den Inhalt zu erfahren, wagte ich es nicht, den Brief vor den wachsamen Blicken der Frau zu lesen. Die Handschrift war mir unbekannt. Bis zum heutigen Tag weiß ich nicht, wer den Brief verfasst hat. Vielleicht war es Kasia Raduga, die „echte" Tochter von Frania, die - so erfuhr ich Jahrzehnte später – irgendwann zu ihrer Mutter nach Kolomea gezogen war. Müßige Spekulationen. Nebenbei begriff ich, dass es mir keineswegs gelungen war, meine Fährte zu verwischen, denn offenbar gab es Aktennotizen über mich, die jeden meiner Schritte genauestens registriert hatten. Die deutsche Administration hatte mich mit der ihr eigenen Gründlichkeit nicht aus den Augen verloren. Mit klammen Fingern öffnete ich im Schutz meiner Kammer das Kuvert. Der Brief war vor drei Monaten geschrieben worden:

Teuerste Kasia!
Deine geliebte Tante Zosia hat dir inzwischen gewiss schon von der Epidemie berichtet, die bei Pani Maria ausgebrochen ist. Leider hat

sich deine Tante bei der Betreuung ebenfalls angesteckt. Die Krankheit erwies sich als tödlich, und alle sind verschieden. Ich weiß, wie schmerzlich dies für dich ist, aber ich musste es dir mitteilen. Bitte schreibe nicht mehr. Weder an meine Adresse noch an die von Pani Maria. Ich wünsche dir Kraft, diesen Schicksalsschlag zu ertragen. Möge unser Herr Jesus Christus dich beschützen.
Frania

In meinem Kopf schlugen kleine Hämmerchen einen wilden Takt. Schneller und immer schneller, bis ich wieder die jammervollen Schreie der nackt aneinander gepressten Menschen hörte und das rhythmische Rattern der Waggonräder. Dann wurde es still, und an einem fernen Horizont sah ich Mama mit grüßend erhobener Hand, wie einen ganz kleinen Schattenriss. Am nächsten Morgen musste ich wieder an die Arbeit. Es war der Tag, an dem ein Foto von mir für meine Arbeitskarte gemacht werden sollte. Vorher hatte ich mich darauf gefreut, galt doch diese Arbeitskarte als ein „sicheres Papier", als ein amtlich gültiges Dokument.
An diesem unheilvollen Tag aber sah man mir mein Leid an. Mit traurigen Augen starrte ich leblos in die Kamera des Fotografen. So waren innerhalb weniger Stunden Tod und Leben zu mir gekommen, in Form eines Briefes und einer Fotografie. Mama war tot, ich lebte immer noch.

7. Vorboten des Niedergangs

Das Leben ging weiter. Mein Tagewerk war noch immer schwer, aber ich wurde kräftiger und lernte, effektiver zu arbeiten. Obwohl meine Verpflegung den permanenten Hunger nicht stillen konnte, nahm ich an Gewicht zu. Aber die Jahre und Monate der Unterernährung hatten meinen Körper geschwächt. An verschiedenen Stellen bildeten sich schmerzhafte Furunkel. Ich verlor kein Wort darüber. Wenn Frau Frieda dahinter kommen würde, hätte es unliebsame Folgen für mich haben können. Ich hatte die Erlaubnis in der Waschküche zu baden und nutzte die Gelegenheit gerne spätabends, wenn ich mit der Arbeit fertig war. Nach einigen Bädern brachen die unangenehmen Geschwüre im warmen Wasser auf und entleerten sich. Später heilten die Wunden und hinterließen hässliche Narben.
Nachts hörte die Kammer mein Weinen. Selbst wenn ich den Krieg überlebte, würde ich wahrscheinlich keine Angehörigen mehr haben, zu denen ich zurückkehren konnte. Manchmal wallte Hoffnung auf: Vielleicht blieb wenigstens Salek im fernen Russland am Leben. Dann versiegte dieser Optimismus so plötzlich, wie er gekommen war. Gewiss waren die im Sommer 1941 so rasch vorrückenden Deutschen seiner habhaft geworden - trug er doch, wie alle Männer aus dem Hause David, das Zeichen.

Am Tage hatte ich nicht viel Zeit für schwermütige Gedanken. Ich räumte auf, bürstete anderer Leute Kleidung, wusch das Geschirr, klopfte schwere Teppiche aus, putzte Fenster, bereitete Zutaten für Mahlzeiten vor und hatte noch unzählige ähnliche Aufgaben zu erledigen. Frau Frieda stand selbst am Herd, sie traute meinen Kochkünsten wohl nicht oder fürchtete, ich könnte mir vorab etwas von den guten Speisen in den nimmersatten Mund stecken.

Zu meinen ersten Pflichten am frühen Morgen gehörte es, den Bürgersteig vor dem Haus zu säubern und die Auslage auf Hochglanz zu bringen. Als ich einmal den Rahmen der Eingangstür etwas gründlicher abwischte, erkannte ich die Andeutung einer mir vertrauten diagonalen Kerbe. Hatte das zu bedeuten, dass hier einst eine jüdische Mesusa[1] angebracht war? So war das also! Dieses Haus und alles, was jetzt noch darin war, hatte früher einer offenbar wohlhabenden jüdischen Familie gehört.

Nun klärte sich, woher die vielen schönen und praktischen Dinge, das geschmackvolle Speiseservice, die dicken Teppiche, die Bilder und die sonstige Einrichtung stammten. Und meine großtuenden Dienstgeber waren nichts anderes als üble Profiteure, die einen ordentlichen Schnitt gemacht hatten! Zweifellos durften die Vorbesitzer, so wie wir, ihr Heim nur mit dem verlassen, was sie hatten tragen können. Und wo waren sie jetzt? Lebten sie überhaupt noch? Möglicherweise war ihr Leidensweg schlimmer als meiner. Ich wusste genug von den Deportationen jüdischer Menschen nach dem Osten, wo grauenvolle Vernichtungslager auf sie warteten.

Der rätselhafte und unheilvolle Brief, verfasst von jenem unbekannten Menschen, der mit *Frania* unterschrieben hatte, wollte mir nicht aus dem Kopf. Der Code war klar. Die „Krankheit" von Pani Maria und ihren „Gästen“, die alle zweifelsohne dem polnischen Widerstand angehört hatten, bedeutete, dass sie den Nazis in die Falle gegangen waren. Man kannte die Verhörmethoden der Gestapo. Wahrscheinlich hatte jemand die Torturen nicht länger ertragen können und die anderen schließlich preisgegeben. Vielleicht waren sie inzwischen alle hingerichtet worden? Frania, die richtige

[1] Mit den Abschnitten 5 Mos. 6, 4-9 und 11, 13-21 beschriebenes Pergamentblatt, das in einer Kapsel am rechten Türpfosten jüdischer Häuser befestigt ist und beim Ein- und Austritt ehrfurchtsvoll berührt wird.

Frania, mochte die Antwort kennen. Aber ich durfte ihr ja nicht mehr schreiben. Starb meine Mutter, weil sie Pani Maria und ihr Netzwerk mit Informationen versorgt hatte, oder weil sie Jüdin war? Die Hoffnung, zu Mama zurückzukehren, zu unserem Haus, zu den Plätzen meiner Kindheit, war nun endgültig gestorben. Falls ich überlebte - würde ich ein Grab finden, vor dem ich weinen durfte?
Jedes Mal, wenn ich mich mit solchen Gedanken befasste, wurde mir schwarz vor Augen, und das gewohnte Trommeln der kleinen Hämmerchen in meinem Kopf setzte ein. Ich befahl mir, nicht zu denken - zumindest nicht bewusst.

*

Wochen dehnten sich zu Monaten. Noch immer wusste niemand, wer ich wirklich war. Ich wusste es beinahe selbst nicht mehr. Ich besaß jetzt eine echte Arbeitskarte, wenn auch mit falschen Angaben. Sie wies mich als eine „staatenlose Polin" aus, eine absurde Klassifizierung, die wohl bedeutete, dass die Nazis Polen nicht mehr als einen Staat betrachteten und mein Heimatland für immer von der Landkarte verschwinden sollte. Der Sommer 1943 neigte sich seinem Ende zu. Die Fanfarenstöße und militärischen Erfolgsmeldungen aus dem Radio versiegten. Herr Grossman zeigte meist sehr schlechte Laune, nachdem er morgens die Zeitung gelesen hatte, und man ging ihm dann besser aus dem Weg.
Frau Frieda legte besonderen Wert auf einen akkurat gedeckten Frühstückstisch. Sie bereitete große Teller mit Brot, Marmelade und Butter vor, und ich machte den Kaffee und füllte ihn in einen hohen Porzellankrug, der mit einer warm haltenden Haube bedeckt wurde, darauf eingestickte Sprüche, wie „Morgenstund` hat Gold im Mund". Jeder hatte seinen bestimmten Platz bei Tisch; ich saß am Ende, nahe der Küche.
Eines Morgens im Juli 1943 geriet Herr Grossman während des Frühstücks wieder einmal in helle Wut. Er begann unflätig

zu fluchen, und ich musste den Raum verlassen. Bald erfuhr ich, was ihn so maßlos erzürnt hatte: eine Zeitungsnachricht. Die Alliierten waren am 10. Juli in Sizilien gelandet!
In den folgenden Wochen überschlugen sich die Ereignisse: Mussolini auf Befehl des italienischen Königs gefangen genommen! General Badoglio an der Macht, schließt Waffenstillstand mit den Alliierten, löst die faschistische Partei auf, erklärt Deutschland den Krieg! Grossman raste. Tobte. Schrie das Haus zusammen. „Scheißitaliener! Feiglinge! Verräter! Dolchstoß in den Rücken!" Im September 1943 entwaffneten die Deutschen die italienische Armee. Die ehemaligen Waffenbrüder waren plötzlich Kriegsgegner. Die elsässische Stadt sah bald italienische Kriegsgefangene zuhauf. Sie waren in einem großen Gebäude eines Vororts interniert. Wenn ich frühmorgens den Bürgersteig schrubbte, führte man sie in Kolonnen zur Arbeit. Die Deutschen behandelten ihre ehemaligen Waffenbrüder sehr schlecht. In ihren dünnen grau-blauen Uniformen, die für ein wärmeres Klima bestimmt waren, zogen die jungen Gefangenen schlotternd vor Kälte und offenbar auch hungrig durch die Straßen.
Über den „Verrat der Itaker" war Helmuth genauso empört wie sein verblendeter Vater. Er war ein blonder, hübscher Junge, ziemlich groß schon, und ich mied ihn wie die Pest. Wie dreist er damit prahlte, einer Herrenrasse anzugehören! Sah ich ihn mit seinen HJ-Kameraden stramm marschieren, schneidig uniformierte Halbwüchsige mit dem Dolch im Gürtel, dann musste ich an die Elitesoldaten in Schwarz mit dem Totenkopfabzeichen denken, die uns gnadenlos durch Kolomea getrieben hatten, auf einer Straße ohne Wiederkehr.

*

Wenn meine Brüder morgens in ihrer dunkelblauen Uniform zur Schule aufbrachen, konnte ich es kaum erwarten, selbst auch ins Gymnasium zu gehen. Die Mittelschülerinnen trugen damals Faltenröcke und Blusen mit breitem Matrosenkragen, marineblau für den Alltag, weiß für besondere Anlässe. Man kannte noch keine Koedukation. Es gab etwa fünf Mädchenschulen, die Zugehörigkeit erkannte man an den Emblemen auf den Ärmeln und an der Farbe der Hüte. Wir hatten in unserer Schule dunkelblaue Baskenmützen. Ich liebte diese Lehranstalt, die den Namen des bekannten polnischen Dichters Adam Mieckiewicz trug. Freute mich auf jeden Schultag und natürlich auf meine Freundinnen. Zwei von ihnen standen mir besonders nahe.

Aber am liebsten waren mir die Schulferien. Die letzten im Jahre 1939 waren besonders abwechslungsreich. Papa und ich gingen erstmals zusammen in die Berge. Am Morgen liefen wir an dem Bach entlang, der in der Nähe der romantischen Hütte verlief, die wir von einem huzlischen Bauern gemietet hatten. Wir bespritzten uns gegenseitig mit Wasser, lachten und badeten in dem eiskalten, kristallklaren Wasser. Nach dem Frühstück, bestehend aus dunklem Brot, selbst gemachter Butter und Eiern, schulterten wir unsere Rucksäcke für eine Tageswanderung. Auf den Hängen standen Fichten, die bei Sonneneinstrahlung herrlich dufteten. Zu Mittag rasteten wir und aßen von dem mitgebrachten Proviant. Alles war so anders als sonst. Wir führten lange und ernsthafte Gespräche, die mir meinen Vater in einem neuen Licht zeigten. Nie war ich ihm so nahe gewesen. Sonnengebräunt und glücklich kehrten wir nach Hause zurück. Jetzt war es Zeit für Mamas Urlaub. Sie arbeitete pausenlos, doch einmal im Jahr gönnte sie sich eine Kur, meist im Heilbad Krynica. Es gab schon Gerüchte hinsichtlich eines baldigen Krieges, aber niemand glaubte so recht daran. In jenem Sommer 1939 beschloss Mama, Salek und mich mitzunehmen. Was da alles vorbereitet wurde! Einkäufe und Besuch bei der Schneiderin, mit langer Beratschlagung über die aktuelle Mode, zahllose andere Vorkehrungen und schließlich das Kofferpacken. Eine Droschke brachte uns zum Bahnhof. Die gesamte Bahnfahrt, mit zwei Zugwechseln in Lemberg und Krakau, dauerte eine halbe Ewigkeit. In der Pension von Krynica wurde meine Mutter als langjähriger Stammgast von Besitzer und Personal mit besonderer Herzlichkeit empfangen.

Auch dieser zweite Teil meiner Ferien war großartig. Mama genoss das Kurleben, trank artig vom Heilwasser, promenierte plaudernd mit Freundinnen. Salek streunte gerne mit einer abenteuerlustigen Clique umher, und ich war stolz wie eine Schneekönigin, wenn sie mich zuweilen mitnahmen. Etwa auf den Parkberg. Es führte damals bereits eine Elektrobahn hinauf, wir aber kletterten über Stock und Stein zur Anhöhe, mieden ausgetretene Pfade. Wir wollten bis Ende August bleiben. Doch es sollte nicht sein.

Eines Morgens weckte uns das grässliche Heulen der Luftschutzsirenen. Es handelte sich zwar nur um eine Übung, aber am gleichen Tag berichteten die Zeitungen von der Unterzeichnung eines Abkommens zwischen Deutschland und der Sowjetunion. Den Zeitungsjungen, die lauthals den „Warschauer Kurier" oder den „Abendexpress" ausriefen, wurden die druckfrischen Exemplare buchstäblich aus den Händen gerissen. Panikstimmung machte sich breit. Alle wollten sofort nach Hause. Auch unsere Mutter.

Wir packten in hektischer Eile. Am Bahnhof sammelte sich eine unüberschaubare Menschenmenge - Lärm, Aufregung und lange Warteschlangen vor den Schaltern. Junge Männer, die wahrscheinlich schon einberufen waren, verbreiteten einen starken Wodkageruch. Sie tranken sich Mut an für das, was wohl unvermeidlich war. Irgendwie schaffte es Mama, sich in einen Waggon zu drängen. Salek hob zuerst mich, dann unser Gepäck durchs Fenster, zuletzt schwang er sich auf ein Trittbrett des abfahrenden Zuges. Zwei Tage später kamen wir in Kolomea an. Es war der 29. August 1939.

*

Helmuth wollte unbedingt Flieger werden und in der Luft mutig für Führer, Volk und Vaterland kämpfen. Er sah sich bereits als berühmten Kriegshelden, dekoriert mit dem Ritterkreuz mit Schwertern und Brillanten. Vor allem taten es ihm die Stukas an, und oft übte er mit seinem jüngeren Bruder den jaulenden Sturzflug vom Himmel. Klein Hans liebte dieses Spiel und lachte kreischend, wenn er bis fast zur Decke hochgehoben und dann im steilen Bogen nach unten geschwungen wurde.

Eines Tages, unerwartet und in aller Herrgottsfrühe, schmetterten wieder einmal die Siegesfanfaren. Die Nachricht war so toll, dass Herr Grossman höchstpersönlich in den Keller stieg, um eine Flasche vom Besten zu holen. Und Helmuth setzte begeistert seine Mutter ins Bild. Ein deutsches Fallschirmjägerkommando unter Otto Skorzeny hatte den Duce aus seiner Gefangenschaft auf einem Berg im Gran Sasso befreit. Am einem Abend im September 1943 läutete das Telefon. Parteifreunde luden Herrn Grossman und seine Gattin zu einer kleinen Feier anlässlich der Befreiung Mussolinis ein. Die Herrschaften verließen das Haus, und ich brachte die schläfrigen Kinder zu Bett. Nachher räumte ich das Speisezimmer auf. Als ich mich bückte, um etwas aufzuheben, fühlte ich eine Hand unter meinem Rock. Dann wurde ich zu Boden geworfen. Helmuth, stark betrunken, lag keuchend auf mir und versuchte meine Bluse aufzureißen. Zuerst war ich total perplex. Wollte dieser sogenannte Übermensch, für den ich Luft war, außer wenn er mich herumkommandierte, wahrhaftig Rassenschande mit mir begehen?

„Nein! Kommt gar nicht in Frage! Hau ab!" Wütend rang ich mit ihm, grub meine Fingernägel in sein Gesicht. Verdutzt ließ er von mir ab, und ich kam hoch, schrie ihn heftig an. Falls er sich nicht sofort zusammennähme, würde ich es seinem Vater berichten, der ihm diese Schande nie vergeben könnte. Der

Junge schlich in sein Zimmer hinauf. Am folgenden Morgen verließ er früher als sonst das Haus. Als er zum gemeinsamen Abendessen zu Tisch kam, erzählte er, beim Fußballspiel übel hingefallen zu sein. Ich war neugierig, was für ein Märchen er wohl seinen Mitschülern erzählt hatte. Ich habe es nie erfahren – auf alle Fälle aber rührte er mich nie wieder an.

*

Der Husarenstreich mit Mussolini brachte dem Reich nicht die erhoffte Wende. Die Triumphmärsche verstummten, nur noch mühsam beschönigte Nachrichten drangen aus dem Lautsprecher, über „Begradigungen der Frontlinie" und so weiter. Ich hörte vertraute Städtenamen. Czernowitz, Stanislawow und Lemberg - Kolomea war also schon befreit. Im Westen landeten die Alliierten im Juni 1944 in der Normandie und trieben die Deutschen zurück. Die Grossmans begannen in aller Heimlichkeit damit, wertvolle Dinge im Haus in Kisten einzupacken und wegzuschicken, ein untrügliches Zeichen dafür, dass es wirklich schlecht um die Deutschen stand. Die Helden packten ihr beschlagnahmtes und geraubtes Hab und Gut zusammen. Und ich? Ich beschloss, davonzulaufen. Wie aber sollte ich meine Flucht bewerkstelligen, wohin könnte ich flüchten? Ich war hier ohne Freunde, wenngleich ich mitbekommen hatte, dass nicht alle Elsässer für Hitlers „Neue Ordnung" in Europa etwas übrig hatten. Nicht jeder von ihnen war gerne „Deutscher" geworden. Und unzweifelhaft sehnten viele sich nach den Zeiten zurück, in denen sie nichts entbehren mussten, ihren geliebten Bohnenkaffee trinken konnten und vor allem ihre Söhne nicht in einen Krieg schicken mussten, der nicht der ihre war.

Ich begann, mich umzuhören. Das Lebensmittelgeschäft, in dem ich gelegentlich einkaufen durfte, wurde von einem älteren Ehepaar geführt, das mir offenbar wohl gesonnen war. Als ich nach der „Züchtigungsorgie" mit ramponiertem Gesicht bei ihnen war, bezeugten sie ganz offen ihr Mitleid. Würden sie es aber riskieren, mich zu verstecken? Ich wusste, dass die Grossmans sich anschickten, das Elsass zu verlassen. Tauchte ich jetzt unter, und die Sache flog auf, würden sie nicht nur mich, sondern auch jene ins KZ bringen, die mir Unterschlupf gewährten?

Inzwischen rollte Frau Frieda fleißig Teppiche zusammen, verpackte das Porzellan und alle teuren Bilder. Das Haus wurde nach und nach leer. Bisweilen kam ein Lastauto, welches das Diebesgut abholte. Letzten Endes spielte sich dann aber alles so schnell ab, dass ich keine Möglichkeit fand, meinen Fluchtplan auszuführen. Eines Nachts rollte erneut ein Laster heran, und mein faschistischer Dienstgeber und sein heldenhafter Sohn schleppten nunmehr ohne jede Heimlichtuerei große Kisten und Körbe aus dem Haus. Frau Grossman befahl mir, die Kinder warm anzuziehen und mich selbst auch auf die Abreise vorzubereiten. Rasch lief ich in meine Kammer und suchte hastig die paar Dinge zusammen, die mir gehörten - immer noch auf eine Chance zur Flucht hoffend. Dann vernahm ich Helmuths Schritte. Mit höhnischem Lächeln trat er in das Zimmer und sagte: „Beeil dich! Mama wartet schon. Komm sofort herunter."

Es gab nichts, was ich hätte tun können. Frau Frieda und die Kinder saßen bereits im Führerhaus. Ich musste die Ladefläche besteigen. Einer der Männer, die beim Beladen geholfen hatten, folgte mir. Wahrscheinlich war ihm befohlen worden, ein Auge auf mich zu werfen. Der LKW fuhr an, ruckend und stockend – das Haus verschwand langsam in der Ferne und ich verließ das beschauliche Städtchen für immer. Es war September 1944. Für mich begann eine neue Etappe.

8. Götterdämmerung

Die Fahrt auf den überfüllten und von Bomben aufgerissenen Straßen war nicht ungefährlich. Und wahrlich erschütternd war, was man sah. Ich hatte keine Ahnung gehabt, wie verheerend sich der Krieg 1944 auf Deutschland bereits ausgewirkt hatte. Wir fuhren durch Mannheim, Karlsruhe und Nürnberg; die einst wunderschönen Städte waren jetzt riesige Trümmerhaufen. Zwischen den Ruinen bewegten sich Frauen, so aschgrau wie die zerborstenen Mauern um sie herum. Sie räumten Berge von Schutt weg, gruben an Stellen, an denen sie ihre zerstörten Häuser vermuteten, tiefe Löcher. Sie suchten nach Habseligkeiten oder Überlebenden, sie suchten ihre Toten. Die apokalyptische Szenerie hätte mich eigentlich mit Genugtuung erfüllen müssen, vielleicht sogar mit einem Gefühl des Triumphs - aber ich konnte nicht jubeln, empfand nur namenloses Entsetzen.

Ein Luftangriff verhinderte für längere Zeit die Weiterfahrt. Erst am Ende des zweiten Tages näherten wir uns den „Resten" Münchens. Die Doppeltürme der bekannten Frauenkirche erhoben sich wie mahnende Finger über einer Ruinenlandschaft. Dem demolierten Stadtkern ausweichend, fuhren wir endlos durch enge Gassen der weniger beschädigten Außenbezirke und bogen zuletzt in den weitläufigen Vorplatz einer alten Villa ein. Die kleine Stadt hieß Dachau und sollte später Berühmtheit erlangen. Von dem berüchtigten KZ wusste ich damals natürlich nichts. Die Grossmans durften nur zwei Zimmer beziehen, die anderen Räume waren bereits von Flüchtlingen aus Berlin in Beschlag genommen. Alles in dem vornehmen Haus war groß, so auch die Küche. In deren Mitte stand ein mächtiger, rostiger Herd, der offensichtlich schon lange nicht mehr benutzt worden war. In einer Ecke war ein Eisenbett für mich als Schlafplatz bestimmt.

Zerplatzt waren die deutschen Träume von Reichtum und Vorherrschaft in der Welt. Volle Kisten und Koffer standen in den Korridoren der morbiden Villa herum, und keiner packte sie aus. Frau Friedas Augen röteten sich vom Weinen. Nach einigen Tagen kam auch Herr Grossman nach und fügte dem allgemeinen Chaos weitere Gepäckstücke hinzu. In einem davon lag wahrscheinlich seine nun überflüssige braune SA-Uniform. Wie es schien, dachte der Held einstiger Saalschlachten nicht daran, Goebbels wahnwitzigem Aufruf zu folgen und dem Volkssturm beizutreten, um das Reich zu verteidigen, das tausend Jahre Bestand haben sollte.

Helmuth handelte konsequenter. Noch immer an den Endsieg glaubend, schloss er sich irgendwo zwischen dem Elsass und München dem Volksturm an. Frau Frieda bemühte sich nun nicht einmal mehr, ihre Tränen zu verbergen. Nun war es an den Deutschen zu weinen.

Es wurde schwierig, ausreichend Lebensmittel zu beschaffen. Die Rationen verringerten sich von Woche zu Woche. Man konnte nichts mehr zusätzlich „unter dem Ladentisch" bekommen, wie es noch im Elsass möglich gewesen war. Unter anderem fehlte Milch für die Kinder, ein Engpass, der Herr Grossman auf die fabelhafte Idee brachte, eine Ziege zu kaufen. Das freundliche Tier wurde in die Küche einquartiert. Meine Dienstgeberin nahm wohl an, dass ein Bauernmädchen wie ich zweifellos wusste, wie man eine Ziege melkte und ordnungsgemäß behandelte. Sie war erstaunt und verärgert, als sich herausstellte, dass ich nicht die geringste Ahnung von der Sache hatte. So kam eine Frau, die es mir beibringen sollte. Die geplante Lektion verlief jedoch anders als geplant: Meine „Lehrerin" tat etwas in einen Eimer, um die Ziege daraus trinken zu lassen. Dann versuchte sie mit meckernder Stimme das Tier zu bewegen, zumindest etwas davon zu probieren. Das kleine Vieh, gar nicht so dumm, wie manche Menschen meinen, schüttelte unwillig den Kopf, der volle Kübel stürzte um und sein Inhalt ergoss sich über den Küchenboden. In diesem

Moment betrat Herr Grossman die Küche, rutschte in der Pfütze aus und fiel der Länge nach hin. Es glich einer Slapstickszene in einem alten Stummfilm. Ich lachte lauthals, während Grossman sich mühsam hoch rappelte. Rot im Gesicht schrie er mich an: „Das ist deine Schuld, du Schlampe! Warst zu faul, um aufzuwischen."
Ich hatte schon genug Beleidigungen von diesem cholerischen Herrenmenschen einstecken müssen. Jetzt reichte es mir, und ich sagte: „Lecken Sie mich am Arsch!" Immerhin siezte ich ihn, Höflichkeit muss sein.
Meine Kühnheit kam mich wie erwartet teuer zu stehen. Rasend vor Wut packte er mich an den Haaren und drosch blindlings auf mich ein. Es wäre mir übel ergangen, hätte nicht die „Ziegenexpertin" mit ihrem panischen Geschrei die anderen alarmiert, die mich von dem tobenden SA-Heroen befreiten. Immer wieder redete Grossman von „Sabotage" und „Gestapo". Kein Zweifel, die Sache begann nun wirklich unangenehm zu werden. Ich hatte allerdings mal wieder Glück! Das Telefon funktionierte nicht, die Gestapo erfuhr nie von meinem „Verbrechen" und in der Nacht gelang es Frau Frieda wohl, ihren cholerischen Mann umzustimmen. Ich weiß nicht, wie sie das bewerkstelligt hatte – am nächsten Tag jedenfalls schlug sie vor, mich durch eine bessere Haushaltskraft zu ersetzen. Und so endete meine Zeit bei Grossmans. Dass ich noch lebte, verdankte ich vor allem einem defekten Telefon und einem anonymen alliierten Bomberpiloten, der die Telefonleitungen zerbombt und mir dadurch das Leben gerettet hatte.
Bereits am nächsten Tag wurde ich zu meinem neuen Arbeitsplatz überstellt. Mitnehmen konnte ich nur die Kleider, die ich gerade am Leib trug. Sonst nichts, außer den Skischuhen, meinen treuen Begleitern, darin immer noch die versteckten Bilder aus Kolomea. Trotz der eigentlich misslichen Situation war ich zufrieden und schöpfte Hoffnung.

Ich landete in einem Zwangsarbeitslager, einer kleinen Barackenstadt zwischen Dachau und Allach, in der die BMW-Werke Flugzeugmotoren herstellten. Da sich die Luftangriffe zunehmend auf München konzentrierten, wurden immer mehr Produktionsstätten ausgelagert und stetig vergrößert. BMW baute gewaltige Werkshallen aus Eisenbeton und stellte darin die wertvollsten Maschinen auf. Die Fertigung lief auf vollen Touren rund um die Uhr.
Bei Fliegeralarm begaben sich die deutschen Arbeiter in Luftschutzbunker, während wir in Splittergräben, dürftig bedeckt mit Brettern und Erde, Zuflucht fanden. Kaum ein ausreichender Schutz gegen Geschosse, geschweige denn Bomben.
Menschen aus ganz Europa hausten dicht gedrängt in den dünnen Holzbaracken, meist zwanzig bis dreißig in einer Stube mit verwanzten Stockbetten. In jedem Bau gab es Waschräume und Toiletten, doch Wasser war stets knapp, und von warmen Wasser konnte man nur träumen. Wir arbeiteten an jedem Werktag zwölf Stunden, mit fünfzehn Minuten Frühstückspause und einer halben Stunde für das Mittagessen, das in einer großen und gut organisierten Kantine ausgegeben wurde. In vier Schichten konnte man ungefähr 2000 Leute verköstigen. Die Portionen waren mager, aber immerhin besser als die widerliche Steckrübensuppe in der Schuhfabrik in Rülzheim. Zum Frühstück erhielten wir normalerweise einen Becher schwarzen, ungesüßten Ersatzkaffee und eine Scheibe Brot. Am Abend dasselbe, mit einem Klacks Margarine. So hungerte ich wieder einmal, und hinzu kam die Kälte in den riesigen Werkshallen. Ich wurde an einer Maschine angelernt, die Nummern in schwere Metallteile stanzte. Dabei musste ich eine Akkordmenge bewältigen und die gestanzten Teile zum nächsten Arbeitsgang tragen. Das bedeutete, dass ich täglich eine Tonne oder mehr zu schleppen hatte. Durch den ständigen Kontakt mit dem eiskaltem Metall entzündeten sich meine Hände, und die Haut um die Fingernägel sprang auf, was sehr schmerzte.

Die Unterkünfte waren nach Nationalität und Geschlecht getrennt. Als Polin kam ich dementsprechend zu einer polnischen Frauengruppe. Obgleich schon seit bald zwei Jahren in Deutschland, war ich noch immer eine der Jüngsten. In meinem Ausweis war Kasias wahres Alter angegeben, demnach war ich offiziell 18 Jahre alt. In Wirklichkeit war ich gerade mal 16 Jahre! Mit den Zimmergenossinnen kam ich gut zurecht, und wenn nicht der Hunger und die Kälte gewesen wären, hätte ich mich in meiner neuen Lage eindeutig wohler gefühlt als bei den früheren „Herrschaften". Hier mischte sich nach der 12-Stunden-Schicht jedenfalls niemand in meine Angelegenheiten ein. In der Baracke war ich unter Leuten aus meinem eigenen Land, konnte in meiner Sprache reden, mich aufs Bett legen und eines der zerfledderten polnischen Bücher lesen, die weiß Gott von wo herkamen und von Hand zu Hand gingen.
Das Lager war bei weitem nicht so streng bewacht wie das vorige in Rülzheim. Sie zwangen uns nicht einmal mehr, das rautenförmige, violett-gelbe Kennzeichen mit dem Buchstaben P zu tragen. Sie wurden nachlässig, die Herrenmenschen und ignorierten ihre eigenen Vorschriften! Wieder einmal hatte eine Kleinigkeit für mich eine große Wirkung. Es war diesmal kein defektes Telefon, sondern eben jenes fehlende „P", das mir erlaubte, an einem Sonntag mit dem Zug nach München zu fahren. Trotz der Kriegsschäden beeindruckte mich die „Geburtsstadt der NS-Bewegung" sehr. Nie zuvor hatte ich eine so große Ansammlung von Häusern und Menschen gesehen. Trotz der enormen Zerstörungen konnte man ahnen, wie schön die Metropole einst gewesen war. Selbst jetzt entdeckte ich Plätze voller Anmut, so zum Beispiel das Nymphenburger Schloss.

Erstaunlicherweise zahlte man uns alle zwei Wochen einen „Lohn" aus, eine recht kleine Summe allerdings, mit der man kaum etwas kaufen konnte. Denn vom Grundlohn wurde uns

Geld für Kost und Quartier abgezogen, sowie - welch unfassbarer Hohn - für den Wiederaufbau von Warschau! Die Deutschen sahen es als gerechtfertigt an, uns für *ihre* Zerstörungen zur Kasse zu bitten. Ohnehin hatten sie wohl nie ernsthaft vorgehabt, Warschau wieder aufzubauen. 1944 wäre dies in Anbetracht der Kriegslage sowieso nicht mehr möglich gewesen. Selbst in unseren armseligen Baracken wussten wir natürlich vom Warschauer Aufstand und von der völligen Zerstörung unserer polnischen Hauptstadt.

Das Leben hatte mich gelehrt, überall zurecht zu kommen. Mit der Zeit fand ich heraus, wie der Hase in Allach lief. Da gab es einen über alle Sprachgruppen verzweigten Schwarzmarkt, auf dem nahezu alles zu haben war, sofern man die Schwindel erregenden Preise zahlen konnte. Deutsche hätten bezüglich der Qualität gewiss die Nase gerümpft, aber sie besaßen ja ihre Bezugsscheine, und die waren uns verwehrt. So blühte auch der Tauschhandel bei uns. Für Brot oder Zigaretten ließ sich allerhand erwerben. Ach, mir fehlte so vieles! Zunächst erstand ich eine lange Hose, von einer Arbeitskollegin handgefertigt aus einer gestohlenen Decke. Ich opferte dafür einen ganzen Monatslohn und meine Brotration von mehreren Tagen. Als ich zu dieser Hose meine inzwischen verbeulten Skischuhe anzog, sah es ein bisschen grotesk aus, aber mir war wenigstens nicht mehr so kalt.

Aufs Neue änderte ich meine Biographie. Nach der neuen Version kam ich aus Lemberg und war im Zuge einer Razzia geschnappt worden. Vielleicht verklärt man im Rückblick auf sein eigenes Leben manche Dinge, fügt Ereignisse zusammen, die im Grunde genommen nichts miteinander zu tun haben und konstruiert so eine Logik des Geschehenen. Jedenfalls entwickelte sich aus meinem „Lemberg-Schwindel" eine Begegnung, die mein Leben verändern sollte.

Ruta Wermuth im
Alter von vier Jahren

Pawel (1940)

Ruta (rechts) in
Huzulentracht
(Sommer 1939)

Pawel, etwa 14 Jahre alt

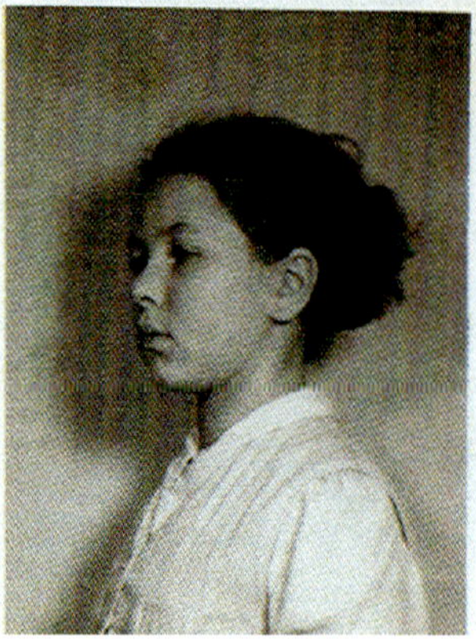

Ruta Wermuth
Elsass 1943
Foto der Kennkarte

Victor „Salek“ Zorza, etwa
30 Jahre alt

Elternhaus in Kolomea (1993)

Der Bahnhof von Kolomea (1993)

Gespräche in Dairy Cottage
Ruta und Victor

Dairy Cottage

Victor Zorza während
eines Spazierganges

Im Gespräch: Ruta Wermuth, Victor Zorza (mit dem Rücken zum Bild), Prof. Dov „Bezio“ Noy und seine Frau Tamar (1995)

9. Witek

Eines Tages näherten sich mir beim Mittagessen in der Kantine zwei junge Männer. Einer von ihnen hatte blondes, buschig gewelltes Haar, trug eine Brille und fragte mich mit dem melodischen Lemberger Akzent: „Verzeihen Sie, Pani, stimmt es, dass Sie vor kurzem aus Lemberg gekommen sind?"
Ich war verwirrt und vermutlich rot im Gesicht. Niemals zuvor war ich mit „Pani" angesprochen worden, dem Ehrentitel für eine erwachsene Frau, der man Respekt zollte. Ich redete etwas herum, aber mir war klar, dass er schnell erkennen würde, wie wenig ich mit seiner Stadt zu tun hatte. „Sehen Sie", erklärte ich schließlich, „ich komme in Wahrheit aus Kolomea, aber weil ich in Lemberg bei einer Razzia den Deutschen in die Hände fiel, glauben manche, ich sei von dort. Ich korrigiere das nicht, weil den meisten Leuten Kolomea völlig unbekannt ist." So versuchte ich mich aus der Schlinge zu ziehen. Erstmals seit langem sagte ich hinsichtlich meiner Herkunft fast die Wahrheit. Und sofort schrillten die Alarmglocken in meinen Kopf. Vielleicht hatte ich soeben einen großen Fehler begangen?

Der andere Mann verabschiedete sich, und der Blondschopf nahm neben mir Platz. Ich merkte ihm an, dass er reden wollte. Und ich hatte seit Jahren mit keinem von seiner Art gesprochen. Er wirkte klug und belesen, so unterhielten wir uns bald über Bücher. Auf diese Weise lernte ich Witek kennen.
Am folgenden Tag stand er bei Arbeitsschluss vor der Werkshalle. Wir gingen zusammen zum Abendessen, und dann begleitete er mich zu meiner Unterkunft. Von da an trafen wir uns jeden Tag. An Samstagen arbeiteten wir nur sechs Stunden, die Sonntage waren frei. Da machten wir ausgedehnte Spaziergänge und sprachen endlos miteinander. Er war sieben Jahre älter als ich, einfallsreich und fürsorglich. Es gelang ihm

immer, irgendwo zusätzliches Essen aufzutreiben, das er mit mir teilte. Da mich der Hunger immer plagte, ließ ich mich nie zweimal bitten. Fast jedes Mädchen in unserer Baracke hatte einen Freund. Als sie merkten, dass nun auch ich mit einem jungen Mann „ging", akzeptierten mich die polnischen Kameradinnen noch mehr als eine von ihnen und begannen mich zu necken.

Und tatsächlich. Der Blondschopf aus Lemberg wärmte mein Herz - und regte meinen Verstand an. Wir wurden der langen Gespräche nicht müde. Wenn Fliegeralarm war - die Sirenen heulten jetzt immer öfter - holte er mich von meiner Halle ab, und wir rannten gemeinsam zum nächsten Splittergraben. Dort drückten wir uns in eine Ecke und achteten kaum auf die fallenden Bomben.

Ich wusste nicht viel über Sex. Und was ich wusste, schien mir garstig und unerfreulich zu sein. Den jungen Eisenbahner und seine Frau im ekelhaft quietschenden Bett hatte ich noch im Gedächtnis. Ebenso jenes scheußliche Erlebnis, als Helmuth keuchend auf mir lag, seinen harten Penis gegen mich drängte und mir die Zunge in den Mund zwängen wollte. Kurz, ich stand dieser Sache eher ängstlich und nervös gegenüber.

Witek verstand. Wir waren uns zugetan, aber unsere Freundschaft blieb platonisch. Mit der Zeit fühlte ich, dass seine Berührungen mich in einer Weise angenehm erregten, wie ich es noch nie erlebt hatte. Ich genoss es, wenn wir nahe beieinander saßen, wenn er meine Hand hielt, mir übers Haar strich und meinen Nacken küsste. Er sagte, wie sehr er mich liebte, dass er so noch niemals zu einem anderen Mädchen gesprochen habe und er mich später heiraten wolle. Sein Werben erschreckte mich. Ich zog mich zurück und begann ihm auszuweichen. Doch er gab nicht auf. Und mir wurde klar, dass er mir fehlte. Ich war einsam, hatte so lang keinen Menschen gehabt, der mir seine Zuneigung versicherte. Und er war so sanft und rücksichtsvoll, vielleicht sogar weise. Also kamen wir nach einer kurzen Phase der Trennung wieder zusammen.

Der Frühling 1945 nahte. Es wurde allmählich wärmer. Obwohl es gefährlich war, liefen wir, wenn die Luftschutzsirenen aufjaulten, manchmal in den nahen Wald und nicht zu einem Graben. So taten wir es auch an einem Tag im April.
Bald hörten wir das tiefe Dröhnen der Bombengeschwader. Diesmal aber flogen sie nicht über das Werksgelände hinweg, um München anzugreifen, sondern ließen die tödliche Fracht auf uns niederfallen. Wir konnten beobachten, wie die Bomben schrill kreischend herabstürzten. Im nächsten Augenblick brach die Welt um uns auseinander. Ohrenbetäubende Explosionen, hochschießende Erdfontänen und überall Feuer! Bäume wurden entwurzelt und zersplitterten im Fallen. Witek schlang seine Arme um mich, und wir rollten in einen tiefen Krater. Er beschützte mich mit seinem Körper, während ringsum die Hölle tobte, das Chaos brüllte. Plötzlich hörte das Inferno so schnell auf, wie es begonnen hatte.
Wir hörten aufgeregte Schreie von den Splittergräben her. Es grenzte an ein Wunder: Trotz des dichten Bombenhagels gab es nur einen Toten und einige Leichtverletzte. Ich hatte einen Schock, stand neben mir. Mein mutiger Blondschopf küsste und streichelte mich, flüsterte mir beruhigende, innige Worte ins Ohr. Als der Tag sich neigte, wurden wir Liebende.

*

Das Dritte Reich hatte ausgespielt. Niemand konnte daran zweifeln, dass die endgültige Niederlage nur eine Frage von Tagen war. Selbst die Deutschen erkannten das. Die Alliierten verfügten bereits über Rollbahnen innerhalb des deutschen Reichsgebiets, und wenn ihre Kampfflugzeuge aus dem Himmel stießen, war es zu spät für eine Sirenenwarnung. Der faschistische Herrenstaat zerfiel. Wenn mein optimistischer Witek von unserer gemeinsamen Zukunft sprach, wurde mir bang ums Herz. Nach Jahren des Schweigens und Verdrängens, nach Jahren des Lebens in ständiger Gefahr gebot mir ein innerer Befehl, zu schweigen. Irgendwann einmal würde ich Witek die Wahrheit anvertrauen müssen - und ich zitterte allein bei dem Gedanken. Er verstand mein Verhalten natürlich nicht. Ich fürchtete, ihn zu verlieren, wenn er erfahren würde, dass ich eine Jüdin bin, so wie ich alles verloren hatte, weil ich eine Jüdin war. Jüdin sein bedeutete für mich ratternde Züge, Schreie der Sterbenden und Sklavendienst. Es überstieg meine Vorstellungskraft, dass ein Nichtjude ein kleine, verängstigte Jüdin würde lieben können.

Darüber hinaus quälte mich ein ständiger Zweifel darüber, auf welcher Seite ich eigentlich stehen wollte, wenn ich endlich frei sein würde. Gehörte ich noch zu meinem jüdischen Volk oder war ich Polin? Niemand, der nicht mein Schicksal teilte, konnte mein Dilemma verstehen. Wahrscheinlich nicht einmal Witek. Wie sehr er mich auch lieben mochte, es würde immer eine unsichtbare Wand zwischen uns sein, entstanden aus meinen unauslöschlichen Erlebnissen. Die peinigende Erinnerung daran, was man mir und meinen nächsten Angehörigen angetan, würde mich für ewig von vielen Menschen trennen. Von den Toten sowieso, aber auch von den Lebenden.

*

Das Leben unter Polen, die mich als eine der ihren betrachteten, war für mich als Jüdin nicht immer einfach und häufig schmerzvoll. Allzu oft sprachen sie in meiner Gegenwart abschätzig über Juden und benannten alle nur denkbaren Vorurteile und Klischees. Ich erfuhr, dass wir alle geldgierig waren, verschlagen und wahre Blutsauger. Dass wir in einem grausamen Ritual katholische Kinder ermordeten, um ihr Blut unseren Matzen beizumengen. Und da waren auch die diffamierenden Judenwitze. Oft ballte ich die Fäuste in ohnmächtigem Zorn. Zugleich fragte ich mich, ob vielleicht etwas Wahres an den Witzen war. In den Augen der Polen waren alle Juden reich. Das traf gewiss auf manche zu. Aber wie stand es mit den Tausenden armseligen Handwerker, die sich tagaus, tagein in ihren dunklen, kleinen Werkstätten abmühten, um der Familie Brot zu geben? Wie stand es mit jenen Bettelarmen, die überhaupt kein Einkommen besaßen und von der Barmherzigkeit der jüdischen Gemeinde abhingen? Ich kannte das alles sehr wohl von meiner eigenen Heimatstadt. Doch darüber sprachen die Polen nie.

Zweifellos waren die Frauen meiner Gruppe nicht besonders gebildet, hatten aber dieselben stereotypen Ansichten über Juden, wie ein Gutteil des polnischen Volkes. Mein Problem bestand nun darin, entweder zum Judentum zurückzukehren, sobald die Zeit gekommen war, oder meine neue Identität für immer zu behalten. Wenn ich an die ewigen Verfolgungen und Pogrome der vergangenen Jahrhunderte dachte und Vermutungen anstellte, wie es einem Volk ohne Heimat wohl zukünftig ergehen würde, wurde mir schnell klar, dass ich - sollte ich jemals Kinder haben – sie dem nicht aussetzen wollte. Ich wollte ihnen kein Leben als Ausgestoßene zumuten, als Einsame und Nichttolerierte. Und nie sollten sie in Kategorien wie „wir" und „die andern" denken, wie ich selbst es immer noch tat.

10. Die Befreiung

Ich liebte das Land, in dem ich geboren wurde. Ich liebte die Menschen die die gleiche Sprache hatten, wie ich. Unter ihnen gab es viele wie Frania und Paulina. Viele, wie die namenlose Bäuerin, die mich nicht fortjagte, mich nicht den Deutschen übergab, sondern mir Kleidung und Essen reichte. Menschen wie Pani Maria und zahlreiche andere Polen, die mit unglaublicher Kühnheit gegen einen übermächtigen und gnadenlosen Feind kämpften.
Doch da waren auch jene, die unsere Zwangslage ausnutzten, um sich zu bereichern. Die den Deutschen freiwillig Handlangerdienste bei der erbarmungslosen Hatz auf uns leisteten und sich rühmten, es besser zu können als die Okkupanten selbst. Jahrhunderte hatten wir zusammengelebt, wir kannten uns gut. Und über Nacht jagten und verrieten sie uns aus Habgier oder Hass. Vergiftet von der faschistischen Ideologie, erblickten sie in uns das Böse, das beseitigt werden musste.
Antisemitismus hatte es in Polen schon vor dem Krieg gegeben. Dazu gehörte unter anderem, dass nur eine beschränkte Anzahl von jüdischen Studenten die Universitäten besuchen durfte. Dazu gehörten auch Parolen, wie „Kauft nicht beim Juden ein!" oder „Schlagt die Juden". Als der offene Judenhass durch den Aufstieg des Nationalsozialismus auch in Polen „salonfähig" wurde, kam es zu mitunter hemmungslosen antisemitischen Ausbrüchen.

Eine Szene aus der Vorkriegszeit ist mir in Erinnerung geblieben: In Kolomea wurde neben dem „Mars-Kino" eine Spiel- und Freizeitanlage errichtet, ausgestattet mit so wunderbaren Dingen wie verschiedene Schaukeln und Wippen, und mit Plätzen für Korb- und Netzball, sowie einem Tennisplatz. Erfahrene Trainer vermittelten den Kindern Grundkenntnisse in diversen Sportarten - ein Paradies für Kinder, allerdings nur für nichtjüdische Kinder, wie sich rasch herausstellen sollte. Denn, warum und woher auch immer, vor dem Eingang zu diesem Kinderparadies stand ein Trupp Halbwüchsiger, bewaffnet mit langen Stöcken, die jüdischen Knirpsen den Zutritt verwehrten. Die Ausgeschlossenen standen dann am Gitterzaun und schauten mit Wehmut dem ausgelassenen Treiben ihrer privilegierten Altersgenossen zu. Auch ich stand am Gitter – und zum ersten Mal in meinem noch jungen Leben kam mir der Gedanke, dass es gar nicht so gut war, Jüdin zu sein. Eines Tages rebellierte ich: „Der Spielplatz ist für alle da", sagte ich mir, „ich frage keinen um Erlaubnis, ob ich hinein darf!" Trotzig marschierte ich zum Eingang. Niemand hielt mich auf, und ich spielte vergnügt bis zum Sonnenuntergang. Jahre später wurde mir klar, dass nicht das Spielen das Entscheidende gewesen war. Das „Dabeisein-Wollen" bei den Privilegierten hatte mir den Mut gegeben, einfach hineinzugehen. Ich fühlte mich besser und bedeutender als die Kinder, die sich ihre Nasen am Zaun platt drückten. Ja, ich betrachtete sie sogar mit einer gewissen Geringschätzung. Warum wagten sie es nicht, den Spielplatz zu betreten? Und noch später erkannte ich, wie bestürzend einfach es ist, Leute zu manipulieren und sie glauben zu lassen, dass Menschen mit bestimmter Hautschattierung, Nasenform oder Haarfarbe klüger oder dümmer, edler oder gemeiner sind als andere.

Kolomea, obwohl Hauptstadt des karpatischen Distrikts Pokucie, war letztlich ein verschlafenes Provinznest. Immerhin hatte es recht gute Schulen, und etliche der Lehrer gehörten zur Elite der Stadt. Die meisten Bewohner konnte man als konservativ bezeichnen, die für Neuerungen kaum zu haben waren; wohl auch deshalb, weil sie nicht sehr bemittelt waren. Die Autobesitzer ließen sich an einer Hand abzählen. Wer ein Radio oder Fahrrad besaß, wurde bereits zu den Wohlhabenden gezählt. Da meine Brüder nicht gerade die fleißigsten Schüler waren, machten unsere Eltern das Angebot, ihnen bei

einer Verbesserung der schulischen Leistungen ein Fahrrad zu kaufen. Eines für beide Jungen, versteht sich, denn zwei Räder in einer Familie galten damals als eine unerhörte Verschwendung.
Salek steuerte zu den zaghaften elterlichen Überlegungen die Königsidee bei, man könnte das Veloziped auch für die Auslieferung von Waren an Stammkunden verwenden, zumal wir bereits – Dank unserer modernen und agilen Mutter - ein Telefon hatten, das fernmündliche Bestellungen ermöglichte. Nebenbei bemerkt: Dieser schwarze Apparat erschien mir ebenso faszinierend wie mysteriös. Um einen Anruf durchzuführen musste man zuerst eine kleine Kurbel drehen, dann dem Fräulein vom Amt die gewünschte Nummer durch die Muschel mitteilen, und sie stellte die Verbindung her. Nicht für mein Leben hätte ich es gewagt, dieses fabelhaft moderne Gerät zu benutzen. Anders die Brüder, die sich zu leidenschaftlichen „Telefonierern" entwickelten und am liebsten ganze Tage am Hörer verbracht hätten, wären die Eltern nicht dagegen eingeschritten.
Mama gefiel Saleks Einfall mit der Warenzustellung, und das gab den Ausschlag. Papa zog mit den Jungen los, um die denkwürdige Anschaffung zu erledigen. Stolz kamen sie dann nach Hause, das funkelnagelneue Rad schiebend, weil sie noch nicht wussten, wie man darauf fuhr. Später wanderten meine Brüder mit dem Rad zur Targowica, an das Ufer des Pruth, wo es einen großen Platz gab. Von einigen Schrammen und blauen Flecken abgesehen, lernten sie das Pedaltreten weitaus schneller als Latein und Griechisch. Es war ein Herrenfahrrad und manchmal durfte ich mich auf die Stange setzen und mitfahren. Natürlich stritten sich die Brüder immer um das Rad, und Vater entschied, dass Pawel als der Ältere öfters in den Genuss des Fahrens kommen sollte. Salek erzürnte diese Regelung; er beklagte sich bei mir über die himmelschreiende Ungerechtigkeit.
Das verschlafene Kolomea erwachte in der zweiten Woche des

fatalen deutsch-polnischen Krieges jäh zu einem neuen Leben. Vom Balkon aus konnten wir beobachten, wie sich Teile der polnischen Armee in wilder Flucht davonmachten. Endlose Fahrzeugkolonnen suchten den Weg zu den Brücken über den Fluss. Über jene Brücken floh auch die polnische Regierung nach Rumänien. Überladen und staubbedeckt preschten die Militärwagen mit dröhnenden Motoren in Richtung Grenze. Im Gefolge unzählige luxuriöse PKWs, die wir nie zuvor in unserer Stadt gesehen hatten. In der Stadt schwirrten Gerüchte von einer katastrophalen Niederlage der polnischen Armee herum. Drei Tage lang fuhr diese ratternde und hupende Kolonne durch unsere Straßen. Schließlich riss die Flut der Fahrzeuge ab und eine merkwürdige Stille trat ein. Es war keine friedliche Stille, sondern eine unheilvolle. Eine Stille, die das mahlende Rumpeln feindlicher Panzer und den festen Marschtritt der Eroberer erahnen ließ. Man berichtete einander von vordringenden Deutschen, von nahenden Russen. Erstmals vernahm ich Wörter wie *Stalin, Kommunisten* und *Sowjets,* stets mit Schauder ausgesprochen.

Damals erhielt ich von meinem Vater eine unvergessliche Lektion in politischer Ökonomie. Die Belehrung war profund und hätte die Aufnahme in eine Sammlung jüdischer Weisheiten verdient gehabt. „Papa", fragte ich, „was bedeutet *Kommunismus* eigentlich?" „Weißt du", antwortete mein Vater, „bisher haben wir den Kapitalismus gehabt. Und das heißt, dass einige Leute reich und andere arm sind, und wieder andere überhaupt nichts besitzen. Wenn nun, Gott behüte, die Sowjets kommen, werden sie den Kommunismus einführen. Und das wird bedeuten: Sie nehmen den Reichen alles weg. Aber das werden sie nicht mit den Armen teilen wie die guten Räuber in manchen Geschichten. Nein. Alles wird aufgesogen werden vom unersättlichen Moloch, dem Arbeiter- und Bauernstaat. Dann gibt es die allgemeine Gleichheit, was bedeutet, dass alle gleich arm sind."

Zwei Tage später kamen die Russen. Einige aus der Bevölkerung, die mit den Kommunisten sympathisierten, eilten herbei um die fremden Soldaten willkommen zu heißen. Wir beobachteten das Treiben hinter verschlossenen Vorhängen, skeptisch und Böses ahnend. Die jubelnde Menge schwenkte rote Fahnen und begrüßte die russischen Offiziere nach alter Sitte mit Brot und Salz. Unter den Jubelnden waren Ukrainer und auch Polen. Vorwiegend aber Juden!

*

Es war unmittelbar vor Ostern 1945. Alles wies daraufhin, dass es die letzten Kriegsfeiertage sein würden. Die Sonne wärmte bereits, und trotz der Zerstörungen ringsum lächelte der Frühling. Die Luftangriffe ließen nach, dafür hörten wir immer deutlicher Kanonendonner.

Witek trieb wieder einmal Extrarationen auf, und wir gönnten uns ein Picknick im Grünen. Eingedenk unserer bösen Erlebnisse im Wald, breiteten wir die Decke auf einer Wiese aus. Mein Geliebter zauberte zwei Flaschen Bier, einen ganzen Brotlaib und Margarine hervor und krönte den Schmaus mit einem Stück Kuchen und einem hartgekochten Ei, dem Symbol der österlichen Zeit. Seit einer Ewigkeit hatte ich solche Köstlichkeiten nicht mehr gesehen. Es wurde ein richtiges Festessen zu zweit. Wir teilten das wunderbare Ei und tauschten fromme Wünsche aus. Nach und nach begannen unsere deutschen Vorgesetzten aus dem Werk zu verschwinden. Schließlich war keiner mehr da, der uns arbeiten hieß. In der großen Halle standen die Maschinen gespenstisch still, so als ob das Antriebsrad klemmen würde, das bisher die gesamte Maschinerie in Gang gehalten hatte. Die Deutschen waren weg. Das Interregnum begann.

Unsere Jungs streiften umher, fanden ein aufgegebenes Militärdepot und kamen mit allerlei Dingen, vorwiegend Nahrungsmitteln, ins Barackenlager zurück. Wir konnten den Proviant gut gebrauchen, da es in der Kantine kein Essen mehr gab. So richteten wir in einer der Unterkünfte unser eigenes Magazin ein. Alles war vorhanden: Kisten voll mit Eiern, Zucker, Tee. Richtiger Schwarztee, nicht die Brühe, die man uns bis jetzt serviert hatte. Ferner Dosenfleisch, Milchpulver und sogar eine große Blechkanne mit Brandwein. Nur Brot fehlte uns. Dafür hatten wir Reis, Bohnen und Mehl. Ein Komitee wurde gewählt, das die Kantine übernahm und wieder Mahlzeiten für die ehemaligen Lagerinsassen zubereitete. Viele von uns hatten bis zu diesem Zeitpunkt reichlich gehungert und aßen nun plötzlich ungeheure Mengen, was ihren ausgemergelten Körpern nicht gut bekam.

Auch waren einige Waffen in die Hände unserer Männer gefallen. Sie organisierten eine Miliz, in der alle im Lager anwesenden Nationalitäten vertreten waren. Die Miliz sorgte für Ordnung. Alles verlief in geregelten Bahnen, anders als an einigen anderen Orten, wo es zu Ausschreitungen gegenüber der deutschen Bevölkerung kam. Viele ehemalige Zwangsarbeiter übten nach ihrer Befreiung Rache an den verhassten Deutschen. Es kam zu Tumulten, ja sogar zur Lynchjustiz – nicht immer traf man die eigentlich Schuldigen. Die deutsche Bevölkerung beobachtete hinter verschlossenen Türen ängstlich die vielsprachige Masse der ehemaligen Arbeitssklaven, die – berauscht von dem Gefühl der Freiheit und dem ungewohnten Alkoholgenuss - durch die Straßen zogen.

Das Interregnum dauerte zwei Tage, dann trafen die ersten Amerikaner ein. Baumlang, gut genährt, sympathisch und in allen Hautfarben, so kamen die jungen Sieger in ihren Jeeps angebraust. Enthusiastisch begrüßten wir sie am mit Blumen und Grün geschmückten Lagereingang und schwenkten die hastig angefertigten Fahnen unserer Heimatländer.

Unmittelbar nach Ankunft übernahm ein amerikanischer Captain die Verwaltung des Lagers, unterstützt von unserem Komitee, dem auch Witek angehörte. Die Amerikaner sicherten die Lebensmittelversorgung und fütterten uns trefflich. Leider waren wir noch nicht ganz frei, denn wir brauchten einen besonderen Passierschein, um das Lager verlassen zu können. Wohl begriffen wir, dass durch diese Maßnahme wir selbst und die einheimische Bevölkerung geschützt werden sollten. Nach Jahren der Gefangenschaft fiel es uns jedoch schwer zu akzeptieren, dass wir nicht sofort die volle Freiheit erhielten. Inzwischen verlagerte sich der Krieg auf andere Schauplätze, das „Tausendjährige Reich" schmolz auf wenige Quadratkilometer zusammen. Nach und nach kamen die Deutschen aus der Deckung. Es war beklemmend wahrzunehmen, wie sie den Siegern nach dem Mund redeten und zum Ausdruck brachten, dass keiner von ihnen den Krieg gewollt habe. Nur Hitler und seine Clique seien schuldig. Sie selber hätten nur Befehlen gehorcht – was hätten sie denn auch tun sollen? Obwohl es von Allach nach Dachau, dem neuen Wohnsitz der Grossmans, nicht weit war, entschied ich mich dagegen, sie aufzusuchen und Wiedergutmachung zu verlangen. Ich wollte diese bösartigen Menschen nie wieder im Leben sehen. Als Mitglied des neuen Komitees hatte Witek ein eigenes Zimmer im Verwaltungsgebäude bekommen. Er bat mich, zu ihm zu ziehen, aber ich war nicht bereit dazu. Am Tag hielt ich mich in seiner Nähe auf, am Abend kehrte ich in den Barackenraum zurück, den ich weiterhin mit anderen jungen Frauen teilte. Noch immer tobte der Krieg, und ich hielt mich bedeckt. Wie sollte es überhaupt weitergehen? Einerseits war ich so einsam und verloren, andererseits war da Witek. Ich hatte Zeit über die Dinge nachzudenken, über meine Situation und meine Familie, die für immer verloren schien. Ich grübelte und grübelte, konnte mich aber immer noch nicht dazu durchringen, Witek zu sagen, dass ich Jüdin bin.

*

Eines Tages lud uns unser gemeinsamer Freund Staszek zu seiner Namenstagsfeier ein. Staszek war die Abkürzung für

Stanislaus, und er nahm wie jeder fromme Pole den Gedächtnistag seines heiligen Schutzpatrons sehr ernst. Nach dem polnischen Kalender fällt St. Stanislaus auf den achten Mai. Witek meinte, wir sollten uns zur Abwechslung ein wenig amüsieren und uns das kleine Fest unter Freunden gönnen. Ich aber hatte Bedenken. Bisher hatte mich von den anderen im Lager meist ferngehalten, zeigte mich aus verständlichen Gründen verschlossen. Staszek hatte mit seiner Freundin Danuta ein Zimmer in der Villa eines deutschen Ehepaars gemietet. Dies brachte Vorteile für beide Seiten. Die Deutschen hatten durch ihre Mieter einen gewissen Schutz, während Staszek und Danuta eine private Abgeschiedenheit genießen konnten, die im überfüllten Lager undenkbar gewesen wäre.

Bei den Besitzern der Villa handelte es sich um ältere Leute. Ihre Söhne standen wahrscheinlich noch immer an irgendwelchen Fronten, waren in Gefangenschaft oder vielleicht gefallen. Die Dame versicherte uns immer wieder, wie sehr sie unter dieser Ungewissheit litt. Außerdem haderte sie mit dem Schicksal, dass ausgerechnet sie, wo sie doch immer nur Hausfrau gewesen sei, nun derartig Schreckliches ertragen müsse. Ihr Mann sei zwar in die NSDAP eingetreten, aber nur, weil man ihn gezwungen habe. Wie bereits erwähnt waren solche Ausflüchte damals üblich. In Gesprächen mit Deutschen wurde uns immer wieder suggeriert, dass sie eigentlich eine Herde von hilflosen und verführten Schafen gewesen waren. Der angeborene Sinn für Pflicht und Treue hatte ihnen gar keine andere Wahl gelassen, als ihrem Führer blindlings zu folgen. Irgendwie waren sie sehschwach und einigermaßen taub gewesen, wussten nicht, was sich im eigenen Land, zum Beispiel in dem nahe gelegenen Dachau, abgespielt hatte. Auf die Fragen, wie denn der „geliebte Führer" die Macht hatte erlangen können, warum so viele ihm zujubelten und den Versprechungen des „Tausendjährigen Reiches" nur allzu gerne Glauben schenkten, warum Hunderttausende enthusiastischer

Menschen mit Hitlergruß „Kanonen statt Butter" brüllten, ernteten wir hilfloses und betretenes Schulterzucken. Die kürzlich noch so Arroganten, als Sieger heroisch und grausam, waren über Nacht als Besiegte folgsam und unwissend geworden.

Zurück zur Namenstagsfeier. Die Gäste versammelten sich am späten Nachmittag. Die Dame des Hauses hatte den besten Raum des Hauses zur Verfügung gestellt. Feines Porzellan zierte die Tische, gemeinsam mit Danuta hatte sie sogar eine Torte gebacken – aus Lebensmitteln, die wir zur Verfügung stellten. Es gab etwas Alkohol, gerade genug, um eine lockere Stimmung zu entfachen. Tanzmusik kam aus dem Radio. Dennoch wirkte das Ganze auf mich irgendwie unwirklich. Ich schwebte in einer Leere, in der alles nur vorübergehend und ohne echte Bedeutung war. Real war für mich nach wie vor das Gefühl der Gefahr. War sie tatsächlich schon vorbei? Ich hatte meine Bedenken. Gleichzeitig aber sehnte ich mich nach einem normalen Leben. Etwa um Mitternacht brach die Radiomusik plötzlich ab. Aus dem Lautsprecher ertönte eine feierliche Männerstimme, die uns innehalten und gespannt lauschen ließ. Und diese Stimme verkündigte eine Nachricht, auf die wir sechs lange Jahre lang gewartet hatten: „Generalfeldmarschall Keitel hat heute die Kapitulation der deutschen Wehrmacht vollzogen." Der Krieg war zu Ende!
Amokartige Tumulte erfassten die Anwesenden. Wie verrückt hüpften wir umher, lachten, weinten und jubelten, fielen einander in die Arme, küssten uns. Schrieen. Da hörte ich auf einmal wieder dieses andere Schreien. In meinen Schläfen begann ein Hämmern, schnell und rhythmisch. Ich stand wieder nackt im Todeszug, von anderen Nackten fast erdrückt, hörte das unvergessliche Geschrei, untermalt von dem harten Rattern der Räder. Dann Dunkelheit und endlich Stille.
Als ich zu mir kam, war Witek an meiner Seite. „Oh Gott, hast du mich erschreckt! Ist das die Art, wie du deine Freude

zeigst?" Ich lag in seinem Zimmer, und er neben mir, mit besorgtem Gesicht. „Was ist los, könntest du mir endlich verraten, was dich so bedrückt? Du hast doch versprochen, es mir zu sagen, wenn alles vorbei ist. Jetzt ist es vorbei."

„Du hast Recht", sagte ich müde. „Jetzt kann ich es dir sagen, aber unsere gemeinsame Zukunft hängt davon ab, wie du diese Botschaft annimmst, ob wir zusammenbleiben oder wieder unsere eigenen Wege gehen." „Liebes, sei doch nicht so todernst", sagte er bestürzt. „Du weißt, ich will nichts anderes, als dich zur Frau zu haben und ..."

„Wart, hör mich erst an." Tief holte ich Atem. Alle meine Zweifel kehrten wieder. Sollte ich ihm wirklich die Wahrheit sagen? Ich wollte ihn doch nicht verlieren. Aber es war auch sinnlos, unser Leben auf einer Lüge zu gründen. „Ich bin nicht diejenige, die ich vorgebe zu sein", gestand ich schließlich. „Mein Name ist nicht Katarzyma Raduga. Ich bin eine Jüdin."

„Aber das ist...", unterbrach er mich

„Lass mich zu Ende reden", bat ich. „Ich hab lange darüber nachgedacht. Schau, ich bin ganz allein auf der Welt. Alle meine Lieben sind ermordet worden. Ich hab nur noch dich. Du aber hast außer mir deine Angehörigen. Werden deine Geschwister mich akzeptieren? Außerdem sind wir in einem unterschiedlichen Glauben aufgewachsen, in verschiedenen Kulturen, du als Christ und ich als Jüdin. Im Moment sind wir närrisch verliebt ineinander, doch wird das für immer halten, für das ganze Leben reichen?" „Du bist und bleibst ein dummes Mädchen!", rügte mich Witek. „Wie kannst du nur denken, dass eine unterschiedliche Herkunft eine Beziehung belastet? Ich hab dich lieb, wie du bist. Wer deine Eltern waren, ist mir bloß in zweiter Linie wichtig. Sicher sind sie wunderbare Menschen gewesen, sonst wärst du jetzt nicht so ein starkes und liebevolles Geschöpf. Überdies hat Religion keine besondere Bedeutung für mich, wie du weißt. Und vergiss meine Verwandten. Du wirst mit mir leben, nicht mit ihnen. Ich will dich und nur dich. Ich will Kinder mit dir haben und euch beschützen. Will dir die Medizin geben, wenn du krank bist. Ich will mit dir alt werden. Ich liebe dich." Das war es, was ich von ihm hören wollte, das einzige, was mir half, meine Ängste zu überwinden. Er ließ mich nicht fallen. Ich konnte mich auf Witek verlassen. Er nahm mich in die Arme und küsste mich. Er entließ mich nicht aus dem Bann seiner Liebe.

Der Morgen dämmerte, als ich erwachte. Frühlingsdüfte wehten durch das offene Fenster. Die Vögel absolvierten ihr übliches Morgenkonzert, genau wie an jenem schlimmsten Morgen meines Lebens, an dem ich nackt und einsam im Wald erwachte. Nun aber lag ich geborgen an Witeks Brust. Ich fühlte keine Schrecken mehr, aber eine unendliche Wehmut erfüllte mein Herz.

Witek räusperte sich. „Schläfst du noch?", fragte er.

„Nein, ich denke nach."

„Über was?"

„Verschiedenes. Wenn wir weiterhin zusammenbleiben wollen, müssen wir darüber nachdenken, wie es weiter geht. Du weißt besser als ich, dass es verschiedene Möglichkeiten gibt. Wir könnten ausreisen. Nach Australien oder Kanada. Was denkst du?"

„Nein, nein!", erwiderte Witek. „Lass es sein. Ich möchte nicht mein ganzes Leben lang ein „Ausländer", ein Mensch zweiter Kategorie, bleiben. Wenn für irgendein Land schwere Zeiten kommen, sei es in Wirtschaft oder Politik, sind die Emigranten als Erste dran. Sie werden gefeuert, verlieren ihre Jobs oder werden auf andere Weise diskriminiert. Außerdem: was können wir schon, wir sind nichts! Ich habe zwei Jahre lang Gymnasium „geschnuppert", du hast nicht einmal die Grundschule beendet. Wir müssen zurück nach Polen und dann werden wir weitersehen. Mach dir keine Sorgen, wir werden es schon irgendwie schaffen. Jetzt, wo unser Land so vernichtet ist, gibt es bestimmt keinen Mangel an Arbeit. Und wir wollen doch Kinder haben, eine Familie gründen, oder?"

Er hatte recht. Ich wollte es doch auch selbst so sehr. Kinder, Familie, Lernen. Ja, das gefiel mir. Ich beschloss, mich nicht gegen ihn zu stellen. „Ja, wir werden nach Polen zurückkehren. Nach Kolomea, nein, nicht nach Kolomea." Obwohl ich diese Stadt liebte, ich würde nicht mehr dort leben können. Auf diesem riesigen Friedhof wäre ein alltägliches Leben für mich unmöglich.
Und Salek? – dachte ich auf einmal. Wir werden ihn suchen. Wir werden auch erforschen, was mit Mama geschehen ist. Witek wird mir helfen. Ich weiß schon, was wir machen. Wir gehen nach Lemberg, es ist Witeks Stadt. Und Kolomea werden wir irgendwann einmal gemeinsam besuchen, vielleicht mit unseren Kindern. Irgendwann einmal, wenn ich die Kraft dazu haben werde. Bereits an diesem ersten Morgen nach dem Krieg, unmittelbar nach unserer persönlichen „Stunde Null", hatten wir neue Träume und Illusionen. Wir wussten noch nicht, das weder Lemberg noch Kolomea in den Grenzen des neuen polnischen Staates einbezogen sein würden. Und dass dieses Polen, in dem wir unsere Zukunft gestalten wollten, ein vollkommen anderes Land werden würde.

11. Rückkehr zu einem verratenen Volk

Der September 1945 begann und wir beschlossen, nach Polen zurückzufahren. Wir hatten zwischenzeitlich erfahren, dass unser Heimatland sich stark verändert hatte. Ein völlig neues Regime war ihm aufgezwängt worden. Es war ein Land, in dem es unsere Heimatstädte Kolomea und Lemberg nicht mehr gab. Beide Städte gehörten jetzt zur Ukraine, einem Teilstaat der UdSSR. Erneut wurden ganze Volksgruppen auf dem Schachbrett Europas hin und her geschoben. Diesmal waren es vor allem die Deutschen, die mit Handkarren, Kleiderbündeln und großer Trauer ihre Heimat verlassen mussten. Die Polen hingegen waren Sieger und Besiegte zugleich. Vergeblich der heldenhafte Widerstand auf dem Schlachtfeld gegen die weit überlegene feindliche Armee. Vergeblich das vergossene Blut im Partisanenkampf und der verzweifelte Aufstand in Warschau, der Tausende der Unsrigen das Leben kostete und die schöne Stadt in eine anklagende Ruinenstätte verwandelte. Das Land wurde gegen den Mehrheitswillen des Volkes in die Hegemonie des sowjetischen Imperiums eingegliedert.
Wieder mussten wir uns unter Stiefeln ducken. Witek aber beharrte auf seinem Standpunkt. Wir sollten, so sein Wille, unter polnischen Landsleuten leben. Die nächsten Etappen hießen: Lernen, Existenzgründung und Kinder. Und Kasia, das polnische Mädchen, das fast schon vergessen hatte, dass sie eigentlich Ruta hieß? Sie war so verliebt, dass sie bereit war, ihm überall hin zu folgen.

Wir erreichten die neue polnische Grenze im September 1945, nach einer langen und beschwerlichen Fahrt im Güterwaggon durch verwüstete Landschaften. An wen aber sollten wir uns wenden? Es gab Millionen Entwurzelter, die einstmals in Landesteilen gelebt hatten, die nun unter der Herrschaft von

„Hammer und Sichel" waren. Man verwies uns an ein sogenanntes „Amt für Umsiedlung". Von dort aus schickte man uns in einen kleinen schlesischen Ort im Riesengebirge, nahe der tschechoslowakischen Grenze. Offiziell sprach man von *wiedergewonnenen Gebieten*. Bis 1939 Deutschland zugehörig, wurde die Region nach dem Krieg als Kompensation für den Verlust der ostpolnischen Gebiete an die Sowjets den Polen zugeschlagen. In den Geschichtsbüchern wird dieser Vorgang als „Westverschiebung" Polens bezeichnet, ein kunstvolles Wort. Für uns bedeutete diese Entwicklung den erneuten Verlust von Heimat. *Wiedergewonnen* hatten wir gar nichts. Im Gegenteil. Wir mussten uns mühsam in der neuen „Heimat" zurecht finden. Aber die großen Strategen und Diplomaten der Weltbühne fragen nicht nach den Ängsten und Sorgen zweier junger Menschen. Damals genauso wenig wie heute.

Es blieb uns keine andere Wahl, wir mussten den „Vorschlag" des Siedlungsamtes akzeptieren. Unser ganzer Besitz befand sich in zwei alten, zerschlissenen Koffern. Der eine enthielt Kleidungsstücke, einschließlich meiner legendären Skischuhe; im anderen hatten wir Lebensmittel durch halb Europa geschleppt. Dies war unser gesamter Schätz - nach jahrelanger Sklavenarbeit. Doch jetzt wollten wir endlich ein Zuhause haben, ein ziviles Leben, nach dem wir uns so lange sehnten. Eine Wohnung mit einer Tür, die wir hinter uns schließen konnten. Wir wollten „unter uns" sein und selbst bestimmen, wer wann unser kleines „Reich" betreten würde. Vom „großen Reich" hatten wir die Nase endgültig voll.
Es bedarf eigentlich keiner Erwähnung, dass wir vier Wochen brauchten, um unser neues „Zuhause" zu erreichen. Natürlich wieder in einem Güterwaggon, denn in diesen Zeiten gab es im „siegreichen" Polen keine andere Reisemöglichkeit. Endlich angekommen, fanden wir uns in einem reizenden Städtchen wieder - blitzsauber und gepflegt, völlig unberührt

vom Krieg. Die Berge ringsum erinnerten an die Karpaten. Man teilte uns eine Zweizimmerwohnung zu, beinahe noch warm von den Deutschen, die sie unmittelbar vorher hatten verlassen müssen. Alles war eingerichtet, bis hin zu den Küchengeräten. So schloss sich ein Kreis. Die Deutschen hatten uns vertrieben – nun vertrieben wir sie. Sie hatten es allerdings absichtlich getan, Witek und ich nicht. Wie auch immer, Vertriebene vertrieben - ein übler Treppenwitz der Geschichte.

Noch fühlten wir uns nicht sicher. Wie schnell konnte sich das Rad neuerlich drehen und uns überrollen. Lange Zeit lebten wir mit dem Gefühl der Einstweiligkeit, des Provisoriums. Die Koffer waren mental noch nicht ausgepackt. Dennoch verbrachten Witek und ich fast unser gesamtes gemeinsames Leben an diesem Ort. So ist das nun mal mit „Provisorien". Unsere beiden Töchter wurden in der kleinen Stadt geboren, mein Mann starb hier mit einundsechzig Jahren. Und an diesem Ort erreichte mich jener schicksalhafte Telefonanruf.

*

In den ersten Nachkriegsjahren hoffte ich immer noch, Salek wiederzufinden. So viele Menschen kamen aus Russland zurück, warum nicht auch er? Witek arbeitete inzwischen im Umsiedlungsamt und half vielen Leuten, eine neue Existenz zu gründen. Er wurde ein anerkanntes Gemeindemitglied. Wir heirateten standesamtlich, ich immer noch unter meinem falschen Namen. Ich war mir immer noch nicht im Klaren darüber, ob ich als *Kasia* oder *Ruta* weiterleben wollte.
Dabei war es keine gute Zeit, als Jüdin in Polen zu leben. Die wenigen verbliebenen Juden hatten es schwer, der Pogrom

von Kielce[1] bestätigte meine Befürchtungen. Einschlägige Parolen zierten so manche Mauer. Immer wieder hörte ich Aussagen, wie: „Wir wissen schon, wer Hitler war und was er angestellt hat. Aber dass er die Juden umgebracht hat war gar nicht verkehrt!" Insofern hielt ich es zum damaligen Zeitpunkt für angebracht, *Kasia* zu bleiben. Wie konnte ich jedoch Salek suchen, wenn ich einen falschen Namen und einen falschen Geburtsort angab? Die Zeitungen waren voll von Anzeigen, in denen Menschen nach verschollenen Angehörigen fahndeten. Witek fand auf diese Weise seine Schwester und seinen Bruder wieder, auch andere Verwandte, die es von Lemberg nach Breslau verschlagen hatte, tauchten wieder auf.
Würde ich aber eine solche Suchanzeige aufgeben, könnte jemand in meiner Kleinstadt herausbekommen, dass ich gar keine „echte" Polin war. Und so beschränkte ich mich darauf, an das Rote Kreuz und ähnliche Organisationen zu schreiben. Dabei unterliefen mir leider einige Fehler. Zum Beispiel wurde mein Bruder in der Familie stets *Salek* gerufen, und ich nahm fälschlicher Weise an, dies sei eine Kurzform von *Salomon*. Hinzu kam, dass ich seine Geburtsdaten, wenn ich sie überhaupt jemals gewusst habe, vergessen hatte. Nicht einmal das Geburtsjahr war mir präsent. Darüber hinaus war mir der Mädchenname meiner Mutter entfallen. Kein Wunder also, dass meine Nachforschungen ergebnislos blieben.

Die Zeit verstrich. In den 50er Jahren beschloss die polnische Regierung, ein zentrales Personenstandsregister zu installieren und neue Personalausweise einzuführen. Dies war meine letzte Chance. Wenn ich jetzt nicht meine wirkliche Identität enthüllte, würde ich bis ans Ende meiner Tage *Kasia* bleiben.

---

[1] Am 4. Juli 1946 ermordeten Polen in der Stadt Kielce 42 Juden und verwundeten weitere 50. Zuvor hatte man der jüdischen Gemeinde einen Mord an einem polnischen Jungen vorgeworfen. Die polnische Regierung setzte eine Untersuchungskommission ein, sieben der Wortführer und Mörder wurden hingerichtet.

Nach einem langen und ausführlichen „Für und Wider" mit Witek entschieden wir, meine Herkunft nicht länger zu verleugnen. Ich schuldete es den Millionen von Toten. Jahre hindurch hatten mich tiefe Schuldgefühle geplagt, überlebt zu haben. Witek billigte meinen Entschluss. Um alle Zweifel auszuräumen, musste der Rechtsweg beschritten werden. Witek war mein einziger Zeuge, nur er wusste von meiner Vergangenheit. Bei der amtlichen Anhörung gab er zu Protokoll, was ich ihm am Tag des Kriegsendes gesagt hatte. Nach Abschluss des Verfahrens bekam ich einen neuen Personalausweis, in dem mein richtiger Vorname und mein Mädchenname standen. Auf der Heiratsurkunde wurden die falschen Eintragungen durchgestrichen. Bis heute schlummern diese Korrekturen im Standesamt unserer kleinen Stadt.
Ich war erleichtert! Für meinen Mann jedoch blieb ich *Kasia* bis zu seinem Tod. Auch für unsere Freunde änderte sich nichts. Wenn ich bei Behördengängen meinen richtigen Vornamen *Ruta* nennen musste, waren die Beamten zwar erstaunt, gingen der Sache aber nicht nach. So wurde ich zumindest offiziell und relativ unkompliziert wieder *Ruta Wermuth*. Innerlich aber war der Weg viel weiter und komplizierter. Dazu später mehr.

Unsere Töchter kamen im Februar 1948 und im September 1949 auf diese merkwürdige Welt. Ende der 40er Jahre beschloss Witek, seinem bisherigen Arbeitsplatz zu wechseln. Er hat schon immer ein Interesse für Technik gehabt und sich praktisch und theoretisch weiter gebildet. So bekam er eine Stelle als Ingenieur in der ortsansässigen Leinenspinnerei. Sein karger Arbeitslohn reichte nicht aus, um eine vierköpfige Familie zu ernähren. Eigentlich hätte ich dazu verdienen müssen, die Kinder aber waren noch zu klein und außerdem hatte ich nur eine geringe Schulbildung vorzuweisen. Wohl oder übel mussten wir also unsere schlechte materielle Situation akzeptieren und sehr bescheiden leben.

Erst als die Kinder in die Schule kamen, konnte auch ich weiterlernen. Parallel zur Grundschule meiner Kinder besuchte ich ein sogenanntes „Korrespondenz-Gymnasium“ in der kleinen, 30 Kilometer entfernten Stadt Walbrzych, auf deutsch Waldenburg. Diese speziellen, überall in Polen vorhandenen, Schulen richteten sich an Menschen wie mich, die kriegsbedingt wenig hatten lernen können. Wochenende für Wochenende machte ich mich mit der Bahn auf die mühsame und Zeit raubende Reise nach Walbrzych; häufig verpasste ich meine Anschlusszüge und musste zehn Kilometer zu Fuß laufen.
Trotzdem bereitete mir das Lernen eine riesige Freude. Ich bemühte mich, keinen Schultag zu verpassen. Nach vier langen Jahren absolvierte ich das Abitur. Meine Abschlussnoten waren nicht schlecht und so gelang es mir, einen Traumjob zu ergattern! In unserer Stadt gab es einen kleinen Buchladen und man bot mir an, dort zu arbeiten. Ein Traum wurde wahr! Endlich hatte ich einen Schulabschluss und konnte eigenes Geld verdienen, dazu noch in einem Metier, das mich begeisterte. Diese Erfolge erfüllten mich mit Genugtuung. Endlich befreite ich mich von zumindest einigen Spätfolgen meiner von den Nazis geraubten Kindheit. Außerdem stieg mein Selbstwertgefühl deutlich an. Mein Enthusiasmus für die Arbeit blieb nicht ohne Folgen. Nach einiger Zeit bot man mir die Leitung der Buchhandlung in der Nachbarstadt Kamienna Gora an. Mit Freude nahm ich das Angebot an, obwohl die tägliche Anreise in dem überfüllten Bus kein Vergnügen war. Die Buchhandlung aber war mehr als eine Verkaufsstelle für Literatur; sie war ein lokales kulturpolitisches Zentrum. An wirklich guten, nicht zensierten Büchern, herrschte chronischer Mangel. Der Geist der Menschen aber war frei und es bereitete mir Freude, die Lesewünsche unserer Kunden zu erfüllen – manchmal auch „unter dem Ladentisch“.
Im Allgemeinen aber waren es sehr schwere Zeiten. In Westdeutschland boomte das Wirtschaftswunder und wir hofften immer noch auf ein polnisches Wunder. 1956 erweckte Go-

mulka unsere Hoffnungen für kurze Zeit zu neuem Leben.[1] Es ist bekannt, wie die Dinge ausgingen. Der „Prager Frühling" erreichte unser Land nie. Mit Zustimmung der polnischen Regierung walzten russische Panzer die Prager Demonstranten nieder. Im März 1968 startete der polnische Geheimdienstchef Mieczyslaw Moczar eine antisemitische Hetzkampagne. Tausende Juden verloren ihre Arbeitsplätze und man legte ihnen die Ausreise nahe – ohne Recht auf Wiederkehr. Viele, die ohnehin emigrieren wollten, suchten ihr Heil in Israel. Interessanterweise hat mich diese Entwicklung nicht sonderlich beunruhigt. Ich war zwar Jüdin, fühlte mich aber nicht so. Erst Jahre später erfuhr ich, dass die allgegenwärtige polnische Miliz meine jüdischen Wurzeln amtlich erfasst hatte. Gemeldet haben sie sich bei mir aber nie. Zum ersten Mal in meinen Leben blieb ich vor Unheil verschont.

*

In den 70er Jahren wurden die strengen Auflagen für eine Einreise in die UdSSR ein wenig gelockert. Witek und ich wollten schon lange die Stätten unserer Kindheiten besuchen. Die Erteilung eines Visums setzte allerdings eine offizielle Einladung eines Verwandten voraus. Also setzten wir Himmel und Hölle in Bewegung, um ein solches Papier in die Hände zu bekommen. Da wir „drüben" keine Angehörigen hatten, mussten wir zwangsläufig schummeln. 1975 war es soweit. Die Einladung kam aus Lemberg, Witeks Heimatstadt.
So fuhren wir zunächst dorthin und wohnten bei den Leuten, denen wir das unerlässliche Schreiben verdankten. Dafür

[1] 1956 kam es in Posen zu Aufständen und zu vorübergehenden Lockerungen unter KP-Chef Władysław Gomulka. Der Kreml drohte u.a. mit der Zuschlagung Schlesiens an die DDR, falls Gomulka dort nicht für Ordnung sorge. Die Reformbemühungen erstarben. 1968 distanzierte Gomulka sich vom „Prager Frühling" und befürwortete die militärische Intervention des Warschauer Paktes.

brachten wir ihnen Kleidungsstücke und andere Dinge mit, die in Russland schwer aufzutreiben waren. Polen, selbst noch ziemlich arm, galt damals bei den Russen als ein Land mit Wohlstand und westlichem Chic. Bei unserer Ankunft mussten wir uns sogleich bei der Polizei melden: „Sie wissen, dass es verboten ist, in eine andere Stadt zu reisen?“, wurden wir gefragt. „Ja, wir wissen es." Dann unterschrieben wir ein entsprechendes Papier. Mein Mann besuchte zunächst seine alten Lemberger Lieblingsplätze, die Altstadt, die Gegend, in der seine Leute gelebt hatten, seine Schule und den Lyczakowski - Friedhof, auf dem er die Reste des elterlichen Grabes fand. Dann verließen wir Lemberg!

Als wir in Kolomea aus dem Zug stiegen, konnte ich es nicht fassen, tatsächlich wieder in dieser Stadt zu sein. Wir gingen durch die mir so bekannten Straßen, erreichten schließlich das alte Haus meiner Kindheit. Ich war sehr bewegt. „Da wir schon hier sind, werden wir auch hineingehen", sagte Witek und hakte sich entschlossen bei mir ein. Gemeinsam passierten wir jenes Tor, das ich zum letzten Mal vor über dreißig Jahren mit meinem Eltern und meinem Bruder Pavel durchschritten hatte – auf dem Weg in das Ghetto. Als ich im ersten Stock vor der Tür zu unserer einstigen Wohnung stand, erschien eine hagere Frau und fragte brüsk auf Russisch: „Was suchen Sie hier?" „Meine Frau lebte hier vor dem Krieg. Sie hieß Kowalska“, entgegnete Witek, bevor ich überhaupt etwas sagen konnte. Er erinnerte sich durch meine Erzählungen an den Namen unserer damaligen Nachbarn, und hatte spontan entschieden, meinen eigentlichen Namen vorerst nicht Preis zu geben. „Dann kommen Sie herein", sagte die Frau, nunmehr viel höflicher. Wir traten in unser ehemaliges Wohnzimmer. Doch nichts erinnerte an die alten Zeiten. Andere Menschen lebten mit ihren Möbeln in einem Haus, das mir fremd war. Was mir blieb, war der Blick aus dem Fenster, mehr nicht. In dieser Situation wurde mir bewusst, dass ich nur noch schmerzliche Erinnerungen hatte. Anders als Witek, der am

Grab seiner Eltern weinen konnte, hatte ich keinen Platz für meine Trauer. Natürlich, ich konnte im Wald von Szeparowce meines Bruders Pawel gedenken; konnte im ehemaligen Ghetto mit meinen Füßen jene Pflastersteine berühren, die damals mit unserem Blut getränkt wurden. Mehr aber nicht.

*

Szeparowce gehört zu jenen zahllosen Punkten auf der Weltkarte, die erst durch die Gräueltaten der Nazis eine traurige Berühmtheit erlangten. In zwei *Aktionen* im Oktober und November 1941 wurden über viertausend Juden im nahegelegenen Wald ermordet. Darüber hinaus fanden einige polnische Widerstandskämpfer den Tod. Die Opfer mussten große Gräben ausheben, sich nackt ausziehen, ihre Kleidung ordentlich ablegen und sich in einer Reihe vor dem Graben aufstellen. Maschinengewehrsalven der SS mähten sie nieder, die Mehrheit fiel tot in das selbst geschaufelte Grab. Nicht alle hatten jedoch dieses Glück. Bauern aus der Umgebung erzählten später, dass sich die Erde auf den zugeschütteten Gräben noch Stunden lang bewegte. Unter den Ermordeten war mein Bruder Pawel, der mit seiner gesamten Arbeitskolonne exekutiert wurde.

*

Ich fragte nach Frania und nach Menschen, die sich möglicherweise über früher hier Wohnende erkundigt hatten. Doch die Hagere, eine Ukrainerin namens Lusia, erinnerte sich lediglich an einen deutschen Offiziersklub, der während des Krieges im Haus untergebracht war. Ich wurde hellhörig; das stimmte mit dem überein, was Frania mir damals mitteilte, als ich bei Paulina versteckt war. Anschließend erwähnte Lusia eine alte Frau, die im zweiten Stock wohne, in Kolomea geboren sei und vielleicht noch etwas aus früheren Tagen im Kopf habe. Voller Aufregung gingen wir in den zweiten Stock. Fehlanzeige! Die betagte Mieterin in den Räumen, die einst unsere Küche und Kinderzimmer waren, konnte keine Auskunft geben. Nein, der Name Frania war ihr fremd, und sie hatte auch von niemandem gehört, der nach den ehemaligen Besitzern des Hauses geforscht habe. Ich bat, einen Blick in die vormalige Speisekammer werfen zu dürfen. Die Alte nickte, und ich ging durch die einst weiß gestrichene Tür und stand unvermittelt im Land meiner Kindheit. Hier hatte sich nichts verändert. Noch immer gab es das runde, schräge Dachfenster, dieselben Regale und auch den Schrank mit der breiten Lade. Der gleiche Geruch wie früher. Lange verweilte ich in dem Raum, bis der besorgte Witek hereinkam und mich hinausführte.

Wir wollten gehen, uns verabschieden. Da sagte die Alte, die mich noch einmal genau gemustert hatte, plötzlich in gebrochenem Polnisch-Ukrainisch: „Wohnen hier einmal welche, was sind gewesen Geschäftsleute. Und haben gehabt Tochter kleines. Denk ich, sind Sie das Tochter ..."

Alle Dämme brachen. Ich umarmte die Greisin und weinte mir das Herz aus dem Leib. „Ja, ich bin es!"

Ich war innerlich zerrissen. Einerseits war ich gerührt, dass es jemanden gab, der sich an mich erinnern konnte, dass ich noch nicht ganz vergessen war. Dass es noch eine Seele gab, die wusste, dass das kleine Mädchen Ruta glückliche Kindheitsjahre in Kolomea verbracht hatte. Andererseits wurde mir bewusst, dass der letzte Hoffungsschimmer, in Kolomea etwas über Salek oder Frania zu erfahren, verglommen war. Wir verabschiedeten uns von den Menschen im Haus und gaben ihnen zur Sicherheit unsere Adresse. Falls irgendwer, irgendwann doch nachfragen sollte. Mit dem Versprechen, Kontakt zu halten, verließen wir Kolomea. Tatsächlich folgten Lusia und ihre beiden Töchter unserer Einladung nach Polen und verbrachten einige Tage bei uns. Für sie und uns ein großartiges Ereignis.

Das Leben ging weiter. Unsere Töchter heirateten Anfang der Siebzigerjahre. Die ökonomische Lage des Landes, ohnehin nie gut, verschlimmerte sich drastisch. Um über die Runden zu kommen, musste man das „Spiel der Gewitzten" mitspielen, musste „organisieren" können.
Im September 1980 starb Witek an einem Herzanfall. So erlebte er nicht mehr den Anfang der Solidarnosc-Bewegung, das Kriegsrecht und endlich den Untergang des Kommunismus in Polen und ganz Osteuropa. Er verpasste die ersten freien Wahlen in Polen. Das Schicksal hatte es nicht gut mit ihm gemeint, sein ganzes Leben lang hatte er unter Diktaturen und totalitären Systemen verbracht. Die „Wende" kam für ihn zu spät. So erging es vielen meiner Landsleute.

12. Eine neue Familie

1982 ging ich in Pension. Meine beiden Töchter waren schon längst aus dem Haus. Ich konnte mich jetzt mehr um meine eigenen Dinge kümmern. Zum Beispiel um meine Gesundheit. Im Februar 1992 verschrieben mir die Ärzte einen Kuraufenthalt in Krynica. Ausgerechnet Krynica! Ich zögerte, fuhr dann aber doch hin – mit viel Beklommenheit im Gepäck. Hier hatte ich mit Mama und Salek 1939 die letzten unbeschwerten Ferien verbracht. Im Kurort angekommen, kehrten viele Erinnerungen zurück. Fast alle waren schmerzhaft.
Bei einsamen Spaziergängen dachte ich über früher nach, reflektierte mein Leben und war ziemlich unentschlossen und ratlos. Dann kam es zu einer Begegnung, die mein Leben nachhaltig veränderte. Wie so oft in meinem Dasein gab ein Zufall den entscheidenden Ausschlag. Während einer jener Wanderungen begegnete ich einer Gruppe von Touristinnen, vorwiegend Frauen etwa meines Alters. Irgend etwas weckte mein Interesse, meine Neugierde, und so sprach ich sie an. Sie

waren aus Israel, polnische Jüdinnen, die gerade aus ihrer ehemaligen Heimatstadt Krakau gekommen waren.
Sonst schließe ich nicht so schnell Freundschaft mit fremden Menschen, aber hier spürte ich sofort etwas Gemeinschaftliches. Es war wunderbar, wie gut wir uns schon nach wenigen Worten verstanden. Und es war das erste Mal seit vielen Jahren, dass ich mich nicht verstellen musste. Ich war einfach überwältigt und erzählte den Frauen von mir. In liebenswürdiger Weise luden sie mich ein, mit ihnen im Reisebus nach Krakau zurückzufahren, und ich nahm an. Wir besuchten Kazimierz, das alte jüdische Viertel der Stadt, den jüdischen Friedhof und die Synagoge. Am Abend gingen wir zu einer Abschiedsparty, veranstaltet vom Kulturverband polnischer Juden. In meiner Kleinstadt lebte ich etwas isoliert und hatte zu meiner Schande keine Ahnung, dass es eine solche Organisation in Polen überhaupt gab. Ich war vielmehr der Meinung gewesen, dass, während der staatlich forcierten Auswanderungswelle von 1968, nahezu alle Juden das Land verlassen hatten. Den wenigen, die wohl geblieben waren, unterstellte ich, dass sie sich unauffällig verhielten und ihre Sitten und Traditionen nicht mehr praktizierten. So wie ich!

Nun erst wurde mir bewusst, dass ich mich vom Judentum abgeschnitten hatte. Ich selbst, niemand sonst hatte das von mir verlangt, ich hatte es einfach getan. Es wäre einfach gewesen, wenn ich es nur gewollt hätte, Kontakt zu anderen Juden zu finden. Meine Schuld! Wahrscheinlich hatte ich zuviel an Witek gedacht, an meine Kinder, und zu wenig an mich. Ja, so war es, aber das erschien mir nicht als eine Rechtfertigung für die Zukunft. Jetzt war ich frei. Die Kinder waren erwachsen, hatten eigene Familien gegründet. Witek lebte nicht mehr. Ich beschloss, das Versäumte nachzuholen, solange noch Zeit war. Bevor ich Krakau verließ, beschaffte ich mir die Adresse des jüdischen Kulturverbandes in Wroclaw, zu deutsch Breslau. Kurz darauf fuhr ich hin und kam als ein Mitglied des Ver-

bandes zurück. In der Folge besuchte ich regelmäßig die monatlichen Zusammenkünfte, abonnierte die Zeitschrift „Slowo Zydowskie“, das „Jüdische Wort“, das einzige polnische Wochenblatt, das sich in jenen Jahren mit jüdischen Dingen beschäftigte. Nach wie vor aber verschwieg ich meine wahre Identität vor meinen Töchtern. Und niemand ahnte, wie verzweifelt ich noch immer meinen Bruder suchte.
1992 erschien in der Juni-Ausgabe des erwähnten Blattes eine Anzeige der „Lauder-Stiftung“[1], die zu einem Sommer-Camp nach Rychwald einlud. Ich hatte nicht die geringste Ahnung, was die Lauder - Stiftung war, geschweige denn, wo dieses ominöse Rychwald[2] lag. Doch wünschte ich mir, daran teilzunehmen. Ich meldete mich telefonisch an und fuhr los.

*

Rychwald entpuppte sich als ein malerisches Dorf in den Beskiden, einem Teil des Tatragebirges. Ein großer Park, darin ein Gutshof, von außen im historischen Stil, innen saniert und modernisiert. Dort erlebte ich elf Tage in einer anderen Dimension. Ich begegnete Menschen in meinem Alter, die teilweise der neugegründeten Organisation „Kinder des Holocaust“ angehörten. Es nahmen aber auch Mitglieder der zweiten und dritten Generation teil, Kinder und Enkel von Schoa-Überlebenden. Der Empfang war einfach, aber herzlich. Ich wurde lediglich nach meinem Namen gefragt, in die Anwesenheitsliste eingetragen und bekam ein Zimmer zugewiesen, dass ich mit fünf anderen Frauen teilte. Das war alles. Etwas verloren begann ich, das Innere des Gutshauses zu besichti-

---

[1] 1987 von dem amerikanischen Juden Ronald S. Lauder gegründete Stiftung, die sich in zahlreichen Projekten in Osteuropa der Wiederbelebung jüdischer Kultur widmet und u.a. Treffen von Schoa-Überlebenden organisiert.

[2] Kleiner Ort in den Beskiden (Tatra-Gebirge), in der Nähe von Zywiec und Zakopane.

gen. Mit Erstaunen entdeckte ich, dass eines der großen Zimmer im Parterre als Synagoge eingerichtet war. Ich wunderte mich. War ich hier wirklich am richtigen Platz? Ich, die ich mich für eine Atheistin hielt?

Abends fand ein erstes Treffen statt, zum gegenseitigen Kennen lernen. Wir saßen in einem Kreis und in der Mitte nahm ein Mann mit einem kurzen Bart, etwa dreißig Jahre alt, Platz und stellte sich mit „Majkel" vor. Er sprach nur englisch, verstand aber sehr gut polnisch. Später erfuhr ich, dass es Rabbi Michael Szudrich aus den USA war. Er skizzierte kurz das Anliegen der „Lauder-Stiftung" und bat uns um eine kurze Vorstellung. Viele von uns nahmen wie ich zum ersten Mal an einem solchen Treffen teil. In der Gruppe waren auch „gemischte" Ehepaare, jüdische Frauen mit polnischen Männern und umgekehrt. Es war ein faszinierendes Zusammentreffen sehr verschiedener Menschen; ein Gewirr verschiedener Sprachen, das eigentlich hätte stören müssen. Alle Barrieren aber, auch die sprachlichen, wurden mit einer wundersamen Leichtigkeit überwunden. Der Abend zog sich hin bis tief in die Nacht und war einzigartig.

Am nächsten Morgen ging ich bei schönstem Sonnenschein in den Park und traf Isa. Während des zweistündigen Spaziergangs kamen wir uns näher, tauschten uns über unsere Lebenswege aus, die überraschend viele Parallelen aufwiesen. Später schlossen sich uns noch andere an. Wir alle wurden Freunde und ich fühlte mich aufgehoben wie in einer neuen, großen Familie.

Der Freitag nahte und mit ihm die Vorbereitungen für die Feier des Sabbatabends, den ich erstmals seit fünfzig Jahren nach jüdischem Ritual und jüdischer Tradition begehen sollte. Als zehnjähriges Kind hatte ich den Sabbatabend zum letzten Mal im Kreise meiner Familie gefeiert.

*

Die Vorbereitungen für den Sabbat begannen bei uns in Kolomea bereits am Donnerstag. An diesem Tag wurden die selbstgemachten Nudeln für die Fleischbrühe und viele andere traditionelle und schmackhafte Speisen zubereitet. Für uns Kinder war das ein besonderer Tag, voller Düfte und Gerüche. Da war der Duft von *Chala*, einer Art Hefekuchen; von Kartoffelbrot, warm und mit saurer Sahne serviert. Diese Gerüche, die Mischung aus Backstube, Küche und frisch gebohnertem Boden, bleiben mir ewig in Erinnerung.

Meine Eltern waren nicht orthodox. Zu Hause sprachen wir polnisch. Meine Brüder gingen auf das Jungengymnasium, ich in die dritte Klasse der Grundschule, die man die „Allgemeine" nannte. Zu Hause wurde aber koscher gekocht und die Vorschriften unserer Religion geachtet. Mama, immer im Laden, hatte für uns Kinder nicht allzu viel Zeit. Aber an den Freitagabenden war das anders.

Ich erinnere mich an Mutter, wie sie, festlich angekleidet, die Haare mit einem weißen Spitzenschal bedeckt, die Kerzen auf den beiden silbernen Leuchtern anzündete, die auf dem mit einem schneeweißen Tischtuch geschmückten Tisch standen. Ich erinnere mich, wie sie über den Kerzen die rituellen Handbewegungen vollführte, ihre Augen bedeckte und hebräische Gebete murmelte. Ich erinnere mich an Vater, der aus der Synagoge zurückkehrte und uns seine Hände zum Segen auf die Köpfe legte. Ich erinnere mich, wie wir uns dann zum Sabbatmahl versammelten, das immer mit den üblichen Segensformeln eröffnet wurde. Nicht fehlen durften „jüdischer" Fisch in Aspik und das süße Dessert. Die Atmosphäre am Tisch war warm und familiär. An diesen ruhigen und beschaulichen Abenden holten wir das nach, was uns an den hektischen und arbeitsreichen Wochentagen versagt blieb.

*

Diese Erinnerungen brachen mit Urgewalt über mich herein, als ich mit den anderen Frauen die Sabbatkerzen anzündete, „Sabbat Schalom" wünschte und an der festlich gedeckten Tafel Platz nahm. An diesem Abend kamen viele Gäste. Niemand zählte sie, niemand registrierte sie. Alle waren willkommen und wurden eingeladen – eine große Familie. Danach saßen wir lange zusammen und sangen hebräische Lieder. John spielte für uns dazu auf der Gitarre. John war ein junger Jude aus den USA, voller Lebensfreude. Er und seine israelische Begleiterin Tracy gaben den Ton an. Auf eine behutsame Art führten sie uns zurück zu „unseren" jüdischen Bräuchen und Traditionen. Sie taten dies mit Eifer und Hingabe – ihrer mitreißenden Fröhlichkeit konnte sich keiner entziehen. Ich war erstaunt und fasziniert. War das möglich? Man konnte sich frei und ungeniert als Jude fühlen. Frei von den Komplexen, welche die kleine Schar der überlebenden polnischen Juden immer gequält hatten. Frei von jenem zermalmenden Druck, sich zwischen einer polnischen und einer jüdischen Identität entscheiden zu müssen.

Eine Woche später begingen wir erneut Sabbat. Aber die erste Feier war für mich der entscheidende Wendepunkt. Sie hatte so viele Erinnerungen hervorgerufen: Einsamkeit, ratternde Züge, böse Träume und durchweinte Nächte. Gleichzeitig aber zerschnitt dieser Abend die unsichtbaren Fesseln meines Schweigens. Im Kreise meiner Schicksalsgenossen fühlte ich mich befreit und war mir selbst so nahe wie niemals zuvor. Den zahlreichen Gesprächen entnahm ich, dass es den anderen genau so ging. Bis zu diesem Tag waren wir gebrandmarkt, gefangen in den Erlebnissen unserer Kindheiten. Wir, die einsamen Kinder von damals, die, dem Schicksal trotzten, hatten nunmehr – im fortgeschrittenen Alter – endlich eine Familie gefunden. In jenen Tagen vergaß ich meinen Alltag, lebte in einer anderen Dimension, kehrte zurück in die Welt meiner Kindheit und sortierte meine Erinnerungen. Tausende kleiner

Splitter schwirrten in meinem Kopf und wollten zusammengefügt werden: Erinnerungen an Kolomea, meine Familie, religiöse Bräuche, die hebräische Sprache und vieles mehr.
Am letzten Abend saßen wir am Lagerfeuer, und im flackernden roten Schein gaben uns zwei Rabbiner gütige und weise Worte mit auf den Weg. Sie sprachen von der Notwendigkeit der Liebe zwischen den Menschen und von der Unabdingbarkeit, gut zu sein. Die Tage vergingen viel zu schnell. Ich verließ Rychwald als ein neuer Mensch. Bis zum heutigen Tage danke ich jenen, die diese wunderschöne Enklave geschaffen haben.

Ich hatte noch in Rychwald meine Eindrücke zu einem Bericht zusammengefasst, den ich – kaum zu Hause angekommen – meinen Töchtern zu lesen gab. Zunächst reagierten sie etwas verwirrt. Dann aber gaben sie mir zu verstehen: „Na schön, was soll 's. Du bist eine Jüdin. Aber du bist und bleibst unsere Mutter, so wie wir sie immer gekannt haben." Auch meine polnischen Schwiegersöhne und die Enkel nahmen die Neuigkeit gelassen auf. Es brauchte Zeit, um die Dinge wirklich zu verstehen. Meine jüngste Enkelin jedenfalls nahm mit ihrer Mama bereits am nächsten „Lauder-Camp" teil und wurde zusammen mit anderen Kindern im polnischen Fernsehen gezeigt, wie sie die Hora tanzte. Viele ihrer Mitschülerinnen und Freunde sahen diese Sendung, und seither trägt die junge Dame stolz das Camp-T-Shirt mit dem Davidstern durch die Stadt. Dieser Stern ist nicht gelb!

*

Rychwald aber war noch mehr. Es war das erste Glied einer langen Kette, die mich durch die halbe Welt führen und schließlich in einem der großen Wunder meines Lebens enden sollte. Davon ahnte ich zu dem damaligen Zeitpunkt aber noch nichts. Alles begann mit einer Video-Aufzeichnung für

das Holocaustmuseum in Washington, die wir in Rychwald durchführten. Ich, unwissend und naiv, posaunte laut in die Kamera, dass ich vielleicht die einzige Überlebende aus Kolomea sei - eine These, die lautes Gelächter hinter der Kamera verursachte. Das herzhafte Lachen kam von der New Yorker Jüdin Dasia, die im Camp als Dolmetscherin arbeitete. Sie teilte mir, immer noch lachend, mit: „Nein, meine Liebe! Ich kenne persönlich einige Überlebende aus Kolomea. Sie leben in Israel und den USA."
Ich war wie vom Donner gerührt. „Ist das wirklich wahr?"
„Natürlich. Weißt du nicht, dass es in Israel eine Vereinigung von Überlebenden aus polnischen Städten gibt? Außerdem hat man für jede Stadt ein Erinnerungsbuch zusammengestellt. Ich kenne sogar einen Mann, der ein aktives Mitglied des „Kolomea-Verbandes" ist. Er ist ein Professor an der Hebräischen Universität in Jerusalem und heißt Dov Noy. Wenn du willst, bring ich dich in Verbindung mit ihm."
Und ob ich wollte!

Dasia kam ursprünglich ebenfalls aus Polen, ich glaube aus einem Ort in der Nähe von Kattowitz. Wie durch ein Wunder überlebte sie in einem NS-Kinderlager irgendwo im damaligen „Reichsgau Sudetenland". Nach Kriegsende wurde sie mit anderen noch lebenden Kindern nach Israel gebracht und dort von einer Tante großgezogen. Später heiratete sie und ging mit ihrem Mann nach New York. Da sie sehr religiös war, bat man sie gelegentlich, in Rychwald in der Küche ein Auge auf die koschere Speisenzubereitung zu werfen.
Wir wurden Freundinnen. Als wir uns voneinander verabschiedeten, gab ich ihr eine Notiz mit allen Daten und Informationen, die ich besaß. Sie versprach nochmals, den Leuten aus Kolomea von mir zu berichten.

13. Der Jubel reist um die halbe Welt

Bereits drei Wochen später erhielt ich einen Brief aus Israel:

Liebe Rutka!
Wenn die Welt vor fünfzig Jahren nicht verrückt geworden wäre, würden wir jetzt vielleicht befreundet sein. Ich kannte deine Eltern, und mein Bruder war in derselben Gymnasialklasse wie dein Bruder Pawel. Daher bin ich sicher, dass du mir meine so *persönliche Anrede nachsehen wirst.*

Die gute Dasia hatte Wort gehalten. Das Schreiben war in der Tat von Professor Dov Noy aus Jerusalem und der Beginn einer herzerwärmenden Freundschaft. Dov Noy bat mich, ihn mit seinem alten jüdischen Rufnamen *Bezio* anzureden. Er war 1938 unmittelbar nach dem Abitur als Achtzehnjähriger nach Palästina ausgewandert. Seine große Familie blieb in Kolomea zurück und wurde ausradiert, mit Ausnahme jenes im Brief erwähnten Bruders, der Pawels Klassenkamerad gewesen war. In einem der folgenden Briefe ersuchte mich Bezio in Polen nach einem Schriftsteller namens *Victor Zorza* zu forschen. Soweit er wusste, war dieser polnische Autor zu Beginn des Krieges geflohen und lebte nunmehr vermutlich in Indien. Ich nutzte meine neuen „Rychwald-Kontakte" und schrieb nach Warschau an meine Freundin Zosia. Sie war Historikerin, fand aber nur heraus, dass der Gesuchte wahrscheinlich einmal in London gewohnt hatte. Ich dachte, Bezio brauche diese Auskunft für eine berufliche Recherche und teilte ihm das magere Ergebnis schriftlich mit. Damit war für mich die Sache erledigt.

Anlässlich des 50. Jahrestages des Ghetto-Aufstands fuhr ich im April 1993 nach Warschau, um all jene zu ehren, die im verzweifelten Widerstand gegen eine erdrückende Übermacht ihr Leben eingesetzt hatten. Wir versammelten uns an dem er-

greifenden Mahnmal zum Gedenken an die Ghettokämpfer und begaben uns dann zum jüdischen Friedhof. Dort erfuhr ich zufällig, dass in der Jezuickastraße ein jüdisches Archiv existierte. Erst kurz zuvor hatten die Behörden in Moskau Dokumente über vor dem Krieg in Polen lebende Juden freigegeben. Spontan suchte ich das Archiv auf. Geduldig hörte sich der freundliche Mann hinter dem Schalter meine reichlich wirre Geschichte an, die auch den fatalen Umstand mit einschloss, mich nicht mehr der Geburtsdaten meiner Brüder entsinnen zu können. Trotz der nur bruchstückhaften Informationen begann der Archivar mit seiner Suche, stöberte hier und kramte dort. Sehr lange. Schließlich zeigte er ein Lächeln der Genugtuung. Er hatte Pawels Geburtsschein gefunden! Kurz danach schwenkte er triumphierend die Heiratsurkunde meiner Eltern in seinen Händen.
Und zuletzt entdeckte er auch Saleks Geburtsschein. Es stellte sich heraus, dass der Rufname meines Bruders nicht, wie von mir irrtümlich angenommen, von *Samuel*, sondern von *Israel* abgeleitet war. Nun lagen diese alten, ein wenig vergilbten Dokumente vor mir. Würden sie mir bei meiner Suche weiterhelfen? Immerhin waren sie Beweis dafür, dass es meine Familie tatsächlich einmal gegeben hat. Manchmal waren mir selbst schon Zweifel gekommen.

Von Bezio erfuhr ich, dass Überlebende zum 50. Jahrestag des Massakers von Szeparowce eine Zusammenkunft planten. Ich beschloss, daran teilzunehmen. Irgendwie spürte ich, wie in mir ein längst erloschen geglaubter Funke Hoffnung zu glimmen begann. Würde ich dort etwas über Salek erfahren? Es bereitete einige Schwierigkeiten, meine Reise in die im Umbruch befindliche Ukraine zu organisieren. Schließlich in Kolomea angekommen, traf ich Menschen aus der ganzen Welt. Selbst aus dem fernen Australien waren Überlebende angereist; aus dem benachbarten Polen aber war ich die einzige. Und dort, an jenem Ort, an dem mein Bruder Pawel ermordet wurde, sah ich Bezio erstmals von Angesicht zu Angesicht. Gleich nach der Begrüßung sagte er: „Komm, setzen wir uns, ich muss mit dir reden. Ich möchte keine falschen Hoffnungen in dir wecken, habe aber einige Gründe zu vermuten, dass Victor Zorza und dein Bruder Salek ein und dieselbe Person sind." Und bevor ich etwas sagen konnte, setzte er bedauernd hinzu: „Aber er ist wahrscheinlich nicht mehr am Leben."

Bezio berichtete dann von einem Treffen Überlebender aus Kolomea in Israel. Er hatte dort von mir erzählt und ein Teilnehmer gab an, einen Artikel über den Schriftsteller Viktor Zorza gelesen zu haben. Am Ende des Artikels hätte der Autor auch den ursprünglichen Namen Zorzas, *Wermuth*, vermerkt. Außerdem habe es in dem Aufsatz geheißen, dass der Autor in Ostpolen geboren sei. Bezios Gewährsmann war sicher, dass es sich um Salek handeln müsse.

„Und warum soll er jetzt tot sein?"

„Weil in dem Artikel die Rede davon war, Zorza habe ein ernstes Herzproblem und nach Auskunft der Ärzte nur noch ein Jahr zu leben. Dieser Essay wurde aber schon vor Jahren geschrieben."

„Was stand noch darin?"

„Er habe eine Familie in Großbritannien, wahrscheinlich einen Sohn und eine Tochter. Kurz nach dem Krieg sei er ein namhafter Journalist und Kremlexperte geworden, habe dann eine lange Zeit in Indien verbracht."

Ich war mehr als misstrauisch? Salek? Gleich nach dem Krieg ein bekannter Zeitungsmensch? In England? Unmöglich. Er hatte ja damals in Kolomea kein Wort Englisch geredet. Es musste sich um jemand anderen handeln!

„Wenn ich nach Israel zurückkehre, will ich der Sache weiter nachgehen", versprach Bezio. Ich erwiderte: „Das alles klingt so urwahrscheinlich und unsicher. Irgendwer, irgendwann, vielleicht, vielleicht auch nicht. Vielleicht lebt er, vielleicht nicht. Nein, ich glaube nicht, dass es wirklich so ist. Aber du hast Recht. Man muss der Sache weiter nachgehen, man darf diese Spur nicht verlieren.“ Und dabei blieb es.

Nach der Zeremonie im Wald von Szeparowce suchte ich Orte und Plätze auf, die mir lieb und teuer waren. Meine ehemalige Schule und unser altes Haus, in dem noch immer Lusia mit ihren zwischenzeitlich herangewachsenen Töchtern wohnte. Die im oberen Stock lebende Greisin, die mich vor Jahren erkannt hatte, war inzwischen leider verschieden.
Einigermaßen verstört fuhr ich nach Hause, immer an Bezios Informationen denkend. Vielleicht war ja doch ein Kern von Wahrheit in der Geschichte von dem Mann, der Zorza hieß? Und selbst wenn er nicht mehr lebte, gäbe es doch noch seine Familie. Ich durfte die lange Suche jetzt nicht abbrechen. Es waren die ersten Spuren, schwach, schemenhaft und kaum verfolgbar. Ich hatte das Gefühl, noch einen langen Weg vor mir zu haben und sollte Recht behalten. Weitere Monate vergingen; das kostbare Gut der Zeit zerrann mir zwischen den Fingern.

*

Im Herbst 1993 unternahm ich eine Reise nach Israel. Diesen Traum hatte ich schon lange gehegt, konnte ihn mir aber – vor allem aus finanziellen Gründen - nicht erfüllen. Nun aber hatte ich eine gewisse Summe von der „Stiftung für polnisch-deutsche Versöhnung“ erhalten. Nicht viel, aber ausreichend für die Reise. Die polnische „Vereinigung der Kinder des Holocaust“ hatte weitere Vergünstigungen organisiert und so fuhren wir los. Eine Gruppe von knapp vierzig in die Jahre gekommenen jüdischen Kinderüberlebenden, allesamt beseelt von dem Wunsch, das „gelobte Land“ endlich einmal sehen zu können. Zu viele meldeten sich an – ich aber hatte einmal mehr Glück und erhielt eine Zusage. Wir flogen in der zweiten

Novemberhälfte. Das kalte und verregnete Warschau entließ uns in die Hitze Tel Avivs. Alles war so organisiert, wie bei anderen Besuchergruppen auch: ein klimatisierter Reisebus empfing uns am Flughafen; die Reisebegleiterin ließ uns keine Sekunde aus den Augen. Und dennoch war es keine gewöhnliche Reise. Viele Zeitungen meldeten die Ankunft polnischer „Kinder des Holocaust". Man lud uns ein, spontan, häufig in private Wohnräume. An ein normales touristisches Programm war nicht zu denken. Täglich meldeten sich Einzelpersonen und Institutionen, die mit uns in Kontakt treten wollten. Die Menschen freuten sich aufrichtig, dass wir ihr Land besuchten. Und wir staunten über die Aufbauarbeit des Staates Israel, über die blühenden Landschaften, die einstmals Wüste gewesen waren.

*

Bezio lud uns nach Jerusalem ein.
Er hatte wie versprochen weitere Recherchen durchgeführt und gab mir die Telefonnummer eines Mannes, der etwas über das mittlerweile sagenumwobene Phantom *Victor Zorza* wusste. Sofort rief ich ihn an. Er teilte mit, dass er während des Krieges einer polnischen Luftwaffeneinheit in England angehört und dort meinen Bruder kennen gelernt habe. Dieser hatte ihm anvertraut, dass er aus Kolomea komme und sein richtiger Name *Wermuth* sei. „Jahre danach las ich den gleichen Namen in einer israelischen Zeitung", fuhr mein Gesprächspartner fort. „Ich kann mich nicht mehr ganz genau erinnern, aber ich glaube, sie nannten ihn einen berühmten Journalisten, der für die "Times" und die "Washington Post" schrieb und in London, Washington und in Indien lebte. Auch seine Tochter wurde erwähnt und etwas über Hospize in Russland. Inzwischen dürfte er aber gestorben sein."
Abschließend gab mir der Mann die Adresse des polnischen Militärarchivs in Großbritannien. Da mein Bruder ja in der

polnischen Luftwaffeneinheit gedient hatte, müssten dort Dokumente über ihn vorliegen. Noch in Israel verfasste ich einen Brief an das Militärarchiv, den Bezio redigierte und verschickte. Bis heute warte ich auf eine Antwort.

Nach zwei Tagen bei Bezio in Jerusalem fuhren wir nach Tel Aviv, wo meine Freundin Helena eingeladen war. Wir spazierten durch die Stadt, verloren die Orientierung und beschlossen, Passanten nach dem Weg zu fragen. Ich sagte zu Helena: „Setz dich hin und ruhe dich ein wenig aus. Ich suche mir einen alten Juden, der bestimmt besser Polnisch oder Jiddisch kann als Hebräisch.“ Der Zufall kam mir zuvor. Ein vorbeischlurfender betagter Mann hatte wohl meine Worte verstanden, blieb stehen und sagte im schon lange nicht mehr gehörten jiddischen Vorkriegsidiom: „Na scheen, Pani-Leben, suchn Se en alten Jid. No schaun Se mach an. Bin ach ä alter Jid. Se harn mach gefunden!" Der kauzige Rettungsengel mit krummem Rücken rief ein Taxi und brachte uns wohlbehalten ans Ziel. Er sprach eine Menge über Warschau und lud uns schier flehend ein, ihn zu besuchen. Alle Menschen aus Polen, mit denen wir ins Gespräch kamen, hatten tiefe Gefühlsbindungen an ihre ehemalige Heimat und ihre „erste“ Sprache. Viele erinnerten sich an polnische Gedichte und konnten sie fehlerfrei wiedergeben. Doch diese Nostalgie verband sich eher mit Orten als mit Menschen, besonders bei denjenigen, die 1968 durch den Geheimdienst aus Polen verjagt wurden.

*

Nach Polen zurückgekehrt, erhielt ich die Nachricht, dass die nächste Zusammenkunft der „Kinder des Holocaust" im März 1994 in Sorodborow bei Warschau stattfinden sollte.

Dieses Treffen war mir sehr wichtig, sowohl wegen der zu erwartenden tollen Atmosphäre, als auch dem Zusammensein mit meinen Freunden. Es gab aber noch einen dritten Grund, vielleicht eher eine Hoffnung als ein entscheidendes Motiv:

Unter anderem hatte sich eine Jüdin aus Kanada namens Renata zum Treffen angemeldet. Sie stand in dem Ruf, eine erfolgreiche Spezialistin für Familienzusammenführungen zu sein. Ich hegte die Hoffnung, ihr mein Anliegen darlegen zu können, musste mich aber lange Zeit gedulden. Erst am Ende unseres Treffens konnte ich mit der vielbeschäftigten Renata sprechen. Sie notierte hastig meine Angaben und verwies mich an Rose, eine New Yorkerin, die ich schon von Rychwald her kannte. Die aus Berlin stammende Rose hörte sich meine Geschichte aufmerksam an, studierte die von Renata notierten Informationen und sagte: „Gut, ich fahre ja im Anschluss an unser Treffens nach London und kann dort im „Jüdischen Zentrum“ nachfragen. Aber hier fehlen die Geburtsdaten deines Bruders.″ Obwohl ich ja schon seit langem eine Kopie von Saleks Geburtsurkunde besaß, hatte ich die Daten nicht im Kopf. Es war zum verrückt werden. Ich war verlegen und zornig auf mich selbst.
„Kein Problem“, meinte Rose beschwichtigend. Sie bliebe noch zwei Tage in Warschau, ich solle nach Hause fahren und sie im Hotel anrufen. Dies tat ich am folgenden Abend. Nachdem ich ihr das Datum genannt hatte, sagte Rose: „Nur um sicher zu gehen, buchstabiere mir noch einmal den Namen, denn er ist für Englischsprechende kaum auszusprechen. „Z wie Zola, der Schriftsteller, O wie Olga, R wie Renate, wieder Z , und A wie Anna." Am anderen Ende der Leitung herrschte offenbar Ratlosigkeit. Dann sagte Rose, dass, in ihren Notizen, die sie von Renata erhalten hatte, *Brzoza* stehe. „Oh nein!", rief ich in den Hörer. „Es muß *Zorza* heißen, was im Polnischen *Morgenröte* bedeutet. *Brzoza* wäre die Birke. Renata war wie immer in Eile und hat den Namen falsch aufgeschrieben!“ Wäre Rose nicht so verflixt pedantisch gewesen, hätte die Spur wieder einmal ins Leere geführt. Bestand mein Leben denn nur aus Zufällen? Scheinbar ja.
Rose flog nach London und ich tat das, was ich schon so oft hatte tun müssen: warten. Die folgenden Ereignisse wurden

mir erst später bekannt. Ich ahnte damals nicht, dass die weltweite „Fahndung" nach meinem Bruder Fahrt aufnahm. Rose konnte in London nichts erfahren, fand aber zu Hause in New York im Telefonbuch den Eintrag *„Zorza, Richard und Joan"* mit einer Adresse in Manhattan. Rose zögerte, die „Manhattan-Zorzas" direkt anzurufen. Ihre Recherche beruhte auf der Annahme, dass Victor Zorza verstorben und seine Tochter wahrscheinlich verheiratet sei und den Namen des Ehemanns angenommen habe. Sie schlug eine andere Fährte ein und entdeckte in der Bibliothek diverse Bücher, die von *Zorzas* verfasst waren.
Damit sollte sie Erfolg haben! Victor Zorza hatte gemeinsam mit seiner Frau Rosemary ein Buch über das Sterben ihrer Tochter Jane verfasst. Ein gewisser Richard Zorza hatte über den Studentenstreik in Harvard geschrieben und Joan Zorza war die Autorin eines Handbuchs über Familienrecht. Rose entlieh diese Bücher, las sie aufmerksam durch und setzte das Puzzle zusammen. Im dem Buch „A Way to Die" von Victor und Rosemary Zorza stand Schwarz auf Weiß, dass Victor als Jude in Polen geboren wurde und in Sibirien überlebt hatte. Er erwähnte auch seinen Sohn Richard und dessen Freundin Joan. Im Klappentext von Richard Zorzas Buch hingegen war explizit vermerkt, dass sein Vater Victor Zorza hieß! Erst jetzt rief Rose in Manhattan an, der Ball begann zu rollen. Richard bestätigte, Victors Sohn zu sein. Er hatte von seinem Vater nie etwas Konkretes über dessen Angehörige vernommen, außer der Information, dass wohl keiner den Krieg überlebt habe. Die Existenz einer noch lebenden Tante hielt er aber durchaus für möglich - und vermeldete die wundervolle Nachricht, dass Victor Zorza noch am Leben sei!

Nach einem langen Gespräch mit Rose und seiner Frau Joan entschloss sich Richard, seinen Vater anzurufen. Er zögerte aus gutem Grund, wollte er doch das schwer kranke Herz seines Vaters nicht unnötig in Aufruhr versetzen. Schließlich

aber drängte es ihn so sehr, dass er die interkontinentale Zeitverschiebung vergaß und seinen Vater frühmorgens in England anrief:
„Was ist los, bei euch ist es doch jetzt erst fünf Uhr früh! Ist alles OK?“, kam die prompte Antwort aus England.
„Ja, Vater, alles OK. Aber etwas Fantastisches ist passiert. Reg dich ja nicht auf, hörst du, es ist was Gutes."
„Ihr bekommt ein Baby!" Victor betrachtete zwar Joans beide Söhne aus erster Ehe durchaus als seine Enkel, sehnte sich aber dennoch nach einem „eigenen“ Enkelkind.
„Aber Vater, du weißt doch, dass Joan fünfzig wird.“
„Das ist doch heutzutage kein Hindernis.“
„Nein, es handelt sich um ein anderes Wunder – vergleichbar mit einer Wiedergeburt oder eher einer Auferstehung. Deine Schwester lebt vielleicht noch."
„Kann das sein?"
„Sie heißt Ruta."
„Right.“
„Dein Name war Israel."
„Right.“
„Ihr wohntet ... in der Pilsudskistraße 2 in Kolomea.“ Nun war es an Victor, nicht abwarten zu können. Später sagte mir Richard: „Es war, als hätte er fünfzig Jahre auf diesen Anruf gewartet.“ Tausende von Überlebenden haben auf solche Anrufe gewartet, die meisten vergeblich.
Nachdem er den Hörer aufgelegt hatte, brach Victor in Tränen aus und umarmte seine Lebensgefährtin Eileen. Dann wählte er eine Nummer in Polen, wieder und wieder, bis sich endlich eine Frauenstimme meldete. An diesem Tag, es war der 20. Juni 1994, hielt der Mahlstrom der Zeiten für einen Moment inne - dreiundfünfzig Jahre nachdem das Schicksal uns auseinander gerissen hatte.
Ich telefonierte mit meinem Bruder. Fragen, Antworten und Tränen vermischten sich. Wo sollten wir anfangen, nach all den Jahren? Keiner konnte einen klaren Satz herausbringen.

Wir schluchzten uns Kindheitserinnerungen zu, wollten Bestätigungen für diese und jene Episode aus der Vergangenheit, übersprangen ein halbes Jahrhundert. Die Bücher, die wir während des Frühstücks gelesen hatten; die Zuckerdose auf dem Tisch, ein permanentes Streitobjekt, weil jeder sie als Stütze für sein Buch haben wollte. Franias rote Stiefel, Vater und Mutter, Pawel, der Sabbat, so vieles auf einmal. Er fragte nach unseren Eltern, und ich antwortete ausweichend, dies wäre nichts für das Telefon. Dann vereinbarten wir ein weiteres Ferngespräch.

Ich tanzte umher, rief aus dem Fenster meiner Freundin Janina die herrliche Neuigkeit zu. Bald darauf kreuzte sie mit meiner Tochter auf und verabreichte mir ein Beruhigungsmittel. Inzwischen rief Victor seinen Sohn an, dieser verständigte seine Frau Joan, die wiederum ihre beiden Söhne informierte. Schließlich erfuhr auch Rosemary, Victors Ex-Frau, von den Ereignissen. Und selbstverständlich auch Dasia und Rose, die das Ganze eingefädelt hatten. Ich dagegen rief die „Kinder" in Warschau an. Der Jubel reiste um die halbe Welt.

14. London

Einige Tage später saß ich im Flugzeug auf dem Weg nach London. Was war in den letzten Tagen geschehen? Ich bekam kaum mit, was um mich herum vorging. Salek rief mich jeden Morgen und jeden Abend an.
Nun wusste ich ein wenig mehr über ihn, aber nicht genug. Wie würde dieser bekannte Journalist Victor Zorza wirklich sein? Würde ich nach so langer Zeit noch denselben Salek vorfinden, den ich als Mädchen so bewundert hatte? Vielleicht war er ein ganz anderer geworden, geprägt durch die Jahrzehnte, die er in einer mir fremden Kultur verbracht hatte. Wie würden die ihm Nahestehenden in England und Amerika sich mir gegenüber verhalten? Ich hatte einiges über die sprichwörtliche angelsächsische „Reserviertheit" gelesen, dass man Gefühle nicht zeigen dürfe. Würden sie eine kleinstädtische Polin akzeptieren? Ich könnte ja nicht einmal mit ihnen sprechen, obwohl ich mich seit dem Treffen in Rychwald mit einem „Teach yourself"-Buch in Englisch rumplagte. Damals wollte ich lediglich den amerikanischen Rabbi Michael verstehen; nun ging es aber um viel mehr. Vor allem die engliche Aussprache schien mir für Menschen mit slawischer Muttersprache schier unüberwindbar.
Fragen über Fragen, Ängste über Ängste. „Abwarten, die Dinge langsam an sich herankommen lassen", sagte die eine Gehirnhälfte besänftigend zur anderen. Das leise, monotone Brummen der Triebwerke entspannte mich. Ich schloss die Augen und ließ mich in die Vergangenheit gleiten.

*

Salek war der Erste, der uns durch den Krieg entrissen wurde. Als Ostpolen Stalin zufiel, fand mein Bruder dies unerträglich. Für den in der Geschichte Polens versierten Büchermenschen war der rasche und vollkommene Zusammenbruch Polens unbegreiflich. Er verstand die Welt nicht mehr. Allmählich aber ließ der Schock nach, und mit der geistigen Beweglichkeit eines jungen Menschen griff er die kommunistischen Ideen von Gleichheit und einer gerechten Gesellschaft auf. Immer schon war er auf der Seite der Schwächeren gestanden, zudem träumte er von weiten Reisen und Abenteuern. Er beneidete seine nichtjüdischen Klassenkameraden, weil sie Pfadfinder sein durften, was ihm verwehrt war. Begeistert von den sozialistischen Versprechungen, legte er das rote Halstuch der sowjetischen Pionierjugend an, eilte zu jeder Zusammenkunft in den neueröffneten „Pionierpalast". Dabei hatte er allerdings mit zwei Problemen zu kämpfen. Zunächst einmal trauten die Sowjets der polnischen „bourgeoisen" Jugend nicht so recht über den Weg. Die neuen Herrscher waren skeptisch. Darüber hinaus – und das war wohl noch gravierender - missbilligten unsere Eltern seine neue politische Ausrichtung massiv. Der arme Salek stand also unversehens zwischen allen Fronten. Immer wieder versuchte Vater ihm klarzumachen, dass er sich nicht so sehr engagieren sollte und nichts Gutes bei der Sache herauskommen würde. Als diese Mahnungen wirkungslos verpufften, brachen immer heftigere Streitereien aus, bis Salek sich eines Tages sogar mit Pawel raufte, der Vaters Partei ergriffen hatte. Salek wurde das schwarze Schaf der Familie. Die Dinge schaukelten sich so schrecklich hoch, dass Papa nach einer neuerlichen Auseinandersetzung sagte, er wolle einen solchen Sohn nicht mehr haben, worauf Salek weglief und über Monate nichts von sich hören ließ. Schließlich fand Papa heraus, dass er sich in einem Lemberger Kinderheim aufhielt, und holte ihn wieder nach Hause. Dies geschah im Juni 1941 - der deutsch-russische Krieg stand vor der Tür. Am 22. Juni überfiel die Deutsche Wehrmacht die Sowjetunion, und in Windeseile retteten die sowjetischen „Heroen" Ostpolens ihre Haut. Sie verließen Kolomea in Richtung Russland, mit ihnen ging mein Bruder Salek.

Wahrscheinlich um mich zu schützen erzählten meine Eltern mir damals, dass Salek in einem Internat in einer fernen Stadt die Schule abschließen würde. Erst später im Ghetto schenkten sie mir reinen Wein ein und ließen sich mich wissen, er sei mit den Sowjets geflohen. Sicherlich war es schwierig für meine Eltern abzuwägen, was man der kleinen Rutka zumuten durfte und was nicht. Die Wahrheit war zu schrecklich, musste dosiert werden. Vieles erfuhr ich erst zeitverzögert. Erst nach dem Sprung aus dem Todeszug eröffnete mir Mama, dass mein Bruder Pawel von den Deutschen ermordet worden sei. Saleks Flucht, auch das habe ich erst später erfahren, geschah mit ausdrücklicher Billigung meiner Eltern. Später berichtete Mama, dass sie und Vater erst im Ghetto begriffen hätten, wie berechtigt Saleks permanente Forderung gewesen war, uns alle nach Osten in Sicherheit zu bringen. Eine späte Erkenntnis. Die Hoffnung jedoch, dass Salek durchkommen würde, war im Ghetto für uns ein großer Trost. Je schlechter die Situation für uns wurde, desto mehr klammerten wir uns an den Strohhalm, dass zumindest einer von uns überleben würde.

*

„Bitte anschnallen! Das Flugzeug wird in wenigen Minuten landen. Die Temperatur in London ist..."

Oh Gott! Das Herz schlug mir bis zum Hals. Sind wir schon da? Werde ich ihn wirklich in ein paar Minuten sehen?

Zahllose Koffer rollten eine Ewigkeit auf dem Förderband an mir vorbei, meiner natürlich nicht. Als ich ihn endlich zu fassen bekam und durch die letzte Sperre schleppte, stand ich in einer riesigen Halle einer unübersehbaren Menschenmenge gegenüber.

Wie vereinbart schwenkte ich ein rosa Tuch über meinem Kopf und fragte mich, wie lange ich dies wohl durchhalten müsste, als jemand rief: „Da ist sie!" Ein kahlköpfiger Mann mit einem grauem Bart löste sich aus dem Trubel und stürzte mit geöffneten Armen auf mich zu. Wir umarmten uns und weinten. „Weine nicht, Rutka", tröstete er mich mit erstickter Stimme. „Wir sollen jetzt nicht mehr weinen, wir sollen nur noch glücklich sein."

Lange standen wir so da. Keiner von uns beiden war mehr jung, und die Zeit hatte ihre Spuren hinterlassen. Aber wir schauten durch die Jahrzehnte hindurch, bis ich wieder den Jungen mit dem dichten schwarzen Lockenschopf sah, und er das kleine Mädchen mit der Schleife im Haar. Eine Frau mit einem Blumenstrauß näherte sich uns, und wir - ein alter Mann und eine alte Frau - kehrten zurück in die Gegenwart. „Welcome to England. Welcome to your brother's home", begrüßte mich seine Lebensgefährtin Eileen und überreichte mir die Blumen. Ich musste mir diese Worte nicht ins Polnische übersetzen lassen und verstand auch so, dass ich willkommen war.
Sie lebten außerhalb Londons in einem Dorf, in dem rote und grüne Farben vorherrschten. Aus roten Ziegeln bestand auch ihr Haus namens *Dairy Cottage*, und in üppigem Grün präsentierte sich der große, alte Garten, umgeben von einem weitläufigen Wiesenhang. Rundum behagliche Ruhe. Ich empfand plötzlich einen inneren Frieden, den ich schon lange vermisst hatte. Ich war am Ende meiner Reise angekommen.

Es dauerte einige Zeit, bis sich der Gefühlssturm in mir legte und das Karussell der wirren Fragen und Antworten an Fahrt verlor. Ich fragte meinen Bruder, wie ich ihn nennen sollte, und er erwiderte: „Alle, die mir nahe stehen, kennen mich als Victor, daher möchte ich das nicht ändern. Aber zwischen uns beiden bleibe ich Salek, der Junge aus Kolomea. Nenne mich, wie Vater es getan hat und Mutter, wie Pawel, Frania und die andern, die man aus unserem Leben riss." Und so hielten wir es.

Nach dem Frühstück auf der Terrasse saßen wir am nächsten Morgen im Halbschatten einer Weide, deren tief gebeugte Äste über das Ufer eines kleinen Teiches ragten.
„Erzähl mir jetzt, was alles passiert ist, seit ich von zu Hause fort bin", sagte Salek. „Dann werde ich von mir berichten. Lass dir Zeit, davon haben wir hier reichlich." Zeit! Ich wusste, wie es um sein Herz stand und dass wir womöglich eben nicht mehr allzu viel davon haben würden. Die Uhr tickte. Vormittags, bevor der Sauerstoffmangel ihn ermüdete, ging es ihm relativ gut und er war aufnahmefähig. Das Denken war seine Lebensaufgabe, und er gab sich ihr bis zur Erschöpfung hin. Nicht einmal seine Erkrankung hielt ihn davon ab.

So begann also unsere tägliche Berichterstattung, die, wie vereinbart, einen ganzen Monat lang andauern sollte. Länger wollte ich meinen ersten Besuch keineswegs ausdehnen, da ich ja nicht wusste, was für ein Mensch mein Bruder geworden war, ob wir einander verstehen würden und ob die in unserer Kindheit so starke Beziehung sich ohne weiteres erneuern ließ. So saßen wir auf der Terrasse: zwei Kinder, vom Schicksal fest am Genick gepackt, ohne Mitleid auseinander gerissen und in den Mahlstrom der Zeiten geschleudert.
Die nächsten Wochen gehörten nur zu uns beiden. Wir erzählten und erzählten. Und viele Fragen begannen mit der Wendung: „Weißt du noch ..."

15. Die Geschichte meines Bruders

Meine Anwesenheit hatte den bisher üblichen Tagesablauf in *Dairy Cottage* ordentlich durcheinander gebracht. Irgendwann erinnerte Eileen, Victors neue Lebensgefährtin, meinen Bruder diskret daran, dass er etliche dringende Briefe zu schreiben habe, und man fragte mich behutsam, ob ich etwas dagegen hätte, den Vormittag allein zu verbringen. Ich hatte nichts dagegen. Für mich war es sogar eine Chance, die Dinge in Ruhe zu ordnen. So fand ich einen mir angenehmen Platz im Garten und versuchte in Ruhe und Abgeschiedenheit, die Fäden zu verweben und die Geschichte meines Bruders zusammenzufügen. Ein gigantisches Puzzle, das ein halbes Jahrhundert umfasste, lag vor mir.

*

Salek hatte zwei Kinder, einen Sohn und eine Tochter. Jane starb mit fünfundzwanzig Jahren an Krebs. Die grausame Krankheit ließ sie furchtbar leiden, aber schließlich gewährte ihr der Aufenthalt in einem Hospiz ein würdiges Sterben. Kurz vor ihrem Tod nahm Jane ihren Eltern das Versprechen ab, der Welt über humane Hospizbewegung zu berichten. Victor und seine Frau Rosemary lösten ihr Versprechen mit dem Buch „A Way to Die" ein, das in viele Sprachen übersetzt wurde.[1]

Nach Janes Tod verschlechterte sich das Verhältnis der beiden massiv. Victor, der Denker, war wahrlich kein fürsorglicher Gatte; häusliche Arbeiten ignorierte er weitgehend, ohne Rosemary hätte sich der Garten von *Dairy Cottage* in einen Dschungel verwandelt. Allein seine journalistische Arbeit zählte. Als Rosemary an Brustkrebs erkrankte, verschwand Victor in ein einsames, gottverlassenes Dorf nach Indien. Es

---

[1] Deutsche Ausgabe: Die Chronik eines Abschieds. Ullstein-Verlag 1983

kam, was kommen musste. Rosemary traf ihre „alte Liebe" Peter wieder, der sich, mittlerweile verwitwet, ihrer annahm. Aus ersten Begegnungen wurde Liebe. Rosemary ließ sich von Victor scheiden und heiratete Peter.
Zu spät erkannte der mittlerweile aus Indien Zurückgekehrte, was geschah. Enttäuscht und verbittert zog er sich zurück und stürzte in eine ernsthafte Lebenskrise. So schloss er sich von seiner Umwelt ab, mied jeden sozialen Kontakt und schickte sogar seinen Sohn Richard fort, als dieser ihn in *Dairy Cottage* besuchte. Sein Herz machte Schwierigkeiten, doch als die Ärzte zu einer Operation rieten, winkte er ab. Er wollte arbeiten, solange er konnte, hing nicht mehr allzu sehr am Dasein, vernachlässigte sich und sein Heim. Der Garten verwandelte sich nun tatsächlich in einen wahren Dschungel.
Ich weiß nicht, ob ich Victor noch lebend begegnet wäre, hätte er nicht Eileen kennen gelernt. Durch sie schmeckte er langsam wieder die „Würze des Lebens". Sie wurde eine Gefährtin, die ihm beistand, nicht zuletzt bei seiner Arbeit. Vielleicht war es auch Eileen, die ihn ermutigte, „Readers Digest" ein Interview zu gewähren, aus dem dann jener Artikel entstand, der mir bei meiner Suche so entscheidend weiterhalf.[1] Vielleicht aber gab Victor das Interview auch deshalb, weil er für das neue Projekt der russischen Hospiz-Bewegung werben wollte. Der Artikel erschien 1992, wurde in viele Sprachen übersetzt und fiel dann schließlich jenem israelischen Kolomea – Überlebenden in die Hände, mit dem ich in Jerusalem auf Vermittlung von Bezio telefoniert hatte. So schloss sich der Kreis.

Victor widerstrebte es, über seine Erlebnisse im Krieg zu sprechen. Das hing wesentlich mit einer Amnesie zusammen, die ihm immer wieder Teile seiner Naherinnerung raubte.

---

[1] Lawrence Elliot, The Four Missions of Victor Zorza. Reader´s Digest. London 1992

Diese Amnesien dauerten zwar meist nur einige Stunden, verursachten aber „blinde Flecken". Deshalb konnte er nicht alle Ereignisse rekonstruieren, die zwischen seiner Flucht aus Polen und der Ankunft in England lagen. So war er sich nie sicher, ob das von ihm Erzählte wirklich so stattgefunden hatte. Kein Wunder also, dass er – der akribische Journalist – lieber schwieg.

Auch in England quälte ihn diese merkwürdige Form der Amnesie. Eines Tages wachte er in einem britischen Hospital auf und wusste nicht, wer er war. Alles war weg! Er entsann sich weder seines wahren noch des angenommenen Namens, nicht seiner Vergangenheit und auch nicht seiner fiktiven Biographie, die ihn ja schützen sollte. Die Ärzte versuchten, ihm sein Gedächtnis zurückzugeben, und fütterten ihn mit Informationen über diesen jungen Polen namens Victor Zorza. Tage und Wochen vergingen, bis die Erinnerung nach und nach zurückkehrte, wobei manche Ereignisse - insbesondere der jüngeren Vergangenheit - verborgen blieben, wie in einem dichten Nebel.

Besser stand es um sein Erinnerungsvermögen, was Kolomea betraf. Salek hat mir über sein letztes Gespräch mit unserem Vater folgendes berichtet:
„Damals führte ich das erste, wirklich ernsthafte Gespräch mit Vater. Er hörte mir aufmerksam zu und versuchte sogar, mich zu verstehen. Ich riet ihm, mit der ganzen Familie vor den heranrückenden Deutschen zu fliehen, und warnte ihn vor der Gefahr, in der wir Juden waren. Warum begriff er das nicht? Wir mussten ohnehin nicht viel aufgeben, nachdem die Sowjets uns enteignet hatten. Aber offenbar wollte er nicht ins Unbekannte flüchten und hielt stur daran fest: die schlimmen Dinge würden bald vorübergehen. Vater hatte die Deutschen im Ersten Weltkrieg erlebt und war überzeugt, dass sie gar nicht so schlecht sein konnten. Für ihn waren sie eine große

Kulturnation, die der Welt einen Goethe, einen Bach, einen Schiller und andere Geistesgrößen geschenkt hatte. Unser Volk, sagte Vater, habe schon öfter Unterdrückung erlitten und überstanden - so würde es auch diesmal sein. Wenn ich jedoch unbedingt mein Heil in der Sowjetunion suchte, wolle er mir nicht im Weg stehen und mich den abziehenden Russen in Obhut geben. Er äußerte auch, wie froh er über unser offenes Gespräch wäre und darüber, dass es nicht im Zorn endete. „Gott sei mit dir, Sohn", sagte er schließlich, „und nach dem Krieg werden wir ja sehen, wer Recht behalten hat." Und setzte noch hinzu: „Wenn wir überleben." Mama gab mir ein paar Sachen mit, Essen und etwas Geld. Natürlich weinte sie, als ich mit dem Russen wegging."
Mamas Erzählung, dass Salek mit ihrer und Vaters Billigung nach Russland geflüchtet sei, hatte also der Wahrheit entsprochen. Endlich hatte ich die Chance, die Bruchstücke und Fragmente zu einem sinnvollen Ganzen zusammenzusetzen.

Salek berichtete weiter: „Die Kriegsereignisse holten uns auf der Flucht ein. In einem kleinem Städtchen dicht an der ehemaligen polnisch-russischen Grenze waren weder Russen noch Deutsche. Doch wimmelte der Ort von bewaffneten ukrainischen Nationalisten, die alte Rechnungen mit den ansässigen Juden und Kommunisten beglichen. Sie trieben uns mit vielen anderen zusammen und sperrten uns in der Feuerwache ein. Dann riefen sie uns einzeln zum Verhör, welches hauptsächlich aus brutalen Schlägen bestand. Das ist alles, woran ich mich erinnern kann. Noch Jahre danach träumte ich diesen Alptraum: Menschen heben Gruben aus, werden hineingestoßen. Dann lautes Gewehrfeuer und zuletzt tödliche Stille. Ich habe lange Zeit versucht herauszufinden, was wirklich passiert ist, habe alles über Massaker während des deutschen Vormarsches gelesen, über Massenmorde in Lemberg, Zloczow und anderen Städten, die auf unserem

Fluchtweg lagen. Vergeblich. Und ich weiß bis heute nicht, was mit mir damals geschehen ist."
„Da gibt es ein riesiges Loch", mein Bruder deutete auf seinen Kopf, „bis zu dem Zeitpunkt, an dem ich in Russland bin. Genauer gesagt, in Sibirien. Die deutschen Truppen siegten damals noch an allen Fronten und stießen immer weiter nach Osten vor. In den Weiten der schweigsamen Taiga hatte sich jedoch nicht viel geändert."

Wie andere deportierte Polen und polnische Juden konnte Salek in der menschenfeindlichen Lebenswelt Sibiriens kaum sein Leben fristen. Er teilte das Schicksal mit vielen anderen polnischen und jüdischen Flüchtlingen, die vom ewig misstrauischen Sowjetregime zur Zwangsarbeit nach Sibirien verbannt wurden. Sie hausten in armseligen Holzhütten, litten an Hunger und Kälte. Von früh morgens bis spät abends mussten sie Bäume fällen. Wenn sie die Quote nicht erfüllten, wurden die kargen Rationen gekürzt.
Während der langen, frostklirrenden Winternächte sprach er mit seinen Schicksalsgenossen. Nicht alle waren Polen, die vom Sowjetregime als potenzielle Gegner eingestuft wurden. Es gab auch zahlreiche Russen. Viele von ihnen waren Kommunisten und der Revolution treu ergeben, aber im Rahmen der stalinistischen Säuberungen in Ungnade gefallen. Die schrecklichen Gerüchte über die deutschen Gräueltaten verbreiteten sich bis in das ferne Sibirien. Salek entwickelte Schuldgefühle, weil er nicht in Kolomea geblieben war, um seiner Familie beizustehen. In Tagträumen fantasierte er, wie er nach Hause zurückkehrte, uns das Leben rettete und auf diese Art seinen Fehler wieder gutmachte.
Er beschloss wegzulaufen, sich durch die Fronten zu schlagen und heimzukommen. Fantasien eines Halbwüchsigen – beinahe aber hätte er es tatsächlich geschafft. Er entkam dem Arbeitslager und der schier endlosen Taiga, durchquerte als heimatloser Flüchtling ein riesiges Land, verbarg sich in

Güterzügen, lag auf rumpelnden Bauernwagen, marschierte sich die Füße wund. Essen musste er sich irgendwie ergattern, nur selten durfte er unter einem Dach schlafen. Es waren vor allem die russischen Bauern, die verachteten *Muschiks,* die Ärmsten der Armen, die ihm halfen. Gastfreundlich teilten sie ihre magere Kost mit dem dahergelaufenen Jungen, ließen ihn ein paar Stunden rasten und gaben ihm Brot mit auf dem Weg. Nie verrieten sie ihn, obgleich sie sicher begriffen hatten, dass er auf der Flucht war.

In dieser Zeit erfasste ihn eine merkwürdige Leidenschaft. Er wollte verstehen, wie sich ein derart totalitäres System hatte entwickeln können. Er fragte sich, warum die russische Revolution ihre eigenen Kinder fraß. So stellte er den Leuten, die er unterwegs traf, immer wieder bohrende Fragen. Aber sie antworteten ihm nicht. In dem politischen Klima der Angst war keiner bereit, offen über solche Themen zu sprechen. Stattdessen berichteten sie von den Hungersnöten der 30er Jahre, von der Zwangskollektivierung in der Landwirtschaft, von den Kulaken, die verfolgt und beseitigt wurden, von der Entvölkerung ganzer Dörfer. Dabei vergaßen sie jedoch nie hinzuzufügen, dass es ihnen ohne diesen „verdammten Krieg" gewiss besser gehen würde.

Salek begann nach anderen Informationsquellen zu suchen. Unentwegt las er Zeitungen, kommunistische Flugblätter und andere Propagandaschriften. Während sonst im Lande ein stetiger Mangel an allem herrschte, war ideologische Literatur massenhaft erhältlich. Er suchte kleine Provinzbibliotheken auf und sammelte achtlos weggeworfene Zeitungen. Auf diese Art verschaffte er sich ein eindrückliches Bild von dem allenthalben propagierten „Paradies der Werktätigen". In dieser Zeit, irgendwo zwischen Ural und Bug, verwandelte sich der einstmals „linke" Oberschüler zu einem dezidierten Kritiker des marxistisch-leninistischen Regimes.

Salek war bettelarm, besaß nur das, was er auf dem Leib trug, und sein Schuhwerk bestand aus Autoreifensohlen, altem Filz und Lumpen, mit Schnüren um die Füße gebunden. Ein alter grüner Militärmantel diente nachts als Schlafdecke.

Nach den monatelangen Wanderungen wurde er mit anderen Umherstreunenden kurz vor der Frontlinie von Rotarmisten aufgegriffen. Sie sollten Panzergräben ausheben, um den unglaublich rasanten Vormarsch der Deutschen aufzuhalten oder zumindest zu verlangsamen. Als die Arbeitskolonne in Richtung Front marschierte, tauchten plötzlich deutsche Flugzeuge am Himmel auf. Bomben explodierten. Salek warf sich in den Straßengraben und zwängte seinen mageren Körper in ein enges Abwasserrohr.

Ringsum mähte der stählerne Tod das menschliche Getreide. Die deutschen Stukas kehrten um und bestreuten die Straße mit Maschinengewehrfeuer. Als sie endlich abdrehten, war der Junge in dem Betonohr vor panischer Angst wie gelähmt und hatte noch immer das kreischende Bersten der Bomben, das helle Aufklatschen der Geschosse und die gellenden Schreie der Sterbenden im Ohr. Es dauerte lange, bis er wieder auf die Straße ging, wo ihm unvermittelt klar wurde, dass er die Kampflinie nicht lebend würde überschreiten können. So marschierte er in das große Russland zurück. Er erreichte im Sommer 1942 die Stadt Kujbyschew an der Wolga, fast zeitgleich mit der sowjetischen Regierung, die sich aus dem von deutschen Truppen bedrohten Moskau abgesetzt hatte. Er beschloss, in der restlos überfüllten Stadt zu bleiben. Sein Dasein war erbärmlich und ein permanenter Kampf! Er suchte Essensreste aus Abfalleimern, erbettelte Brot, schlief in Parkanlagen oder dunklen Winkeln der Bahnhöfe.

Eines Morgens las er in einem Aushängekasten die *Prawda* und stieß auf die Notiz: „Wir freuen uns bekannt zu geben, dass der berühmte Schriftsteller Ilja Ehrenburg[1] nach längerem Auslandsaufenthalt unsere Stadt als Wohnsitz gewählt hat." Sein Wissensdurst kam ihm nun zu Gute. In Kolomea hatte er sich mit dem Anarchismus beschäftigt und dabei auch einige Publikationen Ehrenburgs gelesen. Er schätzte die Philosophie dieses rebellischen Autors und entschloss sich, die Chance zu nutzen, sein großes Idol persönlich kennen zu lernen.

Einige Tage später stand der Junge im zerlumpten, viel zu großen Soldatenmantel im Arbeitszimmer des berühmten russischen Schriftstellers.

„Ich bin ein Bewunderer Ihrer Werke."

„Wirklich? Und was haben Sie zum Beispiel von mir gelesen?"

„Die seltsamen Abenteuer des Julio Jurenito und seiner Jünger"[2], kam die prompte Antwort. Dieses Buch war seit langem aus dem Handel und aus allen öffentlichen und privaten sowjetischen Bibliotheken verschwunden. Allein sein Besitz barg große Risiken. Ehrenburg zeigte sich beeindruckt und willens, dem jungen Menschen zu helfen. Er gab ihm Essen, Kleidung, organisierte einen Schlafplatz für ihn und brachte ihn als Lehrling in einer Eisenbahnfabrik unter, was ein großes Maß an Sicherheit sowie die Ausstellung amtlicher Papiere bedeutete. Die beiden ungleichen Außenseiter der russischen Gesellschaft schlossen Freundschaft, und Salek gestand dem zu Ehren gelangten Literaten seinen sehnlichen Wunsch, ebenfalls Schriftsteller werden zu wollen. Ehrenburg nahm Saleks Idee durchaus ernst, sagte aber: „Hör zu, was

---

[1] Ilja Grigorjewitsch Ehrenburg (1891 – 1967): russischer Schriftsteller und Journalist, 1942 und 1948 mit dem Stalin-Preis ausgezeichnet. Zeitlebens immer wieder im ideologischen Streit mit dem Sowjetregime. Seine Bücher wurden über Jahrzehnte indiziert und er durfte jahrelang keine Werke publizieren. Berüchtigt wurde Ehrenburg durch seine Hass-Parolen im 2. Weltkrieg, mit denen er die Soldaten der Roten Armee zu Gräueltaten aufforderte: „Die einzige historische Mission, wie ich sie sehe, besteht bescheiden und ehrenwert darin, die Bevölkerung in Deutschland zu vermindern" (1944).

[2] 1921 im belgischen Exil verfasster Roman. Seit den 30er Jahren in der Sowjetunion indiziert.

immer du einmal sein möchtest, die Sowjetunion ist nicht der richtige Ort für dich. Du bist Pole, ein polnischer Jude, wurdest drüben geboren und hast die dortige Kultur in dir aufgenommen. Sieh zu, dass du von hier fortkommst."

Etwa zu dieser Zeit trat die sowjetische Regierung in Verhandlungen mit dem polnischen General Sikorski. Die Idee bestand darin, die in Russland internierten Polen freizulassen, damit sie sich einer polnischen Armee anschließen konnten, um gegen Deutschland zu kämpfen. Ehrenburg wusste von dem Plan, in England eine kleine polnische Luftwaffeneinheit zu schaffen.
Er riet Salek, sich freiwillig zu melden, Englisch zu lernen und sich mit der Fliegerei zu beschäftigen. „Vor allem aber musst du deinen Namen ändern. Denn die nehmen ganz sicher keinen Juden in eine solche Eliteeinheit auf. Wahrscheinlich sind viele von ihnen waschechte Antisemiten." Er folgte Ehrenburgs Rat, ging in eine Bibliothek, eignete sich einige englische Redewendungen an und las über Flugzeuge.
Lange überlegte er, welchen neuen Namen er sich zulegen sollte. Nicht viele Menschen haben die Möglichkeit, als Erwachsene ihren Namen selbst zu wählen. Salek war immer ein unverbesserlicher Idealist gewesen, der davon träumte, ein Held zu sein und die Menschheit zu retten. So schien als Vorname *Victor* recht geeignet - der *Sieger*. Als Familiennamen wählte er *Zorza,* was auf Polnisch so viel wie *Morgenröte* bedeutet. Ein Synonym für Hoffnung.

Im Frühling 1943 erreichten die künftigen Kampfflieger England, und einer dieser Freiwilligen war Victor Zorza. Ein junger Pole, der angeblich bei den Pfadfindern im Segelfliegen ausgebildet worden war und ein wenig Englisch beherrschte. Nach der Grundausbildung wurde er auf eine polnische Schule in Glasgow geschickt, in der er seine Sprachkenntnisse derart verfeinerte, dass er zum Dolmetscher avancierte.

Schließlich kommandierte man ihn zur Aufklärungseinheit der polnischen Staffel 301 ab, die ihre Basis in Süditalien hatte. Von dort aus flogen sie hinter die feindlichen Fronten, um Verbindungen mit Widerstandsgruppen in verschiedenen Ländern, inklusive Polen, herzustellen oder aufrecht zu halten. Seine Freizeit verbrachte er vorwiegend mit Lesen.
Er vertiefte sich in englischsprachige Bücher über Geschichte, Wirtschaftskunde und Philosophie sowie in kommunistische Literatur. Noch immer suchte er nach Antworten auf viele Fragen, mit denen er sich bereits auf seiner Odyssee durch die Steppen Russlands beschäftigt hatte: Wie konnten ein Stalin oder ein Hitler sich der Welt aufdrängen? Was ermöglichte diesen rücksichtslosen und menschenverachtenden Diktatoren ihren steilen Aufstieg? Und warum wandten sie sich am Ende gegeneinander? Es war genau jenes verzweifelte Suchen nach schlüssigen Befunden, das ihn später namhaft und berühmt werden ließ.

Als er nach Kriegsende aus der Armee entlassen wurde, blieb mein Bruder wie Hunderttausende andere Polen in England. Zu wem hätte er auch zurückkehren können? Alle ehemaligen Soldaten erhielten eine gewisse finanzielle Unterstützung, bis sie im Privatleben wieder Fuß fassten. Eines Tages las Victor in einem Zeitungsinserat, dass die BBC Mitarbeiter suche, die eine slawische Sprache beherrschten und einige Kenntnisse über die Sowjetunion hätten. Victor kam dem Sender wie gerufen. Man engagierte ihn als Kommentator für Sendungen aus dem Ostblock. Er lernte Rosemary kennen und nahm sie zur Frau. Nebenbei schrieb er für den „Manchester Guardian". Kurz darauf starb Stalin, und Victor schuf sich durch seine profunden Artikel beim „Guardian" einen Namen. Einige Jahre arbeitete er dann in leitender Position bei „Radio Freies Europa" in München. Noch als Kommentator der BBC hatte er es zu seiner Mission gemacht, die Welt vor Stalin zu warnen. Mehr denn je analysierte er russische Zeitungen, begnügte sich

dabei aber nicht mit den ellenlangen Leitartikeln, sondern prüfte auch sorgfältig die scheinbar nebensächlichsten Meldungen. So kam er zu Informationen, die sich hinter den offiziellen Texten verbargen. Dieser immense Aufwand machte sich bezahlt. Mit einer verblüffenden Treffsicherheit prognostizierte er so manche Schachzüge und Entwicklungen in Osteuropa. Seine Kolumne „Die Kommunistische Welt", die er im „Guardian" publizierte, fand weltweite Beachtung.
Während des ungarischen Aufstands von 1956 fuhr er nach Budapest und wurde Augenzeuge des heldenhaften Kampfes gegen den *Panzerkommunismus*, wie man ihn später nannte. Als die Russen am Ende militärisch triumphierten, musste mein Bruder den Schutz der britischen Botschaft in Anspruch nehmen und hatte wieder einmal erhebliche Schwierigkeiten, dem sowjetischen Machtbereich zu entkommen.

1968 verursachte der tschechoslowakische Versuch, einen Kommunismus mit menschlichem Antlitz zu etablieren, eine internationale Krise. Victor sah - im Gegensatz zu vielen seiner Kollegen - die Invasion russischer Truppen voraus. Bald darauf rollten sowjetische und auch polnische Panzer durch Prag, und ihm wurde der "Journalist of the Year Award" verliehen.
In einem Interview im Jahre 1969 sagte er: „Innerhalb der nächsten fünfzehn Jahre wird die kommunistische Welt viele politische Praktiken übernehmen, die wir als demokratisch erachten, und auch die Presse wird freier berichten können." Was damals visionär anmutete, ging in entsprechender Zeit unter den Begriffen *Glasnost* und *Perestroika* in die Geschichte ein. 1970 ließen sich Victor und Rosemary in Washington DC, nieder, wo er für die "Washington Post" schrieb und an der John-Hopkins-Universität vor einem renommierten Publikum über seine Methoden der journalistischen Analyse sprach. Den Sommer verbrachte das Ehepaar jedoch immer in England, und dort entdeckte eines Tages die Tochter Jane eine harte

Schwellung an ihrem Fuß. Das unerbittliche Schicksal nahm seinen Lauf: Operationen, zahllose Chemotherapien. Vergebliche Anstrengungen. Janes Lebenslicht erlosch im Juni 1975 für immer.

Eine neue Leidenschaft erfasste ihn: die Probleme der Dritten Welt. 1981 begab er sich nach Indien und lebte jahrelang in einem armseligen Dorf in den Ausläufern des Himalaja. Er hauste dort wie die Einheimischen und schrieb über ihren harten Alltag eine Artikelserie unter dem Titel „Die Stimme des Dorfes". Die Aufsätze wurden zunächst vom "Guardian" und der "Times" veröffentlicht, später dann in viele Sprachen übersetzt. Bereits an einer Herzkrankheit leidend, schrieb er in einem seiner Briefe aus dem indischen Dorf: „Abgesehen davon, dass ich Rosemary vermisse, bin ich hier so glücklich wie noch nie. Dies wäre ein guter Ort zu sterben."
Er verbrachte insgesamt acht Jahre in Indien und kam nur gelegentlich nach England. Wie bereits erwähnt, zahlte er für seine Rastlosigkeit einen hohen Preis. Rosemary trennte sich von ihm.

Im März 1989 legte er bei einem Rückflug nach London einen Zwischenaufenthalt in Moskau ein. Dort traf er sich mit russischen Journalisten, die das Buch über Jane gelesen hatten und ihm zeigten, wie krebskranke Menschen in dem großen Land leiden mussten. Victor blieb ein halbes Jahr in Russland und besuchte die überfüllten Krankenhäuser in Moskau und Leningrad. Er kämpfte gegen die sowjetische Bürokratie. Man wollte seine leidenschaftlichen Appelle um Hilfe für die ausgegrenzten Todgeweihten nicht hören. Doch er gab nicht auf, „denn Menschen müssen heute nicht in Furcht und Schmerz zugrunde gehen, und ich kann ihnen helfen. In einem gewissen Sinn war mein ganzes Leben eine Vorbereitung für diese Aufgabe." So hatte er seine letzte Mission gefunden, die ihn bis zu seinem letzten Atemzug beschäftigte: der Aufbau einer Hospizbewegung in Russland. 1990 weihte er in St. Petersburg das erste Hospiz ein. Bis zum heutigen Tag ist sein Name in der Hospizbewegung bekannt; der „Victor Zorza Hospice Trust“ setzt sein Werk fort. Der halbwüchsige Junge aus Kolomea, dem die Welt teilweise so übel mitspielte, hat Spuren hinterlassen. Positive Spuren.

16. Sechs Millionen und Kartoffelbrot

Eines Tages gab Victor mir ein Exemplar von „A Way to Die“, versehen mit einer Widmung:

„Liebe kleine Schwester, es ist so lange her, seit jemand über deine Haare strich, und ich hoffe, wir können die verlorene Zeit ein wenig wettmachen. Dir war es nicht möglich, Jane kennen zu lernen, so nimm dieses Buch, gefüllt mit den Gedanken und Träumen meiner geliebten Tochter. Dein Salek-Victor, London im Juni 1994

Ich las die ganze Nacht hindurch. Das Buch fesselte mich, berührte mich – an Schlaf war nicht zu denken. Als ich mit dem Buch zu Ende war, dämmerte der Morgen und die Vögel von *Dairy Cottage* begannen zu singen. Jane, meine Nichte, die ich nie kennengerlernt hatte, von der ich noch nicht einmal gewusst hatte, dass es sie gab, war mir auf einmal sehr nahe. Vor allem bewegte mich die Passage, in der Victor versuchte, seiner Tochter zu erklären, warum er seinen jüdischen Namen geändert und nie wieder angenommen hatte. Waren das nicht die gleichen Motive, die mich bewogen hatten, jahrzehntelang zu schweigen? Ich blätterte noch einmal in dem Buch, um die entsprechende Stelle zu finden.

*

„Als du im Krieg so oft bedroht warst, Dad, da hast du doch bestimmt viel über den Tod nachgedacht?“

„Vor allem wollte ich ihm entrinnen."
Dann erzählte er, wie er seinen Namen änderte, um in einer elitären Gruppe junger Polen als Kampfpilot dienen zu dürfen. Wie er in England jeden Sonntag zur Kirche ging und seine Kameraden beobachtete, wann sie das Kreuz schlugen, damit er es ihnen gleichtun konnte.
„Aber in England hättest du deine Tarnung doch aufgeben können", sagte Jane.
„Leichter gesagt als getan. Du kannst dir wahrscheinlich die Kluft zwischen Polen und Juden nicht vorstellen", entgegnete er. „Ein polnischer Jude ist kein Pole, sondern nur ein Jude und als solcher ein minderes Wesen. Daher präsentierte ich mich weiterhin als echter, stolzer Pole, wurde auch als solcher anerkannt, hörte mir ihre Judenwitze und Obszönitäten an und schwieg. Ich musste meine ganze Identität umstülpen, mit einer Lüge leben. Ich geriet immer tiefer hinein, erfand glaubwürdige Einzelheiten, um meine fiktive Biographie zu schützen. Nur so konnte ich mühelos mithalten und als einer von ihnen gelten. Als ich dann zur BBC ging, wollte ich mich schon erklären, aber es ging nicht. Ich hatte inzwischen bereits viele Freunde und gute Bekannte und brachte es einfach nicht über mich, vor jeden Einzelnen hinzutreten und zu sagen: „Hör zu, ich bin nicht der Mann, für den du mich hältst. Ich bin Jude." Wahrscheinlich denkst du, es wäre im Grunde gar nicht so schwer gewesen, wenn ich den rechten Mut aufgebracht hätte, und du magst sogar Recht haben. Aber du kennst meine Erfahrungen als Angehöriger einer verachteten Minderheit nicht. So eine Erfahrung kann einen Menschen erleuchten - oder lähmen."
„Nein, Dad, ich verurteile dich nicht. Ich bin sehr froh, dass du mir alles gesagt hast. Deine Offenheit bedeutet mir viel. Aber sage mir: Wie steht es mit deinen Angehörigen in Polen?"
„Sie sind tot."
„Ja, ich weiß das von deinen engsten Verwandten. Wie steht es aber mit den anderen?"

„Alle sind tot. Alle. Mutter, Vater, Bruder, Schwester, Onkel, Tanten, Kusinen. Ich tat nach dem Krieg mein Bestes, stellte Nachforschungen an. Ohne Erfolg. Freunde der Familie, Bekannte und Schulkameraden - alle dahin. Nach dem Krieg traf ich hier in England einen früheren Lehrer von mir. Er pflegte noch in der Schule sagen; „Du, Wermuth bist ein Früchtchen. In dir steckt genau so viel Böses wie Gutes." Er konnte sich allerdings nicht entscheiden, welches von beiden überwiegt. Diese Unsicherheit wurde in unserer Familie sprichwörtlich."
Victor schwieg. Die Erinnerung an die Angehörigen, die in der Schoa umgekommen waren, machte den Verlust, der ihm jetzt bevorstand noch schmerzlicher.
„Sechs Millionen?", fragte die Tochter leise.
„Ja, sechs Millionen", bestätigte er.

Sie schloss die Augen. Er dachte, sie sei endlich eingeschlafen. Das Gespräch hat sie bestimmt ermüdet. Vorsichtig ließ er ihre Hand los, die er die ganze Zeit in seiner gehalten hatte und ging zum Fenster. Auf ein mal spürte er den Blick der Tochter in seinem Rücken. Er drehte sich um. Sie sah ihn mit offenen Augen an. „Wovor bist du also geflohen, Papa. Vor den sechs Millionen? Fliehst du immer noch?"
Anfänglich konnte er nicht verstehen, was sie damit meinte. Warum wiederholte sie so nachdrücklich die Zahl? Aber sie wusste genau, warum. Sie wusste, dass er immer noch vor dem Tod flüchtete. Er flüchtete vor seinen Kriegserlebnissen, vor den sechs Millionen, zu denen er beinahe gehört hätte. Er flüchtete auch vor ihrem Tod, dem langsamen Sterben seiner Tochter. Mit der verblüffenden Intuition einer Sterbenden hatte Jane erkannt, dass er ihren Tod erst akzeptieren, wenn er seine Vergangenheit, seine Geschichte, annehmen könnte. Und jetzt führte sie ihn Schritt für Schritt zu einem Punkt, an dem er ihr offen in die Augen schauen konnte und sich nicht mehr verstecken musste. An ihrem Sterbebett sollten Victors Flucht

und seine Tarnung enden. Plötzlich verstand er Janes Absicht. Er verstand, dass er die ganzen Jahre nicht nur mit einer Lüge gelebt, sondern auch Angst gehabt hatte, er selbst zu sein.
Er schaute seiner Tochter direkt in die Augen: „Ja Jane, ich habe verstanden. Ich werde nun keine Angst mehr vor der Wahrheit haben. Ich werde sie ertragen können, so bitter sie auch immer sein wird. Ich danke dir."

*

Ich klappte das Buch zu und dachte nach. Mir wurde deutlich, wie ähnlich Victors und meine Gefühle in dieser Zeit gewesen waren. Victors Worte zu seiner Tochter waren meine Worte. Auch ich hatte meine eigentlichen Wurzeln verheimlicht, hatte das Nachkriegspolen so eingeschätzt, dass in ihm für Juden kein Platz sei. Victor hatte in Bezug auf England die gleiche Sorge. Kinder der Schoa, Jahrzehnte voneinander getrennt und doch mit vergleichbaren Schicksalen.
Ich zog mir etwas an und ging in den Garten, setzte mich an den Teich und versank in meinen Gedanken. Das fröhliche Geplätscher des Entenschwarms holte mich zurück in die Gegenwart. Türen knarrten, *Dairy Cottage* erwachte zum Leben. Victor kam die Terrassentreppe herunter und setzte sich zu mir. „Woran denkst du Schwesterherz? Hast du vielleicht Heimweh? Fühlst du dich hier einsam?" "
„Überhaupt nicht. Dies ist ein wunderbarer Platz. Ich könnte stundenlang hier sitzen und die Natur beobachten."
„Komisch, Jane sagte dasselbe. Unglaublich, wie du mich an sie erinnerst. Als sie noch ein ganz kleines Mädchen war, habe ich in ihr dich gesehen."
„Den Fotos nach sehen wir uns gar nicht ähnlich. Du hast wohl das gesehen, was du sehen wolltest. Weißt du, im Unterbewusstsein legen sich die Bilder aufeinander."

„Nein, das ist es nicht." Er schüttelte den Kopf. „Wir alle verändern uns im Leben. Aber als Kind sah sie dir tatsächlich ähnlich."
„Und du erinnerst mich an Papa. Vor allem das Portrait von dir im Wohnzimmer - wie alt warst du, als es gemalt wurde?"
„Etwa vierzig. Lass mich mal rechnen. Papas Geburtsjahr war 1894, Mama war ein Jahr älter als er. Als er 1942 umkam, war er gerade mal 48 Jahre alt. Verglichen mit uns beiden jetzt, noch ganz jung.
„Und Pawel ?", fragte ich.
„Pawel war erst einundzwanzig. Ich habe oft nachgedacht über unsere Streitereien und Raufereien. Ich empfand ein tiefes Schuldgefühl und große Trauer. Als ich dann kurz nach dem Krieg in England meinem ehemaligen Geschichtslehrer Professor Oszywa begegnete, war ich so froh. Endlich jemand aus Kolomea, jemand, der unsere Familie kannte. Vielleicht würde er etwas wissen? Und er wusste etwas. Er berichtete, gesehen zu haben, wie du und unsere Eltern durch die Straßen Kolomeas zum Bahnhof getrieben wurden, an dem ein Zug des Todes auf euch wartete." „Damals" fuhr er fort, „ habe ich eine Wahrscheinlichkeitsrechnung angestellt: eins zu sechs Millionen! Wie groß war die Möglichkeit, dass zwei aus einer Familie überlebten? Damals, unmittelbar nach dem Krieg, habe ich im Grunde genommen den letzten Funken Hoffnung verloren. Auch deshalb waren meine Nachforschungen eher halbherzig."

Wir schwiegen. Nach einer Weile fragte er mich vollkommen unvermittelt: „Rutka! Backst du mir Kartoffelbrot? So, wie unsere Mama es gebacken hat?"
„Ach, du Kindskopf. Nein, ich mache das nicht. Erstens, weil es dir nicht erlaubt ist, solch schwere Speisen zu essen und zweitens, weil ich das nicht kann. Oft schon habe ich es versucht, aber es ist nie so geworden, wie es werden sollte."

„Weißt du was? Wir rufen Dov Noy an, in Israel. Seine Frau kennt vielleicht das richtige Rezept?“
„Sie? Bestimmt kennt sie das nicht. Sie ist zwar eine Tochter von jüdischen Emigranten aus Osteuropa, aber bereits in Palästina geboren. Sie ist eine Sabra.“
„Sie wird schon jemanden finden, der es kennt.“
„Kindskopf! Das wird sowieso nichts. Dazu braucht man Kartoffeln aus Kolomea, einen richtigen Backofen und die „echte" Butter dazu, nicht dieses komische Zeug, dass sie hier als Butter verkaufen. Du kannst die vergangenen Jahre nicht zurückholen.“
„Ich will doch wenigstens den Duft riechen.“
„Dann brate ich dir ein paar Puffer. Die duften ebenso.“
„Aber das wird nicht dasselbe sein." Er schüttelte traurig den Kopf.
„Natürlich nicht", dachte ich. „Es wird nie mehr dasselbe sein."

17. Die Grenzen des Mitteilbaren

Niemand störte unsere Gespräche. Weder Eileen noch Richard, Victors Sohn, der eine Woche nach meiner Ankunft mit seiner Frau Joan aus Amerika gekommen waren, um die „neue-alte" Tante kennen zu lernen.
Die Vormittagsstunden und die Nachmittage verbrachten wir gemeinsam. Nach dem Lunch ruhte Victor eine Zeit lang in seinem Zimmer und schloss sich uns dann an. Er musste permanent dolmetschen, was ihn oft ermüdete. Ich versuchte zu seiner Entlastung, mich mit Händen und Füßen und mit Hilfe eines Wörterbuchs zu verständigen. Das funktionierte nicht jederzeit perfekt, doch wir verstanden einander, wie es sich für eine Familie gehört. Alle besaßen Sinn für Humor, nahmen sich gerne auch selbst auf die Schippe. So begleitete immer wieder befreiendes Gelächter unser Beisammensein.

Jener Sommer im Jahr 1994 war wundervoll. Keine Rede vom sprichwörtlichen englischen Nebel oder Dauerregen. Ganz im Gegenteil. An die polnischen Berge gewöhnt, fand ich das Klima hier fast tropisch. Im schattigen Garten von *Dairy Cottage* war es durchaus angenehm, im Haus sogar erfrischend kühl. Im neunzehnten Jahrhundert beherbergte das Gebäude eine Molkerei und gehörte zu einem nahe gelegenen Herrenhaus im viktorianischen Stil. Beeindruckend war der große Garten, vor der lärmenden Außenwelt durch hohe Hecken geschützt, eine Eibenschonung und weit auslaufenden Rasenflächen. In einem Teil regierte eine unangetastete Wildnis, eine Heimstatt für allerlei Vögel, Eichhörnchen und andere Kleintiere. Den kleinen Teich und seine bewachsenen Ufer bewohnten flinke Teichhühner, die beim geringsten Geräusch ins Schilf flitzten. Auch Wildenten gab es. Der auffallende Erpel mit seinem bunten Gefieder und seine bescheidene „Gemahlin" führten ihre Küken stolz um den See, und obwohl sie eigentlich Wildenten waren, hatten sie keine Scheu vor uns Menschen.

Sobald Richard und Joan eintrafen, nahmen sie an unserem Gedankenaustausch teil, so als ob sie immer dazu gehört hätten. Es gab vieles zu erzählen und aufzuklären. Wir alle kannten nur Bruchstücke des Ganzen. Die Namen und Ereignisse schwirrten in meinem Kopf herum. Wie sollte ich Joan und Richard das alles bloß erzählen? Nachts lag ich im Bett und sortierte die Abläufe: Im Frühling 1992 war ich zur Kur in Krynica und traf dort die Touristengruppe aus Israel, mit der ich spontan nach Krakau fuhr. Und danach Wroclaw, Breslau, mein Eintritt in die Jüdische Kulturgesellschaft . Im Sommer 1992 Rychwald. Im Herbst dieses Jahres erhielt ich den ersten Brief aus Israel. Von Bezio. Und danach, im Frühjahr 1993, die Gedenkveranstaltung in Warschau. Dann die erfolgreiche Suche im jüdischen Archiv, das Treffen im Wald von Szeparowce, bei dem zum ersten Mal der Name Zorza fiel. Im Herbst 1993 folgte die Israelreise, mit jenem so wichtigen Telefonat. Anfang 1944 das Treffen der „Kinder des Holocaust“ in Srodborow, bei dem ich Renata und Rose traf. Ja, so war die Reihenfolge, so muss ich erzählen.
Rasch erkannte ich jedoch, wie schwierig es war, jener Generation der Nachgeborenen unsere Schrecken zu schildern. Erfahrungen, die sie nie gemacht hatten. Ich kam an die Grenzen der Vermittelbarkeit, das Undarstellbare konnten sie wohl intellektuell begreifen, nicht aber emotional. Es war wie bei meinen Töchtern; ich hatte ihnen mit der Zeit manches, aber keineswegs alles anvertraut. Vieles hätte sie überfordert. Ich brachte es nicht über das Herz, alles zu berichten. Selbst Witek, mein verstorbener Mann, hatte nie die ganze Wahrheit erfahren. Ich glaube, so ergeht es allen Überlebenden: Das „Letzte“, das Schlimmste ist nicht mitteilbar. Überleben heißt auch mit diesen permanenten Seelenqualen leben zu müssen. Das ist der „Fluch“ des Weiterlebens.

18. Träume

Richard schlug eines Tages vor, seine Mutter Rosemary zu besuchen.
Es war sein großer Wunsch, dass seine „wiedergefundene" Tante und seine Mutter sich kennen lernen würden. Victor aber schien nicht sehr begeistert. Er hatte es Richard lange Zeit verübelt, dass er Verständnis für den Weggang seiner Mutter gehabt hatte. Das Verhältnis zwischen Vater und Sohn war damals stark unterkühlt. Wie auch immer, nach einem langen Gespräch willigte Victor ein. „Tue, was du für richtig hältst", sagte er schließlich.
Und ich wollte der Frau begegnen, mit der mein Bruder so viele Jahre zusammen gelebt hatte. Ich würde ihn, so meine Intention, besser kennen lernen, wenn ich Rosemary begegne. Außerdem spürte ich instinktiv, dass mein Bruder in dieser Sache im Unrecht war.
Ich wusste nicht viele über seine Ehe mit Rosemary, musste mit meinen spärlichen Englischkenntnissen vieles quasi „zwischen den Worten" heraushören. Ein guter Ehegatte aber war er sicherlich nicht. Gute Ehemänner gehen nicht über Nacht für lange Jahre nach Indien und lassen die Frau zurück, mit der sie Freude und Leid, Leben und Tod geteilt haben. Aber, es stand mir nicht zu, über Victors oder Rosemarys Handeln oder ihre Motive zu urteilen. Sicherlich aber lag vieles unter der Oberfläche verborgen.

Rosemary und Peter lebten in der Nähe von Oxford. Richard unterbrach die Fahrt, um mir die Sehenswürdigkeiten dieser weitberühmten Universitätsstadt zu zeigen.
Rosemary erwartete uns am gedeckten Tisch. Sie wohnte in einem schmalen Haus mit einem kleinen, dafür aber sehr gut gepflegten Garten. Im Vergleich zu *Dairy Cottage* wirkte das Anwesen wie ein Puppenhaus.

Sie sah nicht gut aus, gezeichnet von Parkinson. Man sah, dass sie aufgeregt war; ihre Hände zitterten stark. Es war eine merkwürdige Situation. Das Gespräch wollte nicht so recht in Gang kommen, zumal niemand übersetzen konnte. Deshalb überließ ich das Reden Richard und Joan und begann, mich diskret umzuschauen. Vieles in diesem Haus erinnerte an Jane. Sie war allgegenwärtig. An der Wand hing ein kleines Landschaftsbild, das sie gemalt hatte. Jane hatte künstlerische Fähigkeiten. Sie vermochte das Schöne in allen seinen Gestalten zu erfassen. In der Anfangszeit ihrer Krankheit, als noch Hoffnung auf Heilung bestand, wollte Victor ihr ein kleines Geschäft einrichten, eine Mischung aus Atelier und Verkaufsladen. Die ganze Familie war von der Idee begeistert. Jane hatte so Ihre Bedenken, wollte aber den Eltern die Freude nicht verderben. Eine groteske Konstellation: Eine Todkranke lässt ihre Eltern gewähren, weil die Idee ihnen Kraft und Hoffnung gibt. Jane sollte weiter leben! Rosemary und Victor waren voller Enthusiasmus. Man hatte bereits ein Lokal gefunden und Jane hatte den Namen dazu beigesteuert: „Close to Infinity", was soviel heißt, wie „Dem Unvollendeten nahe". Es war ein Unterton darin enthalten, der auf ihre Krankheit anspielte. Victor und Rosemary hatten bereits ein kleines Verkaufssortiment für den Laden bestellt, und Rosemary wollte sich mit ihrem großen Hobby, der Töpferei, dem Geschäft anschließen. Alle diese Gegenstände waren im Haus zu sehen, Rosemary konnte sich wohl nicht von ihnen trennen. Wie gesagt: Jane war allgegenwärtig, das Haus eine Art Museum. Die Krankheit indes war schneller und unerbittlich. Jane hatte nicht mehr genug Atem, die Idee umzusetzen. Dann brachte Rosemary Bilder. Kinderbilder von Jane und Richard. Auf einem Foto beugte sich der noch junge Victor über das Baby Jane. Plötzlich hatte ich das Gefühl, als durchbohre ein Messer mein Herz! Nein, das war nicht Victor. Das war Salek! Salek, wie ich ihn von Zuhause kannte. Ich begann zu weinen.

*

Das Bild erinnerte mich an Frania. Victor hatte ihr ein ähnliches Bild geschenkt, als er, nach einem Streit mit Vater, Kolomea verließ und im Lemberger Waisenhaus landete. Das Bild war mit einer Widmung versehen: „Meine liebe Frania, du bist scheinbar die einzige in unserer Familie, die mich richtig versteht." Frania hatte Salek immer bevorzugt. Bei Streiterein zwischen ihm und Pawel stand sie meistens auf seiner Seite. Als Salek noch begeistert an die „kommunistische Idee" glaubte, hatte er ein kleines rotes Bändchen an Franias Bett gebunden. Als er nach Russland ging, erlaubte Frania nicht, es abzunehmen. Sie sagte, das sei ein Andenken an ihn und nur er allein könne es abnehmen, wenn er wieder nach Hause käme. Das rote Bändchen war noch an ihrem Bett als wir ins Ghetto gingen. Salek kam nie mehr nach Hause zurück.

*

Alle schauten auf. Warum weint sie? Ich wollte es ihnen irgendwie erklären, vermochte es aber nicht. Schließlich fing Rosemary, die wohl mit weiblicher Intuition die Situation erfasste, ebenfalls an zu weinen.

Danach schwiegen wir. Jeder erlebte die Zusammenkunft auf seine Weise. Richard war glücklich, dass die Mutter und die Tante sich gut verstanden. Rosemary und ich dagegen waren traurig: Wie schade, dass es nicht viel eher zu einer Begegnung gekommen war. Wer weiß, vielleicht wäre doch alles anders geworden?

Am späten Abend kehrten wir zurück nach *Dairy Cottage*. Victor war schon im Bett, schlief aber noch nicht.

„Wie war es dort, Schwesterchen? Warum siehst du so traurig aus? Auf, gib mir einen Gute-Nacht-Kuss. Morgen erzählen wir. Bald müssen Joan und Richard zurück nach New York fliegen."

„Ja, die Zeit vergeht allzu schnell. Ich bin schon zehn Tage hier. Eigentlich nicht lange, aber es kommt mir vor, als ob ich schon immer hier gewesen wäre. Wahrscheinlich deshalb, weil wir in dieser kurzen Zeit so viel erlebt haben."

„Ja. Und trotzdem haben wir noch so viel nachzuholen!"

An diesem Abend konnte ich lange nicht einschlafen. Der Vollmond schien direkt in mein Mansardenstübchen, in dessen Schein hin und wieder eine Fledermaus vorüberflog. Sie hatten irgendwo auf dem Dachboden ihr Nest und gehörten wie die Eichhörnchen und Wasservögel zu den ständigen Mitbewohnern in *Dairy Cottage*. Ich wälzte mich von einer Seite zur andern, aber der Schlaf wollte nicht kommen. Als ich endlich einschlief, träumte ich wie so oft von Kolomea. Und auch von Bezio. Und von Israel.

So kam es, dass ich am nächsten Morgen verschlief. Ich hatte keine Lust, aufzustehen, lag im Bett, versuchte Geträumtes und Wirkliches zu trennen und ordnete die Erlebnisse des Vortages.

Victor riss mich aus meinen Gedanken. Er stürzte in mein Zimmer und wedelte mit einem Zettel in der Hand. „Steh auf, du Faulpelz! Weißt du, wie spät es ist? Ich habe ein Fax von Bezio bekommen. Er hat das Rezept für das Kartoffelbrot geschickt! Keine Zeit verlieren! Komm gleich in die Küche. Wir müssen es sofort ausprobieren."

„Nicht so schnell. Das schaffen wir schon noch. Steht außer dem Rezept noch etwas in dem Fax?"

„Oh ja, da ist noch etwas. Bezio ist demnächst mit seiner Frau in London. Sie wollen uns besuchen. Außerdem haben sie Neuigkeiten für uns."

„Das sagst du jetzt erst! Scheinbar ist dir das Kartoffelbrot wichtiger als Bezios Neuigkeiten. Ich freue mich riesig, dass sie kommen. Und du?"
„Selbstverständlich freue ich mich. Wir verdanken Bezio so viel, ohne ihn hätten wir uns wohl kaum wieder gefunden. Ich möchte ihn sehr gerne persönlich kennen lernen."
„Nun, dazu hast da ja nun bald Gelegenheit. Warum ist es eigentlich unten so ruhig? Schlafen Richard und Joan noch?"
„Ach, das weißt du ja noch nicht. Es hat sich herausgestellt, dass sie heute früh nach London mussten. Sie kommen erst zum Dinner zurück."
„Weißt du was?", sagte ich. „Heute ist Freitag. Ich könnte für das Abendessen Fisch in Sülze zubereiten, so wie es Mutter zu Hause immer für den Freitagabend gemacht hat. Das Rezept habe ich in Polen oft ausprobiert, besonders zu Weihnachten. Witek war in diesem Punkt ein Traditionalist und konnte sich Heiligabend ohne Fisch auf jüdische Art nicht vorstellen."
„Hm, weißt du, das ist ein großartiger Gedanke. Abgemacht. Heute Abend gibt es ein Dinner im Schein der Sabbatkerzen."
„Nur, wir haben niemanden, der den Segen über den Kerzen aussprechen kann. Zwar hat Rabi Szudrich uns das in Rychwald beigebracht, aber ich bin nicht sicher, ob ich das richtig ausspreche. Warte mal, es geht so: Baruch ata Adonai, Elohejnu Melech haolam. Gesegnet bist Du Haschem, unser Gott, der König der Welt, aber weiter weiß ich nicht mehr."
„Das macht nichts", meinte mein Bruder. „Die Stimmung wird es schon mit sich bringen. Wir beide werden die Segensformeln bestimmt spüren, vielleicht auch Richard, Joan und Eileen."
„Ja, wir wollen es versuchen."

Nach dem etwas verspäteten Frühstück gab ich Eileen die Liste mit den benötigten Zutaten. Sie ging Einkaufen und Victor und ich hatten noch etwas Zeit, ein wenig zu plaudern.
„Bezio ist in Ordnung, dass er uns so schnell das Rezept

geschickt hat, meinst du nicht?", fragte ich meinen Bruder. Er nickte. Wenn Bezio nicht gewesen wäre, ging mir durch den Kopf. Wenn all die anderen, die vielen Glieder in der Kette nicht gewesen wären.

Victor unterbrach meine Gedanken. „Komm, erzähle mir von deiner Reise nach Israel."

„Aus dem Buch weiß ich, dass du auch in Israel warst. Ihr habt Jane zu ihrem 15. Geburtstag eine Weltreise geschenkt und sie war vor allem von der Kibbuzbewegung vollkommen begeistert." Victor nickte. „Ja, ein Jahr später arbeitete sie als Volontärin in einem Kibbutz. Es hatte ihr dort so sehr gefallen, dass sie für längere Zeit bleiben wollte. Aber eines Tages wurde sie Zeugin, wie die israelische Polizei brutal gegen Palästinenser vorging. Das erregte ihr großes Missfallen, kollidierte mit ihrem tief verwurzelten Gefühl für Toleranz und für die Unantastbarkeit der Menschenwürde. Übrigens habe ich selber ihr solche Überzeugungen beigebracht. Und das war der Grund dafür, dass sie eher nach Hause zurück kam als geplant."

„Als ich dort war", warf ich ein, „war ich sehr stolz darauf wie man dieses Sumpf- und Wüstenland in kürzester Zeit in grüne Felder umgewandelt hatte. Ich freute mich, dass es auf der Weltkarte einen Landstrich gibt, der Israel heißt. Die Frage ist nur, wie es mit den Palästinensern weitergehen soll?"

Wir vergaßen die Zeit. Ich erzählte von meinen Eindrücken aus Israel und von meinen Träumen. Wir sprachen über die Überlebenden der Nazilager, die nach dem Krieg eine Heimat in Israel fanden, über Blut und Terror im Heiligen Land, über den Krieg in Jugoslawien und die Unfähigkeit Englands, sich friedlich mit Nordirland zu verständigen. Große Weltpolitik im Schatten einer Weide im Garten von *Dairy Cottage*. Zwei Sandkörner der Weltgeschichte taten für einen Moment so, als ob sie die Welt verbessern könnten.

„Weißt du", sagte ich, „es hat mir gefallen, in Israel friedlich spielende Kinder zu beobachten. Kleine Jungs mit schwarzen

Schillerlocken und weißen Schnüren unter der Weste, die in die Synagoge liefen. Und niemand hat mit dem Finger auf sie gezeigt. Ich träume davon, dass überall in der Welt Juden sich frei und ohne Angst bewegen können. Dasselbe wünsche ich Kindern mit Burnus, Kopftüchern, Sarongas und Kimonos und allem, was es noch so gibt. Erst wenn dies einmal der Fall sein wird, haben wir alle Vorurteile wirklich besiegt. Ja, Victor, das ist mein Traum: Alle Menschen sollen, unabhängig von Nationalität, Aussehen und Religion, frei und glücklich leben! Sag mir Bruder, wann wird das der Fall sein?" Victor lächelte, sichtlich überrascht über die sich ereifernde kleine Schwester. „Du stellst aber schwere Fragen, Schwesterchen. In deinen Ansichten vermischen sich Naivität und Widersprüche, aber ich verstehe nur zu gut, worum es dir geht. Die Weltpolitik aber taktet anders. Meiner Meinung nach wird es noch sehr lange dauern, bis dein Traum Wirklichkeit wird. Im Nahen Osten genauso wie überall sonst. Ich befürchte sogar, dass sich die Situation zunächst verschlimmern wird. Die Gefahr des Faschismus ist noch lange nicht besiegt, vor allem in den sogenannten Dritte-Welt-Ländern und den neuen Staaten der ehemaligen Sowjetunion."

„Hello I 'm back" erklang plötzlich Eileen' s Stimme. „Komm Rutka, hilf mir die Einkäufe in die Küche bringen." Wir hatten Eileens Kommen gar nicht bemerkt und so wurde aus der kleinen, die Welt verbessernden Revolutionärin wieder die Hausfrau und Köchin, die das Abendessen zubereitete. Fisch statt Nahostkonflikt; Küchengespräche statt Weltpolitik. Der Abend war wundervoll. Der Fisch schmeckte vorzüglich; bei Kerzen und Wein saßen wir bis tief in die Nacht zusammen.

*

Unerbittlich näherte sich der Termin der Abreise von Richard und Joan. Es blieben nur noch zwei Tage. Wir nutzten die verbleibende Zeit, um einen Videofilm für meine Familie in Polen zu drehen. Ich hatte meinerseits ein Band aus Polen mitgebracht, das wir uns häufig anschauten. Darin begrüßten meine Kinder und Enkel ihren neuen, noch unbekannten Onkel. Victor und die anderen begrüßten nunmehr ihrerseits meine polnische Familie und erzählten aus ihrem Leben. Wir filmten *Dairy Cottage*, und als wir fertig waren, hatte das Band beinahe Spielfilmlänge. Auf diese Art versuchten wir, eine erste Begegnung unserer Familien herzustellen. Natürlich planten wir ein großes Treffen in Polen, vor allem Victor wollte unbedingt reisen. Auch dachten wir an einen Abstecher nach Kolomea. Alle Planungen standen jedoch im Schatten des kritischen Gesundheitszustandes meines Bruders. Vielleicht ahnten wir damals schon, dass es nicht mehr dazu kommen würde. Der Abschied von Joan und Richard am Flughafen war herzlich und ein wenig wehmütig. Würden wir uns noch einmal lebend wiedersehen?

19. Erinnerungen

Victor sollte operiert werden. Bis zum festgesetzten Termin des Eingriffs verordneten ihm die Ärzte lange Spaziergänge. Da er es mit der goldenen Regel von der „Morgenstund“ hielt, stand er stets schon bei Tagesanbruch auf, marschierte von sechs bis acht Uhr unverdrossen in der Gegend umher. Normalerweise begleitete ihn Eileen bei diesen strammen morgentlichen Wanderungen, doch sie trat dieses Privileg vorübergehend ganz gerne an mich ab.

Es graute gerade, als ich Victor bereits die Treppe hochsteigen und an meine Tür klopfen hörte. „Aufstehen, du Schlafmütze! In der Küche wartet ein Glas warmer Milch auf dich. Und zieh dich warm an, denn in der Früh ist es noch ziemlich kühl hier."

Wir folgten einem Waldpfad, durchquerten eine taufeuchte Wiese, kletterten über Zäune. Und wir redeten über alles Mögliche. Über unser Zuhause. Über unsere Eltern und Pawel. Über Hospize. Und über Frania.

„Erinnerst du dich an die Straße in Kolomea, die AB genannt wurde?" fragte Victor. „Natürlich, sie fing beim Rathaus an und verlief dann entlang der Kosciuszkostraße. An ihrem Ende gab es ein gutes Cafe, in dem junge Leute gerne ihre Freunde und Freundinnen trafen."

„Und weißt du noch, wie Mama einmal eine Hausjacke für Pawel gekauft hat?"

„Nur vage. War das nicht so ein kurzer grüner Rock mit Borten?"

„Richtig“, entgegnete Victor. „Und ich war so eifersüchtig, wollte auch so etwas „Elegantes“ haben. Wenn er außer Haus war, zog ich das Ding an und kam mir so toll darin vor, dass ich einmal - trotz Franias Warnung - mit der Jacke das Haus verließ. Schlimm genug, dass ich einen Affen aus mir machte, aber noch schlimmer war es, Pawel in die Hände zu laufen,

der an der AB ein Stelldichein mit seiner Freundin hatte. Daheim gerieten wir dann in eine wirklich wüste Rauferei. Frania versuchte uns auseinander zu bekommen, aber wir kämpften wie zwei junge Hähne. Zum Schluss behandelte sie dann unsere Schrammen und blutigen Nasen. Ich fand das so ungerecht. Der Erstgeborene bekam alles - das neue Fahrrad, den schönen Hausrock, nicht zuletzt eine Freundin. Die alte Geschichte von Esau und Jakob. Wenn ich gewusst hätte ..."
Wir schwiegen eine Weile, schließlich erkundigte ich mich nach Pawels Freundin. „Ich weiß noch, dass da irgendein Mädchen war, kann mich aber nicht mehr entsinnen, wie sie ausgesehen hat."
„Eine wahre Schönheit. Ihr Name war, lass mich nachdenken, nach einer Heldin von Shakespeare - Julia. Nein, sie wurde Jula gerufen. Ihr Vater war ein Großhändler, der ein großes Haus mit Garten außerhalb der Stadt besaß, irgendwo in Wincentowka. Hatte etwa fünf Töchter, und Jula war die jüngste. Nein, da war noch ein Bruder, und er war der Jüngste. Pawel nahm mich ein- oder zweimal mit in ihr Haus. Mitunter brachte er Jula zu uns, jedoch nur, wenn Mama nicht anwesend war. Vor ihr hielt er es geheim. Frania hingegen vertraute er sich an, und sie mochte Jula. Ich frage mich, was mit ihr und der Familie geschehen ist. Wahrscheinlich sind sie ermordet worden wie alle anderen."
„Weißt du", sagte ich, „als die Russen 1944 wieder in Kolomea einmarschierten, kamen ganze sechunddreißig Juden aus ihren Verstecken hervorgekrochen. Sechsunddreißig von fünfzehntausend! Diese Zahlen sind leichter zu überschauen als die abstrakten fünf bis sechs Millionen. Apropos Frania - was für eine ungewöhnliche Frau! Wie mutig und klug sie mir geholfen hat. Ich verdanke ihr so viel. Als wir im Ghetto waren, hat sie uns vorm Verhungern bewahrt. Habe ich dir erzählt, dass ich zur Arbeit hinausging? Anfangs durften ältere Kinder das Ghetto tagsüber verlassen. Draußen zu arbeiten bedeutete aber nicht, dass du in Sicherheit warst.

Pawel ist ja auch draußen mit vielen anderen jungen Leuten geschnappt worden. Man hat sie nach Szeparowce getrieben und dort umgebracht. Keiner aus dieser Arbeitskolonne hat überlebt. Immer wenn ich hinausging, habe ich mich heimlich mit Frania getroffen. Es war für sie lebensgefährlich, trotzdem hat sie mir immer was zum Essen mitgebracht. Einen Teil davon habe ich gleich irgendwo in einer Ecke gefuttert, den Rest unter meinen Kleidern ins Ghetto geschmuggelt. Dafür galt die Todesstrafe. Die Deutschen haben tatsächlich Menschen für ein Stück schimmeliges Brot erschossen. Auch Kinder. Direkt am Eingang des Ghettos. Ich hatte Glück, viel Glück - während des ganzen Krieges."

„Und nach dem Ghetto, nachdem es aufgelöst wurde?"

„Danach war Kolomea *judenrein*. Wenn sie einen von unseren Leuten erwischten, haben sie ihn sofort getötet; ebenso jene, die ihm geholfen hatten. So wurde es für die Untergetauchten immer schwieriger. Viele an sich hilfsbereite Polen fürchteten in zunehmendem Maße das hohe Risiko Außerdem mussten ja meist mehrere mithelfen, um einen einzigen Juden zu retten."

„Und du hast nichts mehr von Frania oder Paulina erfahren können?"

„Nein. Als ich 1975 in unserem alten Haus in Kolomea war, war den Leuten sogar der Name Frania unbekannt. Ich bin auch in die Targowica hinaus und fand nicht einmal mehr Paulinas kleine Hütte. Alles verschwunden, die armseligen Hütten und die Menschen, die früher dort gelebt haben."

Wir gingen abseits der Wege über Felder und Wiesen. Als mein Bruder über einen Zaun stieg, fragte ich ihn nach den Hospizen. Und er kam erneut auf seine todgeweihte Tochter Jane zu sprechen: „Es ist ein langer und qualvoller Weg für sie gewesen. Sie litt unsäglich, war monatelang erfüllt von Bitterkeit gegen die Welt und besonders gegen mich und Rosemary. Sie lehnte uns ab und wollte sogar unsere Liebe nicht mehr. Erst im Hospiz wurde es für sie leichter. Dort linderte man nicht nur die physischen Schmerzen, sondern auch das, was sie seelisch bedrückte. Schließlich starb sie bei vollem Bewusstsein, eins mit uns und der Welt. Es war ihr möglich geworden, mit sich und ihrer Krankheit, mit all den Dingen und nahestehenden Menschen hier auf Erden ins Reine zu kommen und am Ende loszulassen. Die Sache mit dem Buch kennst du ja. Aber erst viele Jahre später, als ich die schreckliche Lage der Krebskranken in Russland sah, begriff ich Janes wahres Vermächtnis: beizutragen, dass Menschen in Würde sterben können. Der Glaube, die Religion, hilft über vieles hinweg. In der Sowjetunion hatte man den Menschen aber diesen Glauben genommen, ohne einen Ersatz dafür anzubieten. Nächstenliebe, Solidarität und Barmherzigkeit waren weitgehend unbekannte Tugenden. Für die schmerzgeplagten Dahinsiechenden gab es von Staat und Gesellschaft keine Unterstützung. So blieben häufig nur die überforderten Angehörigen als Zuflucht für die unheilbar Kranken. Kurzum, ich wollte ein Hospiz gründen, ein Hospiz für dieses riesige Land! Bis zum Hals geriet ich in einen Sumpf aus Bürokratie, Korruption, Profitgier, diffusen Zollbestimmen und vielem mehr. Amtsärzte blockierten das Projekt zum Beispiel dadurch, dass sie schmerzstillende Medikamente als Drogen deklarierten. Manche rochen ein gutes Geschäft, freuten sich auf Gelder, die aus dem Ausland fließen würden. Ich bestand aus diesem Grund darauf, dass die Finanzierung vorwiegend aus russischen Quellen kommen müsse. Wir wollten nur beim Start finanziell helfen und die Ausbildung der Fachkräfte übernehmen. So geschah es dann auch, langsam, stetig und mit der Hilfe vieler Menschen guten Willens. Jetzt gibt es ein Hospiz in Sankt Petersburg und seit kurzem auch eines in Moskau. Ich muss gestehen, das ist nicht allzu viel, aber zumindest ein Beginn. Aber was noch wichtiger ist: Wir haben inzwischen ein Netzwerk palliativer Betreuungseinrichtungen geschaffen, darunter auch einige im fernen Osten, zum Beispiel in Omsk."

Inzwischen war es acht Uhr geworden, und wir trotteten ins *Dairy Cottage* zurück. Nach dem Frühstück griff Victor das Thema wieder auf. „Das erste Hospiz in damaligen Leningrad wurde 1990 eröffnet. Wir begannen damit, dass wir russische Ärzte zu Schulungskursen nach England einluden. Einige ehemalige Aboslventen bilden nunmehr Kollegen in Russland aus. Jetzt schicken wir in der Sterbebetreuung erfahrene Ärzte und Schwestern nach Russland, um Kurse in verschiedenen Regionen abzuhalten, vorwiegend dort, wo bereits palliative Zentren bestehen. Immer mehr russische Ärzte, Schwestern und Pfleger melden sich zu diesen Kursen an. Jedes Jahr breitet sich die Hospizbewegung weiter aus."

Später brachte ich in Erfahrung, dass Victor als in der Sowjetunion umherirrender Flüchtling von einigen Menschen in Tula und Omsk in ihre Häuser eingeladen wurde. Eine Frau, die ihm damals half, hatte Krebs im Endstadium. Es ist wohl kein Zufall, dass es mittlerweile in diesen beiden Städten Schmerzzentren für Krebskranke gibt. Mein Bruder hatte seine Schulden nicht vergessen.

20. Das Puzzle wird fertig

Eileen und ich fuhren zum Flughafen, um Bezio und seine Frau Tamar abzuholen. Victor war zu Hause geblieben; ihm war das lärmende Gedränge des Terminals zuwider. Eileen konzentrierte sich auf den starken Verkehr, so konnte ich in Ruhe nachdenken. Ich hatte Bezio hauptsächlich durch unseren Briefwechsel näher kennen gelernt, aber auch bei unserem Treffen in Kolomea, sowie während meiner Israelreise. Damals begegnete ich leider nicht seiner Gattin, da sie gerade an einer archäologischen Grabung teilnahm. Bezio erwähnte, dass sie an der europäischen Vergangenheit nicht sehr interessiert sei. „Ihre Eltern kamen aus dem damals noch zaristischen Russland ins Land, als es noch Palästina hieß. Tamar wurde hier geboren, ist also eine echte Sabra."

Victor und Bezio verstanden sich auf Anhieb. Sie hatten vieles gemeinsam, besonders den Tonfall von Kolomea.
Tamar wirkte auf mich sehr warmherzig, ich konnte die sprichwörtliche „Stacheligkeit“ nicht erkennen. Sie sprach fließend Englisch, hatte in Großbritannien studiert und kannte die Insel und ihre Sitten. Sie besaß Humor und konnte recht anschaulich von ihren archäologischen Forschungen in Israel erzählen. Fast jeder Spatenstich brachte neue Erkenntnisse ans Licht.
Beim Nachmittagskaffee kamen unsere Gespräche so richtig in Schwung. „Sag mal Victor“, wollte Bezio wissen, „ist deine Begegnung mit Ilja Ehrenburg tatsächlich so abgelaufen? Die Sache klingt so unglaublich "
„Mag sein, doch sie stimmt. Trotz meiner Gedächtnislücken habe ich diese für mich so wichtige Episode ganz klar im Kopf. Ich entsinne mich sogar der Wirtschafterin, die mir die Haustür öffnete, als ich das erste Mal anklopfte. Sie hatte einen Damenbart und fuhr mich wütend an, wie das in Russland oft

geschieht. Sie gab mir deutlich zu verstehen, mich schleunigst wegzuscheren. So wartete ich auf eine bessere Möglichkeit. Als ich dann aus einiger Entfernung einen Mann das Haus betreten sah, klopfte ich erneut. Die Schnurrbärtige machte auf und keifte sofort erneut drauflos, und ich blieb ihr nichts schuldig. Da rief im Innern des Hauses eine tiefe Stimme: „Was zum Teufel geht da vor?!" Ich sauste um die alte Tante herum und lief in das Zimmer, aus dem die Stimme gekommen war. Es war riesengroß und beinahe leer, außer einem großen Teppich und einem gewaltigen Schreibtisch in einer Ecke. Dahinter saß er, Ehrenburg. Ich kannte ihn nur aus seinen Schriften und war jetzt so verwirrt, dass ich nicht wagte, den Kopf zu heben. Sah nur unter dem Schreibtisch seine Füße, die in *Walonkis* staken. Aber was für Walonkis! Nicht die üblichen aus Filz, sondern aus Tigerfell! Könnt ihr euch vorstellen, was für einen Eindruck diese Stiefel damals auf mich machten? Dann erst schaute ich dem Mann ins Gesicht, und darin lag menschliche Güte. Das ermutigte mich, ihn anzusprechen. Das Ergebnis dieses Gespräches kennt ihr ja.“

„Hast du ihn nach dem Krieg wieder getroffen?", fragte ich.

„Ja, aber leider nur einmal. Er kam hierher nach England, und man gab ihm zu Ehren ein Bankett. Ich musste alle Hebel in Bewegung setzen, um eine Einladung zu bekommen, denn ich wollte ihn unbedingt nochmal sehen. Leider war mein Idol die ganze Zeit von Leibwächtern umgeben. Schließlich drang ich doch bis zu ihm vor und sagte: „Ich bin der Junge, dem sie in Russland einmal sehr geholfen haben.“ Ehrenburg musterte mich mit flüchtigem Interesse und erwiderte: „„Ach so? Kann mich nicht erinnern. Wissen Sie, ich habe vielen Leuten geholfen.“ Das war alles. Doch kam es mir vor, als sähe ich hinter einer Maske der Gleichgültigkeit das so vertraute ironische Lächeln. Die Leibwächter dürften offenbar mehr als Iljas Leib bewacht haben."

Nach diesem Bericht gab Tamar ihrem Mann zu verstehen, dass es an der Zeit sei, mit den Neuigkeiten herauszurücken. Und was für Neuigkeiten das waren! Bezio hatte in Israel von einer älteren Dame erfahren, die in Florida lebte und einst in Kolomea die Braut eines *Pawel Wermuth* gewesen war. „Ihr Name ist Jula. Ich habe sie in Florida aufgesucht und lange mit ihr gesprochen. Sie ist verheiratet und hat zwei Kinder."
Victor und ich überfielen Bezio mit aufgeregten Fragen. Wir wollten vor allem wissen, wie Jula es geschafft hatte zu überleben. Bezios Antwort auf diese Frage verschlug uns den Atem: „Es war Frania, die sie gerettet hat. Die Einzelheiten stehen in diesem Brief."
Mit zitternder Hand griff ich nach dem offenen Umschlag, und heraus fiel eine kleine schwarz-weiße Fotografie, an den Rändern schon vergilbt. Sie zeigte einen Jungen in dunkler Schuluniform mit hohem, steifem Kragen. Auf der Rückseite des Bildes stand in etwas verblasster Schrift: „Für Jula zum Angedenken - von Pawel". Dazu meines Bruders Unterschrift und das Datum. Juni 1941. Dann entfaltete ich den Brief und las den in Polnisch abgefassten Text vor.

Liebe Freunde,

Bezio hat mir von dem Wunder erzählt, dass ihr euch nach so vielen Jahren wieder gefunden habt. Ich kann es gar nicht ausdrücken, wie sehr mich das freut. Auch ich werde das Vergangene nie vergessen. Dank eurer Familie und vor allem dank Pawel haben mein Bruder und ich die Schoa überlebt. Doch es war eure Frania, die uns verbarg, in eurer Speisekammer. In dem großen Schrank, an den ihr euch gewiss noch erinnert. Zwanzig Monate lang blieben wir dort - eine Ewigkeit. Vom Herbst 1942, bis die Sowjets nach Kolomea zurückkamen. Ich muss euch doch nicht ausmalen, was das alles für uns bedeutete. Niemand sonst kann das wirklich verstehen. Ihr wisst ja, dass die Deutschen allen im Ghetto noch lebenden Menschen befahlen, sich im Gerichtsgebäude beim Judenrat registrieren zu

lassen. Es war natürlich eine List, mit der sie ohne viel Aufwand alle zur gleichen Zeit am gleichen Ort beisammen hatten, und Tausende gingen in diese Falle. Darunter auch du, Ruka, deine Eltern und meine Angehörigen. Ich glaubte jedoch nicht an die „Registrierung", nahm meinen kleinen Bruder und suchte mit einigen anderen Leuten ein innerhalb des Ghettos vorbereitetes Versteck. Man nannte diese Schlupflöcher „Bunker". Sie waren aber meist sehr klein, primitiv, restlos überfüllt und ziemlich unsicher. Viele dieser Bunker wurden von deutschen Spürhunden enttarnt.
So entgingen wir zwar dem Abtransport, konnten aber nicht lange in unserem Versteck bleiben, weil die Deutschen das Ghetto in Brand steckten. Daher mussten wir uns einen anderen Unterschlupf suchen. Pawel tötete man, wie ihr sicher wisst, in Szeparowce. Er wurde mit einer Gruppe junger Leute, die außerhalb des Ghettos arbeitete, dorthin gebracht. Eines Tages gingen sie zur Arbeit und kamen nicht mehr zurück.
Doch bevor dies geschah, hatte Pawel zu mir gesagt: „Wenn du jemals in Not bist, dann gehe zu Frania." Als mein Bruder und ich aus dem Versteck krochen, versuchten wir sofort, uns zu Frania durchzuschlagen. Das war nicht leicht, aber wir schafften es. Inzwischen wusste sie schon, dass ihr drei mit all den anderen in einem Todeszug nach Belzec abtransportiert worden ward. Frania haderte mit sich selbst. Sie konnte sich nicht verzeihen, euch nicht geholfen zu haben. Und so wollte sie wenigstens uns helfen und nahm uns in euer verwaistes Haus auf.

Ich brach ab. Jetzt erst begriff ich, warum Frania mich davon abhielt in die Pilsudskistraße zu kommen. Jula und ihr Bruder hielten sich dort bereits versteckt. Behutsam nahm mir Bezio den ans Herz greifenden Brief ab. Eileen verstand zwar kein Polnisch, zeigte aber ihr Mitgefühl und ahnte gewiss die besondere Bedeutung der Nachricht aus Florida. Auch Tamar war die Anteilnahme ins Gesicht geschrieben. Ihr Mann las nun weiter:

Später erfuhr ich von Frania, dass dir, Ruka, und deiner Mutter die Flucht aus dem Zug gelungen war und dass du bei Paulina vorläufig in Sicherheit warst. Und sie war verzweifelt, da sie nicht wusste, was sie tun sollte. Da kam mir die Idee mit Deutschland. Ich hatte von ein paar jüdischen Mädchen gehört, denen die Sache geglückt war. Und ich hätte es auch selbst getan, wenn da nicht mein kleiner Bruder gewesen wäre. Er war der einzige Angehörige, den ich noch besaß, ich musste ihn retten.
Du fuhrst nach Deutschland, und wir warteten tagtäglich auf eine Nachricht. Als sie endlich kam, freuten wir uns unendlich und waren erleichtert, dass eure Mama bei dem Treuhänder einen verhältnismäßig sicheren Ort gefunden hatte. Frania fühlte eine schwere Last von ihrem Herzen genommen. Es tat weh zu sehen, wie unglücklich sie all die Zeit war. Diese ungewöhnliche Frau, euch so tief verbunden. Oft erzählte sie mir, wie gut eure Mutter zu ihr gewesen war. Und sie hoffte, ihre Tochter Kasia aus Tarnopol zu sich zu holen. Was ihr später auch gelang.
Für ihre Arbeit im deutschen Offiziersklub bekam sie etwas Geld und auch Sonderrationen an Lebensmitteln, von denen sie einen Teil verkaufte. So brachte Frania uns durch, und ihr haben wir es zu danken, dass wir weiterleben durften.
Nach der Befreiung durch die Sowjets stiegen wir endlich aus dem Schrank, doch die Lage war noch immer gefährlich. Faschistische ukrainische Banden ermordeten Polen und auch etliche Juden, die während des deutschen Terrors als „U-Boote" gelebt hatten und jetzt aus ihren Verstecken auftauchten. Ich begegnete meinem jetzigen Ehemann, zwanzig Jahre älter als ich. Seine erste Frau und seine Kinder waren im Ghetto gestorben. Wir taten uns zusammen. Ich war jung und unerfahren, musste meinen Bruder beschützen, und Edek wurde mir eine verlässliche Stütze.
Sobald der Krieg zu Ende war, setzten wir uns mit der ersten Gruppe polnischer Vertriebener nach Breslau ab. Von dort schrieb ich Frania und bat sie, mit ihrer Tochter zu uns zu kommen. Wir wollten ihr gerne dabei helfen, ein neues Leben aufzubauen. Sie schrieb mir zurück, dass sie wie durch ein Wunder den Vater Kasias wieder getroffen habe und beide einander zu heiraten gedachten. Da

er Ukrainer sei, würden sie zwar von Kolomea wegziehen, aber nicht nach Polen übersiedeln. Sie ersuchte mich, ihr keineswegs mehr zu schreiben, da ihr künftiger Mann nicht wissen sollte, dass sie Juden versteckt hatte.
Soweit mein erster Brief. Ich hoffe, wir bleiben in Verbindung und ich erfahre noch mehr über euch beide. Wir müssen uns unbedingt treffen, in England, Polen oder Florida. Vielleicht in Kolomea, denn auch dies ist jetzt möglich geworden, obwohl ich nicht sicher bin, es emotional durchzustehen.
Euer geschwisterliches Glück erfüllt mich mit Jubel. Bald werde ich mich telefonisch bei euch melden.

Alles Liebe,
Eure Jula

Lange schwiegen wir. Das Puzzle war fertig. Ich dachte an Frania. Sie ist einem anderen Weg gefolgt, der sie weg von uns geführt hat. Ich dachte an Pawel, der Jula und ihrem kleinen Bruder den entscheidenden Ratschlag gegeben hatte. Ich dachte auch daran, wie verrückt die Welt damals war, dass man nicht zugeben durfte, Juden versteckt zu haben.

Alles, was mir bleibt, ist meine Erinnerung und Dankbarkeit. Überhaupt habe ich vielen Menschen zu danken – vergessenen Sandkörnern im Mahlstrom der Ereignisse, deren Namen ich zum Teil noch nicht einmal kenne. Ich wollte und will Zeugin sein für jene Menschen, die mir geholfen haben. Auch deshalb habe ich dieses Buch geschrieben – für die vielen anständigen Menschen, die mir begegnet sind. Da gab es Paulina und die alte ukrainische Bäuerin sowie ihren Mann in der armseligen Kate am Waldrand, da gab es Jekaterina und die deutsche Vorarbeiterin, die mich in der Schuhfabrik gegen den Vorwurf der Sabotage verteidigte. Dann natürlich Nadja. Da waren die beiden gütigen Leute im elsässischen Lebensmittelladen.
Und Frania! Vielleicht ist sie die eigentliche Heldin meiner

Geschichte. Und Witek, der mich stets beschützte, der mein Mann und der liebevolle Vater unserer Kinder wurde. Zu danken habe ich auch so mitfühlenden Menschen wie dem unbekannten Archivar in Warschau, wie Dasia, Professor Dov Noy, Renata, Rose und vielen anderen. Menschen, die uns in dunklen Zeiten neue Kraft gaben. Sie schenkten mir auch die unumstößliche Gewissheit, dass es zu allen Zeiten gute und gerechte Menschen auf dieser Welt gegeben hat und immer geben wird.

Epilog

Victor Zorza hat es nie bis Polen geschafft.
Nach einer Operation im Herbst 1994 verschlimmerte sich sein Zustand. Wir verbrachten im Sommer 1995 unsere letzten gemeinsamen Wochen in *Dairy Cottage*. Sein Herz wurde immer schwächer; manchmal konnte er sich nur mit Hilfe eines Rollstuhls fortbewegen.
Aber noch immer verbrachte er die Morgenstunden am Computer, um für die Hospizbewegung zu arbeiten; Briefe an einflussreiche Leute zu entwerfen, die der Sache vielleicht dienten, wenn es ihn nicht mehr gab. „Ich habe keine Angst vorm Sterben", sagte er seiner Schwester. „Jane lehrte mich, diese allgemein verbreitete Furcht abzulegen."
Und was war mit seiner Schwester? Sollte sie glücklich sein oder traurig? Glücklich über die Wiederbegegnung oder traurig über die geringe gemeinsame Zeit? Wie konnten drei Monate gemeinsamer Zeit eine ganze Lebensspanne wettmachen?
Dennoch empfand sie mehr Dankbarkeit als Trauer. Denn das Schicksal hätte ihr auch völlig leere Hände zuteilen können. Es wäre doch möglich, ja sogar wahrscheinlich gewesen, dass sie von der Existenz des Bruders zu spät oder nie etwas erfahren hätte.

Als sie im Sommer 1995 *Dairy Cottage* verließ, um nach Polen heimzureisen, begleitete Victor sie in seinem Rollstuhl durch das Grundstück. Sie umarmten sich schweigend. Ihnen war bewusst, dass es vielleicht das letzte Mal war. Und als sie den Wagen erreichte und sich umwandte, hob er langsam die Hand zum Lebewohl. Dies erinnerte sie an ein ähnliches Abschiednehmen vor langer Zeit.

*

Victor starb am 20. März 1996.
Die Trauerfeier war eine schlichte Zeremonie, an der nur die engsten Verwandten, darunter seine Schwester, teilnahmen. Einige Monate später fand ein Gedenktag in *Dairy Cottage* statt. Fast hundert Menschen nahmen teil, darunter neun aus Polen, um Victor die Ehre zu geben. Es war kein feierliches Wehklagen, sondern ein festlicher Akt. Da prächtiges Wetter herrschte, wurde das Gedenken im Garten abgehalten.
Man verstreute die Asche, wie vom Verstorbenen gewünscht, im blühenden Garten. Man hörte Ansprachen von Freunden und ehemaligen Kollegen des „Guardian", von Ärzten der britischen und russischen Hospizbewegung, von einem Freund aus den Jahren in Indien, von Nachbarn und vielen anderen. Aber es waren keine wehmutsvollen Reden, sondern gute Erinnerungen, oft mit Humor gewürzt. Sie waren so, wie Victor Zorza sie wohl selbst gehalten hätte.
Auch seine Schwester fand einige Worte. Sie sprach aber nicht über den berühmten Journalisten. In holprigem Englisch erzählte sie von einem polnischen Schuljungen aus Kolomea, in marineblauer Uniform, unter dem Arm die Aufgabenhefte, in die er so häufig leidenschaftliche Verse schrieb. Verse über die Befreiung der Menschheit von Hass und Not. Verse, die er häufig seiner Schwester vorlas und die damals wahrscheinlich seine einzige Zuhörerin war.

Inhaltsverzeichnis